D1383433

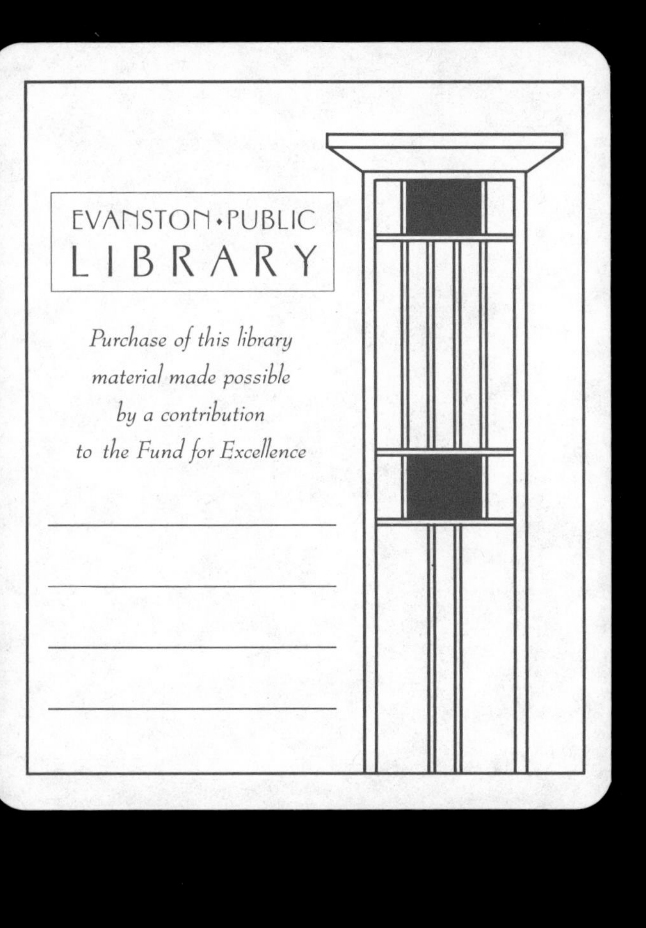
EVANSTON • PUBLIC
LIBRARY
Purchase of this library
material made possible
by a contribution
to the Fund for Excellence

Skulduggery Pleasant

DEREK LANDY

Skulduggery Pleasant

Dirección editorial: Elsa Aguiar
Coordinación editorial: Gabriel Brandariz
Traducción: Xohana Bastida
Letras capitulares: Tom Percival

Título original: *Skulduggery Pleasant*

Publicado originariamente en Gran Bretaña por Harper Collins Children's Books 2007
Harper Collins Children's Book es una división de Harper Collins Publishers LTD
75-85 Fulham Palace Road, Hammersmith, Londres W6 8JB

Impresores, 15
Urbanización Prado del Espino
28660 Boadilla del Monte (Madrid)
www.grupo-sm.com

CENTRO DE ATENCIÓN AL CLIENTE
Tel.: 902 12 13 23
Fax: 902 24 12 22
e-mail: clientes@grupo-sm.com

ISBN: 978-84-675-1984-6
Depósito legal: M-33750-2007
Preimpresión: M.T. Color & Diseño
Impreso en España / *Printed in Spain*
Rotapapel, S.L. - 28938 Móstoles (Madrid)

Este libro está dedicado a mis padres, John y Barbara.

A mi padre, por su apoyo extrañamente constante y su fe inconmovible.

A mi madre, por la cara que puso cuando le comuniqué las buenas nuevas.

Os debo absolutamente todo. Y no sé, tal vez incluso sea posible que haya llegado a tomaros cierto cariño…

1

STEPHANIE

LA repentina muerte de Gordon Edgley sorprendió a todo el mundo, empezando por él mismo. Estaba en su estudio escribiendo la séptima palabra de la vigésima quinta frase del último capítulo de su nuevo libro, titulado *Y la oscuridad llovió sobre ellos*, y al segundo siguiente estaba muerto. «Una sensible pérdida», alcanzó a pensar su mente antes de apagarse.

A su funeral asistieron sus familiares y conocidos, pero no muchos amigos. Gordon no era una figura especialmente apreciada en el mundo editorial; aunque los libros que escribía –historias de horror, magia y prodigios– lograban asomarse a la lista de los libros más vendidos con cierta regularidad, Gordon poseía el irritante hábito de insultar a la gente sin darse cuenta y luego reírse de su cara de sorpresa. No obstante, fue en el funeral de Gordon cuando su sobrina, Stephanie Edgley, vio por primera vez al desconocido del abrigo castaño.

Estaba de pie a la sombra de un gran árbol, alejado de los demás asistentes, con el abrigo abrochado hasta arriba a pesar del calor que hacía. Llevaba la mitad inferior de la cara tapada por una bufanda, y a pesar de que Stephanie estaba bastante lejos, pudo ver que entre su sombrero de ala ancha y sus enormes gafas de sol asomaban varios mechones de pelo revuelto y encrespado. Stephanie se quedó mirando intrigada aquella estrafalaria figura, y al cabo de unos minutos, como si se hubiera dado cuenta de que lo observaban, el hombre echó a andar entre las filas de lápidas y desapareció.

Al acabar el funeral, Stephanie y sus padres fueron a la casa de Gordon pasando por un antiguo puente y recorriendo una estrecha carretera que se abría paso por un mar de bosques. Cuando llegaron, la pesada e imponente verja los esperaba abierta de par en par, como si estuviera dándoles la bienvenida. Era una finca enorme, con muchas tierras y un caserón tan grande que casi resultaba absurdo.

En el salón de la casa había una puerta disimulada tras una estantería. De pequeña, a Stephanie le gustaba pensar que nadie más que ella conocía aquella puerta, ni siquiera el propio Gordon. Era un pasadizo secreto como los de los libros, y Stephanie siempre estaba inventando historias de casas encantadas y tesoros ocultos en las que escapaba por aquel pasadizo, dejando atónitos a los villanos imaginarios por su misteriosa y repentina desaparición. Pero cuando entraron en la casa aquel día, Stephanie vio que la puerta del pasadizo secreto estaba abierta y que por ella pasaba gente sin parar. La entristeció que aquel pequeño prodigio mágico desapareciera de su vida de repente.

Todo el mundo bebía té y cogía pequeños sándwiches de las bandejas plateadas que había repartidas por el salón, y Stephanie observó que más de uno miraba alrededor con admiración. El principal tema de conversación era el testamento: Gordon nunca había demostrado un gran amor por nadie –ni siquiera había sido un hombre especialmente afectuoso–, así que era imposible adivinar a quién dejaría su considerable fortuna. Stephanie vio entre la gente a su tío Fergus, el único hermano que le quedaba ahora a su padre. Era un hombrecillo muy desagradable, con unos ojillos acuosos que se iban tiñendo poco a poco de codicia mientras deambulaba de acá para allá moviendo la cabeza con gesto pesaroso, recibiendo solemnemente las condolencias de los demás asistentes y sisando algún que otro objeto de plata cuando pensaba que no lo veía nadie.

La esposa de Fergus, una mujer de rasgos afilados y mal carácter llamada Beryl, se movía de corrillo en corrillo con una cara de aflicción de lo menos convincente en busca de algún cotilleo jugoso. Sus hijas, dos gemelas de quince años llamadas Carol y Crystal, tan avinagradas y rencorosas como sus padres, la seguían ignorando ostensiblemente a Stephanie. Eran rubias de bote y rechonchas, e iban vestidas con unas ropas que resaltaban todos y cada uno de sus michelines; no se parecían nada a Stephanie, que tenía el pelo negro y era alta para su edad, delgada y fibrosa. Si no hubiera sido por sus ojos, castaños como los de ella, nadie hubiera podido adivinar que las gemelas eran sus primas. A Stephanie aquello le gustaba; de hecho, era lo único que le gustaba de ellas. Se dio la vuelta para no ver sus miradas atravesadas y sus susurros maliciosos y decidió dar una vuelta por la casa.

Los pasillos de la casa de su tío eran larguísimos y estaban llenos de cuadros. El suelo era de madera pulida hasta resplandecer, y la casa entera despedía un aroma antiguo. No es que oliera a moho, sino que era un olor... sabio, por así decirlo. Aquellos suelos y paredes habían visto muchas cosas a lo largo de los años; para ellos, Stephanie no era más que un susurro pasajero, una presencia volátil.

Gordon había sido un tío estupendo para Stephanie: arrogante e irresponsable, sí, pero también infantil y muy divertido, siempre con un brillo gamberro en los ojos... En muchas ocasiones en las que todo el mundo pensaba que Gordon hablaba en serio, Stephanie era testigo de los guiños y sonrisas de complicidad que le hacía cuando no lo miraba nadie. Siempre había sentido que lo comprendía mejor que casi nadie, incluso de niña. Admiraba la inteligencia y el ingenio de su tío, y su despreocupación por lo que la gente pudiera pensar de él. Había sido un buen tío, y Stephanie había aprendido mucho de él.

Stephanie sabía que su madre y Gordon habían llegado a salir juntos algún tiempo («tonteamos un poco», en palabras de su madre), pero cuando Gordon le presentó su novia a su hermano pequeño, los dos sufrieron un flechazo instantáneo. Gordon siempre estaba refunfuñando porque, según él, la madre de Stephanie no había llegado a darle más que algún besito en la mejilla, pero cuando aquello ocurrió supo hacerse a un lado con elegancia y siguió viviendo su vida; de hecho, había tenido un buen número de romances tórridos con mujeres guapísimas. Le gustaba decir que su hermano y él habían hecho un trato casi justo, pero que en realidad él había salido perdiendo.

Stephanie subió al primer piso, abrió la puerta del estudio de Gordon y entró. En las paredes se veían las portadas de sus libros más vendidos y un sinfín de diplomas y de premios. A un lado había una enorme estantería atestada de libros con toda clase de biografías, relatos históricos, monografías científicas y gruesos tomos de psicología, mezclados con novelas baratas de tapas ajadas. En uno de los estantes más bajos había un montón de folletos, revistas literarias y anuarios.

Stephanie, pasó frente a los estantes en los que reposaban las primeras ediciones de todos los libros de su tío y se acercó al escritorio. Se quedó mirando la silla en la que había muerto su tío y trató de imaginarse lo que habría pasado, cómo se habría desplomado Gordon sobre el escritorio. Y entonces una voz suave como el terciopelo se coló en su oído:

–Al menos, murió haciendo lo que más le gustaba.

Sobresaltada, Stephanie se dio la vuelta y vio que el desconocido del funeral estaba apoyado en el marco de la puerta. No se había quitado la bufanda ni las gafas de sol, y entre la una y las otras seguían asomando las mismas guedejas de antes. El hombre también llevaba guantes.

–Sí –contestó Stephanie, sin saber bien qué decir–. Es un consuelo.

–Tú debes de ser sobrina de Gordon, ¿verdad? Y dado que no estás robando ni rompiendo nada, supongo que serás Stephanie.

Stephanie asintió, aprovechando para observarlo más detenidamente. Entre la bufanda y las gafas no asomaba ni un centímetro de cara.

–¿Era usted amigo suyo? –le preguntó, pensando que parecía altísimo y muy delgado, aunque el abrigo hacía difícil distinguir su figura.

–Sí, éramos amigos –contestó el hombre asintiendo con la cabeza. Stephanie se dio cuenta de que el resto de su cuerpo estaba extrañamente inmóvil–. Lo conocí hace muchos años a la salida de un bar de Nueva York, justo cuando acababa de publicar su primera novela.

Stephanie trató de distinguir los ojos del hombre, pero era imposible: los cristales de sus gafas eran negros como el alquitrán.

–¿Es usted escritor también? –le preguntó.

–¿Yo? Qué va, no sabría ni por dónde empezar. Pero al menos podía imaginarme que lo era a través de Gordon.

–¿Es que le gustaría ser escritor?

–Claro, como a todo el mundo.

–No sé, no creo que todo el mundo quiera escribir.

–Ah, vaya. Entonces debo de ser un bicho raro, ¿no te parece?

–Bueno, entre unas cosas y otras me temo que sí –contestó Stephanie.

–Gordon siempre estaba hablando de ti, ¿sabes? Le gustaba alardear de la sobrina tan estupenda que tenía. Tu tío era un tipo con una gran personalidad, y me da la impresión de que tú has salido a él.

–Lo dice usted como si me conociera.

–Constante, inteligente, mordaz, reticente a tratar con necios… ¿Te recuerda a alguien?

–Sí, claro: a mi tío.

–Muy interesante –dijo el hombre–. Porque esas fueron las palabras exactas que utilizó él para describirte.

Los dedos enguantados del desconocido desaparecieron bajo su chaleco y sacaron un barroco reloj de bolsillo enganchado a una delicada cadena de oro.

–Te deseo suerte, Stephanie, decidas lo que decidas hacer con tu vida.

–Muchas gracias –repuso Stephanie, algo confundida–. Yo también le deseo mucha suerte.

El hombre pareció sonreír, aunque era imposible distinguir su boca, y luego se dio la vuelta y se marchó. Stephanie se quedó allí plantada, sin poder apartar la mirada del lugar en el que había estado apoyado. ¿Quién sería? Ni siquiera le había dicho cómo se llamaba.

Stephanie se dirigió a la puerta, salió al pasillo y bajó a toda prisa las escaleras, preguntándose cómo podía haber desaparecido tan rápido el desconocido. Al llegar al enorme vestíbulo se abalanzó sobre la puerta de entrada y la abrió, justo a tiempo de ver cómo un enorme coche antiguo de color negro se alejaba por la carretera. Se quedó mirándolo por un momento y luego volvió de mala gana al salón para reunirse con su parentela. Al entrar en la habitación vio cómo Fergus se metía un cenicero de plata en el bolsillo de la camisa.

2

EL TESTAMENTO

LOS Edgley llevaban una vida bastante tranquila. La madre de Stephanie trabajaba en un banco, su padre tenía una empresa de construcción y Stephanie era hija única, así que la familia llevaba una vida de cómoda rutina. Sin embargo, en lo más profundo de la mente de Stephanie sonaba una vocecilla que le decía que su vida tenía que consistir en algo más que aquello, algo más de lo que el pueblecito costero de Haggard podía ofrecerle. Lo malo era que no acababa de saber en qué podía consistir aquel «algo más».

Stephanie acababa de terminar el curso, y la llegada de las vacaciones era un verdadero alivio para ella. No le gustaba ir al instituto. Le resultaba difícil relacionarse con sus compañeros, no porque le cayeran mal, sino porque simplemente no tenía nada en común con ellos. Además, le caían mal los profesores. No le gustaba que exigieran respeto a los alumnos sin haber hecho nada para ganárselo. A Stephanie no le importaba hacer lo que le mandaran, siempre y cuando le dieran una buena razón para ello.

Había pasado sus primeros cinco días de vacaciones ayudando a su padre en la oficina, contestando las llamadas y ordenando carpetas. Gladys, la secretaria que había trabajado con su padre durante los últimos siete años, había decidido que estaba harta del negocio de la construcción y se había lanzado al mundo de las *performances* artísticas. Stephanie se sentía vagamente desconcertada cada vez que la veía por la calle: le resultaba un tanto extraño verla, a sus cuarenta y tres años, interpretando una danza contemporánea que pretendía ser una nueva versión de *Fausto*. Gladys se había hecho un traje para la ocasión que simbolizaba la lucha interna de Fausto, y parecía que ya no sabía salir a la calle sin él puesto. Cuando pasaba a su lado, Stephanie procuraba pasar inadvertida para no saludarla.

Cuando no estaba en la oficina de su padre, Stephanie iba a la playa para nadar un rato o se encerraba en su cuarto a escuchar música. El día del entierro de Gordon, estaba en su habitación intentando encontrar el cargador del móvil cuando su madre llamó a la puerta y entró, aún vestida con la ropa oscura que había llevado al funeral. Stephanie, sin embargo, se había hecho una coleta y se había puesto sus vaqueros y deportivas de costumbre a los dos minutos de llegar a casa.

–Acaba de llamar el abogado de Gordon –dijo la madre de Stephanie con tono de sorpresa–. Dice que tenemos que estar presentes cuando lea el testamento.

–Ah, vaya –dijo Stephanie–. ¿Qué crees que os habrá dejado en herencia?

–Pues no sé, mañana lo veremos. Tú también tienes que venir.

–¿Yo? –repuso Stephanie frunciendo el ceño–. ¿Por qué?

–Creo que tu nombre está en la lista de asistentes, pero no sé más. Saldremos a las diez, ¿vale?

–Pero es que mañana tengo que ayudar a papá en la oficina.

–No te preocupes, ha llamado a Gladys y le ha pedido que se ocupe ella durante unas horas. Ella ha accedido, siempre y cuando le dejemos llevar puesto su disfraz de cacahuete.

A la mañana siguiente salieron a las diez y cuarto, quince minutos después de lo previsto. La culpa había sido del padre de Stephanie, que no daba demasiada importancia a la puntualidad. A la hora de salir se había puesto a deambular por la casa con la mirada perdida; parecía como si se le hubiera ido algo de la cabeza y estuviera esperando a que volviera a ocurrírsele. Cada vez que su mujer le decía que se apurase, él sonreía y decía que sí, y cuando Stephanie y su madre ya pensaban que iba a entrar en el coche con ellas, se daba la vuelta y volvía a pasearse un rato por la casa.

–Estoy segura de que lo hace a propósito –dijo la madre de Stephanie. Estaban las dos en el coche con el cinturón puesto, preparadas para arrancar. El padre de Stephanie apareció en la puerta de la casa, se encogió de hombros, se metió la camisa en los pantalones, hizo ademán de salir y volvió a quedarse parado.

–Yo creo que está esperando a que le venga un estornudo –dijo Stephanie.

–No, está pensando –respondió su madre. Luego sacó la cabeza por la ventanilla–. Desmond, ¿qué te pasa ahora?

El padre de Stephanie la miró con cara de desconcierto.

–Creo que se me olvida algo –dijo.

Stephanie se inclinó hacia delante para verlo mejor y luego le susurró algo a su madre. Ella asintió y volvió a sacar la cabeza.

–¿Y tus zapatos, corazón?

El padre de Stephanie agachó la cabeza para mirarse los pies: no llevaba más que los calcetines, y cada uno era de un color.

Levantó la vista con cara de haber encontrado lo que buscaba, les hizo un gesto con el pulgar levantado y volvió a entrar.

–Qué hombre este –dijo la madre de Stephanie meneando la cabeza–. ¿Sabes que una vez perdió un centro comercial?

–¿Que perdió qué?

–Ah, ¿no te lo había contado? Fue el primer contrato importante que consiguió. Construyó un centro comercial precioso, y cuando estaba llevando al cliente a verlo, se olvidó de dónde estaba. Estuvo dando vueltas con el coche durante casi una hora hasta que vio a lo lejos un edificio que le sonaba. Puede que sea un ingeniero estupendo, pero te aseguro que hasta una pescadilla es más espabilada que él. En eso no se parece nada a Gordon, desde luego.

–No tenían mucho que ver el uno con el otro, ¿verdad?

La madre de Stephanie sonrió.

–No creas que las cosas fueron siempre así –dijo–. Cuando los conocí estaban siempre juntos. Los tres hermanos eran inseparables.

–¿Fergus también? No me lo puedo creer.

–Sí, Fergus también. Pero cuando tu abuela murió cada uno se fue por su lado, y Gordon empezó a juntarse con una gente muy rara.

–¿Qué quieres decir con eso de «rara»?

–Bueno, tal vez tu padre y yo fuéramos demasiado convencionales para apreciarlos –dijo la madre de Stephanie con una risita–. Tu padre estaba montando la empresa de construcción y yo seguía yendo a la universidad; éramos una pareja de lo más normal. Pero Gordon se negaba a ser normal, y su panda de amigos nos daba un poco de miedo. Nunca supimos en qué andaban metidos, pero estábamos seguros de que no era nada...

–Nada normal, ¿no es eso?

–Exactamente. Y al que más le asustaba aquello era a tu padre.

–¿Por qué?

El padre de Stephanie salió de la casa con los zapatos ya puestos y cerró la puerta de entrada.

–Pues porque se parecía a Gordon más de lo que le hubiera gustado. Al menos, eso creo yo –dijo la madre de Stephanie en voz baja, justo cuando su padre entraba en el coche.

–¡Listo! –dijo, con aire de estar orgulloso de sí mismo.

Las dos se quedaron mirando cómo se abrochaba el cinturón y daba a la llave de contacto. Stephanie le dijo adiós con la mano a Jasper, un vecinito de ocho años con orejas de soplillo, mientras su padre salía marcha atrás a la carretera, metía la primera y se ponía en camino, esquivando por muy poco un contenedor.

Al cabo de una hora Stephanie y sus padres entraron en la oficina del abogado, que estaba en Dublín; llevaban casi veinte minutos de retraso. La secretaria les indicó que subieran por una escalera desvencijada que desembocaba en un despacho minúsculo, con un ventanal que daba a una pared de ladrillo. Hacía calor, tanto que resultaba incómodo. Fergus y Beryl ya estaban allí, mirando sin disimulo sus relojes para mostrar lo mucho que los irritaba el retraso de sus parientes. Quedaban dos sillas libres en las que se sentaron los padres de Stephanie, mientras ella se quedaba de pie en el fondo de la estancia. El abogado los miró a todos a través de los resquebrajados cristales de sus gafas.

–¿Podemos empezar ya? –dijo Beryl en tono cortante.

El abogado, un hombrecillo apellidado Fedgewick con el porte y elegancia de una pelota sudorosa, intentó sonreír sin mucho éxito.

–Todavía falta alguien –dijo, provocando una mirada de indignado asombro en Fergus.

–¿Cómo que falta alguien? –exclamó–. No puede haber nadie más: nosotros dos somos los únicos hermanos de Gordon. ¿Quién tiene que venir? No será el representante de alguna entidad benéfica, ¿verdad? No me fío nada de las entidades benéficas. Siempre están intentando sacarte algo.

–No, no es ninguna entidad –dijo el señor Fedgewick–. Es un individuo, y ya nos había avisado con anterioridad de que llegaría algo tarde.

–¿Cómo se llama? –dijo el padre de Stephanie. El abogado miró la carpeta que tenía abierta sobre la mesa.

–La verdad es que es un nombre un tanto extraño –dijo–. La persona a la que estamos esperando se llama Skulduggery Pleasant.

–¿Quién narices será ese? –preguntó Beryl con irritación–. El nombre suena a... Fergus, ¿a qué suena ese nombre?

–A bicho raro, querida –contestó Fergus, mirando fijamente al señor Fedgewick–. No será un bicho raro, ¿verdad?

–Pues la verdad es que no sabría decirle –contestó el abogado, mientras su sonrisa fallida se deshacía bajo las miradas incendiarias de Fergus y Beryl–. Pero llegará enseguida, ya verán.

Fergus frunció el ceño, convirtiendo sus ojillos en dos ranuras.

–¿Cómo puede usted estar tan seguro? –preguntó.

Fedgewick se quedó sin saber qué decir, y justo entonces se abrió la puerta y el hombre del abrigo castaño entró en el despacho.

–Siento llegar tarde –dijo, cerrando la puerta a sus espaldas–. Me temo que tenía que ocuparme de asuntos inaplazables.

Todos se quedaron mirándolo, fascinados por su bufanda, sus guantes, sus gafas de sol y la mata de pelo que asomaba bajo el sombrero. Hacía un día espléndido, y no parecía lógico que aquel desconocido fuera tan abrigado. Stephanie examinó el pelo detenidamente: a tan corta distancia ni siquiera parecía pelo de verdad.

El abogado carraspeó.

–Dígame,¿es usted Skulduggery Pleasant?

–Para servirle –contestó el recién llegado, con una voz profunda que Stephanie podría haberse pasado escuchando un día entero.

Stephanie observó a sus padres. Su madre parecía desconcertada, pero aun así había sonreído al desconocido a modo de saludo; su padre, sin embargo, lo estaba mirando con una expresión de suspicacia que Stephanie no le había visto nunca. Al cabo de un momento volvió a adoptar su expresión habitual, le saludó con un gesto y se dio la vuelta para mirar al señor Fedgewick. Fergus y Beryl seguían fulminando al recién llegado con la mirada.

–¿Le pasa algo en la cara? –preguntó Beryl.

Fedgewick volvió a carraspear.

–Bien, ahora que estamos todos, podemos ocuparnos de lo que nos ha traído aquí. Bien, bien. Como supondrán, estamos reunidos para leer el testamento de Gordon Edgley, que fue revisado por última vez hace casi un año. Gordon fue cliente mío durante los últimos veinte años, y en todo ese tiempo llegué a conocerlo muy bien. Por eso me gustaría transmitirles a ustedes, su familia y... y amigo, mi más profundo...

–Sí, sí, estupendo –lo interrumpió Fergus con un aspaviento–. ¿Podría usted ahorrarse las condolencias, por favor? Vamos ya con media hora de retraso, ¿sabe? ¿No podría ir usted al grano? ¿A quién le ha dejado la casa? ¿Y el chalet?

–¿Y el dinero? –intervino Beryl, inclinándose hacia delante.

–Y los derechos de autor –siguió Fergus–, ¿quién se queda con ellos?

Stephanie miró de reojo a Skulduggery Pleasant. El misterioso amigo de su tío estaba apoyado en la pared con las manos en los bolsillos, mirando atentamente al abogado. Bueno, al menos eso parecía, aunque con aquellas gafas oscuras podría haber estado mirando a cualquier parte sin que ella se enterara. Stephanie volvió la vista hacia el señor Fedgewick, que había cogido una hoja de papel y estaba empezando a leerla en alto.

–«A mi hermano Fergus y su bella esposa Beryl» –leyó, mientras Stephanie hacía esfuerzos por contener una sonrisa– «les dejo mi coche, mi barco y un regalo.»

Fergus y Beryl pestañearon, atónitos.

–¿El coche? –exclamó Fergus– ¿Y el barco? ¿Para qué quiero yo un barco?

–¡Pero si odias el mar! –dijo Beryl casi gritando–. Te mareas en cuanto pones el pie una embarcación.

–¡Pues claro que me mareo! ¡Y Gordon lo sabía perfectamente!

–Además, ya tenemos coche –añadió Beryl.

–¡Eso, ya tenemos coche! –repitió su marido.

Beryl se había inclinado tanto que estaba casi tumbada en la mesa del abogado.

–Y ese regalo que dice usted –dijo, bajando amenazadoramente la voz–, ¿es el dinero de Gordon?

El señor Fedgewick tosió con nerviosismo, sacó una cajita de un cajón y se lo ofreció a Beryl y a Fergus. Ellos se quedaron mirándola un buen rato y luego se abalanzaron sobre ella al mismo tiempo. Stephanie observó cómo se la disputaban a manotazos hasta que Beryl logró hacerse con ella y la abrió.

–¿Qué es? –dijo Fergus con voz trémula–. ¿Es la llave de una caja fuerte? ¿Es un número de cuenta? ¿Qué es, mujercita? Díselo a tu Fergus, anda.

Beryl estaba demudada y le temblaban las manos. Pestañeó con fuerza para contener las lágrimas y luego dio la vuelta a la caja para que todos vieran su contenido. Sobre su forro aterciopelado reposaba un broche del tamaño de un posavasos. Fergus se quedó mirándolo pasmado.

–Ni siquiera tiene piedras preciosas –dijo Beryl con voz ahogada. Fergus abrió la boca como un pez a punto de asfixiarse y se volvió hacia Fedgewick.

–¿Qué más nos ha dejado? –dijo en un susurro histérico.

El señor Fedgewick intentó sonreír de nuevo.

–Su amor fraternal, supongo...

De pronto se oyó un gemido ahogado, y a Stephanie le llevó un momento darse cuenta de que venía de Beryl. El abogado volvió a concentrarse en el testamento, ignorando las implorantes miradas de Fergus y de su mujer.

–«A mi buen amigo y guía Skulduggery Pleasant, le dejo el siguiente consejo: tu camino no es de nadie más que tuyo, y no es mi deseo desviarte de él; pero a veces nuestro peor enemigo somos nosotros mismos, y la mayor batalla que podemos luchar es la que nos enfrenta a la oscuridad interior. Se aproxima una tormenta: recuerda que a veces la clave para llegar a buen puerto está oculta, pero otras veces se encuentra justamente ante nuestros ojos.»

Todos se quedaron mirando al señor Pleasant, incluida Stephanie. Desde la primera vez que lo había visto se había dado cuenta de que había algo diferente en él, algo exótico, misterioso, incluso peligroso. En cuanto al propio Skulduggery, miraba al suelo sin decir nada. No hizo nada más, ni explicó cuál era el significado de aquel extraño mensaje.

–¿Ves, Beryl? –dijo Fergus, dando una palmadita en la rodilla de su mujer–. Nos ha tocado un coche, un barco y un broche. No está tan mal, teniendo en cuenta que nos podría haber tocado algún consejo estúpido.

–Cállate, ¿quieres? –dijo Beryl con un gruñido que hizo a Fergus acurrucarse en la silla.

El señor Fedgewick siguió leyendo.

–«A Desmond, mi otro hermano y el que más suerte tuvo de los tres, le dejo en herencia a su mujer, porque creo que tal vez le guste.»

Stephanie vio cómo sus padres se miraban con una sonrisa triste y se agarraban las manos.

–«... Y ya que has logrado robarme la novia» –siguió leyendo el abogado– «tal vez quieras llevarla al chalet que tengo en Francia, así que te lo dejo en herencia también.»

–¿Cómo, que se van a quedar con el chalet? –gritó Beryl levantándose de un salto.

–Beryl, por favor... –imploró su marido.

–¿Pero tú sabes cuánto vale ese chalet? –berreó Beryl, mirando a los padres de Stephanie como si fuera a abalanzarse sobre ellos–. ¡A nosotros nos toca un broche y a ellos un chalet! ¡Y solo son tres de familia, mientras que nosotros tenemos a Carol y a Crystal! ¡No nos vendría nada mal tener un poco más de espacio para los cuatro! ¿Por qué tienen que quedarse ellos con el chalet, a ver? –Beryl tiró la cajita del broche en dirección a su cuñado–. ¡Cámbiamelo!

–Señora Edgley, haga el favor de volver a sentarse o no podremos continuar –dijo el abogado.

Beryl lo miró de hito en hito con los ojos desorbitados, pero acabó por tranquilizarse y se sentó.

–Muchas gracias –dijo el señor Fedgewick con cara de estar exhausto. Luego se humedeció los labios, se subió las gafas y volvió a mirar el testamento–. «Si de algo me arrepiento en esta vida, es de no haber tenido ningún hijo. Hay ocasiones en que miro a la prole de Beryl y Fergus y siento esta falta como una gran fortuna, pero en otras ocasiones es una pena que me rompe el corazón. Y así, por último, a mi sobrina Stephanie...»

Los ojos de Stephanie se abrieron de par en par. ¿Cómo? ¿Es que ella iba a heredar también? ¿No era suficiente con que Gordon les hubiera dejado el chalet a sus padres?

–«... quiero decirle que el mundo es más grande de lo que ella supone» –siguió leyendo Fedgewick– «y también más terrible. La única riqueza posible en él es ser fiel a uno mismo, y el único objetivo que merece la pena perseguir es averiguar quién es uno mismo de verdad.»

Stephanie se daba cuenta de que Beryl y Fergus la estaban fulminando con la mirada, pero intentó no hacerles caso.

–«Haz que tus padres se sientan orgullosos de ti, y haz también que se alegren de tenerte bajo su techo; porque te dejo en herencia mi casa con todas sus tierras, mi dinero y los derechos de mis libros, para que tomes posesión de ello cuando cumplas dieciocho años. Por último, me gustaría aprovechar esta oportunidad para deciros que a mi modo os quiero mucho a todos, incluso a aquellos que no me caen especialmente bien. Esto va por ti, Beryl.»

Fedgewick se quitó las gafas y levantó la vista.

Stephanie se dio cuenta de que todos tenían los ojos clavados en ella, y no supo qué decir. Fergus había vuelto a poner cara de pez a punto de asfixiarse y Beryl la señalaba con un dedo largo y nudoso, intentando recobrar el aliento para decirle algo. Sus padres la miraban anonadados. El único que parecía ser capaz de moverse era Skulduggery Pleasant, que se acercó a ella y le tocó suavemente un brazo.

–Felicidades –dijo, avanzando hacia la puerta para salir del despacho. En cuanto la puerta volvió a cerrarse, Beryl recobró la voz.

–¿A ELLA? –berreó–. ¿Le toca todo A ELLA?

3

UNA NIÑA SOLA

AQUELLA tarde, Stephanie y su madre cogieron el coche para ir a la casa de Gordon. El viaje solo duró un cuarto de hora, y cuando llegaron la madre de Stephanie abrió la puerta de la casa y dio un paso atrás.

–La dueña primero –dijo, haciendo una jocosa reverencia.

Stephanie entró. No llegaba a asimilar que aquel caserón fuera suyo: era una idea demasiado grande, descabellada. Oficialmente, sus padres administrarían la herencia hasta que cumpliera dieciocho años; pero aún así, ¿cómo podía ser propietaria de una casa? ¿Cuántos chicos de doce años poseían una vivienda?

No, era una idea demasiado absurda, exagerada, rocambolesca. Como todas las de Gordon, claro.

Las dos recorrieron la casa, que estaba silenciosa y en penumbra. Stephanie tuvo la impresión de verla por primera vez, y se dio cuenta de que miraba los muebles, las alfombras y los cuadros con otros ojos, preguntándose si verdaderamente le gustaban, si ella habría elegido el mismo color o la misma tapicería.

Gordon tenía buen gusto, eso había que reconocérselo, y la madre de Stephanie dijo que había muy pocas cosas que cambiaría si tuviera que hacerlo. Algunos cuadros eran un poco extravagantes para su gusto, pero en conjunto la decoración era sobria y elegante, y tenía un aire distinguido que casaba bien con un caserón como aquel.

Aún no habían decidido qué hacer con la herencia. La decisión final quedaba en manos de Stephanie, pero sus padres debían pensar también en el chalet. Aquello de tener tres casas entre los tres parecía un poco exagerado. El padre de Stephanie había sugerido vender el chalet, pero a su madre le daba pena desprenderse de una casa tan bonita como aquella.

También habían hablado de los estudios de Stephanie, y ella estaba segura de que aún tendría que oír mucho más sobre el tema. En cuanto había salido del despacho del señor Fedgewick, sus padres habían empezado a insistir en que no dejara que todo aquello se le subiera a la cabeza. Decían que lo que había pasado no significaba que pudiera dejar los estudios, y que tenía que ir a la universidad; que debía ser independiente y abrirse camino por sí sola.

Stephanie les dejó hablar, moviendo de vez en cuando la cabeza y murmurando «sí, por supuesto» cada vez que tenía que decirlo. No se tomó la molestia de explicarles que ya estaba convencida de ello; que quería ir a la universidad y abrirse camino en el mundo porque estaba convencida de que, si no lo hacía, nunca podría escapar de Haggard. No pensaba tirar su futuro por la borda solo porque fuera a heredar algo de dinero.

Se pasaron tanto tiempo en el piso de abajo que cuando llegaron a las escaleras ya eran las cinco. Decidieron que ya era suficiente por aquel día, salieron de la casa y fueron hasta donde habían dejado el coche. Mientras montaban, algunas gotas de lluvia comenzaron a salpicar el parabrisas. Stephanie se abrochó el cinturón y su madre giró la llave de contacto.

El coche gorgoteó un poco, gimió otro poco y luego se quedó callado. La madre de Stephanie levantó la vista para mirarla.

–Vaya por Dios.

Las dos salieron del coche, se acercaron al capó y lo levantaron.

–Bueno, –dijo la madre de Stephanie–, al menos el motor está en su sitio.

–¿Sabes algo de motores?

–Nada de nada. Para eso tengo un marido, ¿sabes? Los hombres se inventaron para arreglar motores y colgar estantes.

Stephanie pensó que no podía olvidarse de aprender algo de mecánica antes de cumplir los dieciocho. En cuanto a los estantes, la verdad es que le daban bastante igual.

La madre de Stephanie sacó el teléfono móvil del bolso y llamó a su padre. Lo encontró trabajando y, según le dijo, no podría recogerlas antes del anochecer. Volvieron a meterse en la casa, la madre de Stephanie llamó a un mecánico y las dos se pasaron tres cuartos de hora esperando a que llegara.

Cuando la grúa entró al fin por la verja, el cielo tenía un color plomizo y llovía a cántaros. Se acercó por el paseo de entrada salpicando agua lodosa, y la madre de Stephanie se cubrió la cabeza con la chaqueta y salió corriendo para hablar con el mecánico. Stephanie vio que en la cabina de la grúa había un perrazo descomunal, que observaba a su dueño mientras este examinaba el motor del coche. Al cabo de unos minutos su madre volvió a entrar, calada hasta los huesos.

–Dice que no puede hacer nada aquí –dijo, retorciendo la chaqueta para escurrirla–, y que tiene que remolcar nuestro coche hasta el taller. Parece que no le llevará mucho tiempo arreglarlo.

–¿Vamos a caber las dos en la grúa?

–Puedes sentarte en mis rodillas.

–¡Mamá!

–Bueno, pues entonces puedo sentarme yo en las tuyas. Lo que prefieras.

–¿No puedo quedarme aquí?

La madre de Stephanie la miró, sorprendida.

–¿Tú sola?

–Mamá, por favor... El mecánico dice que lo arreglará enseguida, y a mí me gustaría echar otro vistazo a la casa.

–No sé, Steph...

–¡Anda, mamá! Al fin y al cabo, no sería la primera vez que me quedo sola. Te prometo no romper nada.

La madre de Stephanie se echó a reír.

–Bueno, vale. Estaré de vuelta en una hora más o menos, ¿de acuerdo? Hora y media, como mucho. Llámame si necesitas algo –dijo, dándole un beso en la mejilla.

Luego salió corriendo y entró de un salto en la cabina de la grúa, donde el perrazo la recibió con alborozo y abundantes babas. Stephanie se quedó mirando cómo el coche se alejaba a lomos de la grúa hasta desaparecer en la distancia.

Ahora que se había quedado sola, decidió explorar un poco el piso de arriba. Subió por las escaleras y fue directa al estudio de Gordon.

El editor de su tío, un tipo llamado Seamus T. Steepe de Arc Light Books, les había llamado aquella misma mañana para darles el pésame y preguntarles por el último libro de Gordon. La madre de Stephanie le había dicho que buscarían el original para ver si estaba terminado y que, si lo estaba, se lo enviarían. El señor Steepe estaba deseoso de publicarlo; no le cabía duda de que entraría de lleno en la lista de los *best sellers* para quedarse en ella largo tiempo. «Los libros póstumos se venden estupendamente», había dicho, como si la muerte de Gordon no hubiera sido más que una astuta estrategia de promoción.

Stephanie abrió el cajón del escritorio y encontró un montón de folios pulcramente impresos: era el original. Lo sacó con cuidado y lo dejó sobre la mesa, procurando no manchar el papel. En la primera página solo se veía el título, impreso en gruesas letras:

Y la oscuridad llovió sobre ellos.

Era un buen montón de páginas, y la letra era más bien menuda; el libro resultante sería muy grueso, como todos los de Gordon. Stephanie había leído casi todos sus libros, y aunque alguna vez le habían resultado un poco pretenciosos, en general le habían gustado mucho. Su tío escribía sobre personas con habilidades asombrosas a las que les ocurrían cosas terribles y extrañas, que acababan por producirles invariablemente una muerte horrible y estrambótica. Hacía tiempo que Stephanie había detectado un esquema recurrente en los libros de Gordon: primero retrataba un héroe noble y fuerte, y a lo largo del relato lo iba sometiendo sistemáticamente a castigos brutales que acababan por eliminar toda su arrogancia y suficiencia, convirtiéndolo hacia el final del libro en una persona humilde que había aprendido una gran lección. Y, para acabar, su tío mataba a esos héroes de la forma más ridícula posible.

A Stephanie le parecía oír la risilla gamberra de Gordon cada vez que llegaba a aquellas escenas.

Dio la vuelta a la hoja del título, la colocó cuidadosamente junto al original y empezó a leer. No pensaba leer mucho; pero antes de darse cuenta ya estaba enfrascada en el relato, ajena a los crujidos de la vieja casa y al rumor de la lluvia.

Cuando el móvil sonó, Stephanie pegó un salto en la silla. Llevaba leyendo dos horas. Se acercó el teléfono a la oreja: era su madre.

–Hola, corazón –le dijo–. ¿Va todo bien?

–Sí, mamá. Estaba leyendo.

–¿No estarás leyendo uno de los libros de Gordon, verdad? Steph, todos tratan de monstruos terribles y cosas horrorosas, y de gente perversa que hace cosas aún más perversas. ¡Vas a tener pesadillas!

–No, mamá, no te preocupes, estaba leyendo el... el diccionario.

No hacía falta ver la cara de su madre para darse cuenta de su escepticismo.

–¿El diccionario? ¿De verdad?

–Sí, mamá –respondió Stephanie–. ¿A que no sabías que existe la palabra «torloroto»?

–Eres aún más rara que tu padre, ¿lo sabías?

–Lo sospechaba... Y el coche, ¿qué? ¿Lo han arreglado?

–No, por eso te llamo. No logran ponerlo en marcha, y la carretera se ha inundado. Voy a coger un taxi para llegar lo más lejos que pueda y luego veré si puedo acercarme andando para recogerte. Pero me va a llevar dos horas por lo menos.

Stephanie no podía dejar escapar aquella oportunidad. Desde muy pequeña prefería estar sola que acompañada, y entonces se le ocurrió que nunca había pasado la noche lejos de sus padres y que ya era hora de probar. Sería como saborear una pizquita de libertad; a Stephanie ya le cosquilleaba la lengua ante aquella perspectiva.

–No hace falta que vengas, mamá. Estoy perfectamente.

–Stephanie, no pienso dejar que pases la noche tú sola en una casa extraña.

–No es una casa extraña, es la casa de Gordon, y te aseguro que estoy perfectamente. No tiene sentido que te empeñes en llegar hasta aquí esta noche; está lloviendo a cántaros.

–Pero Steph, no me llevaría mucho rato...

–Te llevaría siglos. ¿Dónde está cortada la carretera?

La madre de Stephanie hizo una pausa antes de contestar.

–En el puente.

–¿En el puente? ¿Y piensas venir andando desde el puente hasta aquí?

–Bueno, si me doy prisa...

–Mamá, no seas tonta. Llama a papá para que pase a recogerte y te lleve a casa.

–¿Estás segura, corazón?

–Estoy muy a gusto aquí, de verdad. No te preocupes.

–Bueno, vale –accedió su madre de mala gana–. A primera hora de la mañana pasaré por allí para recogerte, ¿de acuerdo? Por cierto, vi algo de comida en los armarios de la cocina, así que si tienes hambre te puedes cocinar algo.

–Muy bien. Nos vemos mañana, entonces.

–Llámanos si necesitas algo o si te sientes sola, ¿vale?

–Vale. Buenas noches, mamá.

–Te quiero mucho, Steph.

–Sí, ya lo sé.

Stephanie apagó el teléfono y sonrió de oreja a oreja. Luego se lo metió en el bolsillo, apoyó los pies en la mesa, se arrellanó en la silla y se puso a leer de nuevo.

Cuando volvió a levantar la mirada, ya eran casi las doce y había dejado de llover. Pensó que, si estuviera en su casa, llevaría un buen rato metida en la cama. Pestañeó para quitarse el picor de ojos y decidió ir a la cocina para cenar algo. Pese a todos sus éxitos y a lo extravagante de sus gustos, Gordon había sido un tipo bastante normal en materia de comida, y Stephanie se lo agradeció mentalmente. El pan estaba algo rancio y la fruta demasiado madura, pero también había galletas y cereales, y en la nevera encontró una botella de leche que no caducaba hasta el día siguiente. Stephanie se preparó un tentempié y fue a comérselo al salón, frente a la tele. Pasó rápidamente por unos cuantos canales, se acomodó en el sillón, y estaba empezando a amodorrarse cuando sonó el teléfono de la casa.

Stephanie lo miró con recelo. Estaba en una mesita, justo al lado de su codo. ¿Quién sería? Fuera quien fuera, no debía de haberse enterado de la muerte de Gordon, porque nadie podía ser tan tonto como para llamar sabiendo que estaba muerto, y a Stephanie no le apetecía nada darle la mala noticia. Podían ser sus padres, pero si eran ellos, ¿por qué no la llamaban al móvil?

Stephanie decidió que, como nueva dueña de la casa, tenía la responsabilidad de contestar a su propio teléfono, así que levantó el auricular y se lo acercó a la oreja.

–¿Diga?

Silencio.

–¿Diga? –repitió Stephanie.

–¿Quién es? –dijo una voz masculina.

–Perdone, ¿con quién quiere usted hablar?

–¿Quién es? –volvió a decir la voz, ahora en tono colérico.

–Si quiere hablar con Gordon Edgley, siento mucho decirle que ha...

–Sí, ya sé que Edgley está muerto –dijo el hombre en tono cortante–. ¿Y tú quién eres? ¿Cómo te llamas?

Stephanie titubeó.

–¿Por qué me lo pregunta? –contestó al fin.

–¿Qué pintas tú en esa casa? ¿Por qué estás ahí?

–Si quiere usted llamar mañana...

–¡No, no quiero llamar mañana! Escúchame bien, mocosa: si fastidias los planes de mi señor, se va a enfadar bastante, y te aseguro que no es bueno enfadar a mi señor. ¿Lo entiendes? ¡Y ahora dime cómo te llamas!

Stephanie se dio cuenta de que le estaban temblando las manos. Hizo un esfuerzo por tranquilizarse y enseguida sintió cómo su nerviosismo desaparecía dejando paso a la ira.

–Mire, no pienso decirle mi nombre porque no es asunto suyo –contestó–. Si quiere hablar con alguien en especial, haga el favor de llamar mañana a una hora razonable.

–No me hables así, mocosa –siseó el hombre.

–Buenas noches –dijo Stephanie con firmeza.

–Te he dicho que no me hables...

Stephanie colgó, dejando al hombre con la palabra en la boca. De repente, la idea de pasar la noche allí sola había perdido casi todo su atractivo. Pensó en llamar a sus padres, pero enseguida se reprendió a sí misma por ser tan infantil. No había ninguna necesidad de preocuparlos por una cosa tan poco...

Alguien estaba aporreando la puerta de entrada.

–¡Abre! –gritó la voz del teléfono. Stephanie se levantó sin apartar la mirada del recibidor. Alrededor de la puerta de entrada había un marco de cristal esmerilado que dejaba adivinar una silueta oscura–. ¡Abre la puerta, maldita sea!

Stephanie reculó hasta llegar a la chimenea, con el corazón en la garganta. Aquel tipo sabía perfectamente que ella estaba dentro, así que era absurdo disimular; pero tal vez, si se quedaba muy quieta, al final se cansara de aporrear la puerta y se marchara. Ahora soltaba maldiciones, y aporreaba la puerta con tanta fuerza que el llamador repiqueteaba solo.

–¡Déjeme en paz! –gritó.

–¡Que abras la puerta, te digo!

–¡No! –chilló Stephanie, disimulando el miedo que sentía–. ¡Voy a llamar a la policía! ¡Voy a llamar a la policía ahora mismo!

Los golpes cesaron y la sombra desapareció. Stephanie se preguntó si lo habría logrado asustar, y entonces se acordó de la puerta trasera. ¿Estaría cerrada? Sí, claro, tenía que estarlo, no podía estar abierta. Pero no estaba segura, no del todo. Agarró un atizador de la chimenea, y estaba a punto de descolgar el teléfono cuando oyó un golpe en la ventana, justo a su lado.

Pegó un grito y saltó hacia atrás. Las cortinas estaban descorridas, y por la ventana solo se veía la más negra de las oscuridades.

–¿Estás solita? –dijo el hombre. Ahora su voz era burlona, como si quisiera ponerla nerviosa.

–¡Vete! –exclamó Stephanie, levantando el atizador para que el hombre lo viera. Él se echó a reír.

–¿Qué piensas hacer con eso?

–¡Romperte la cabeza! –berreó Stephanie, notando cómo el miedo y la furia bullían en su interior. El hombre volvió a reírse.

–Solo quiero que me dejes entrar –dijo–. Ábreme la puerta, mocosa. Déjame pasar.

–La policía viene de camino.

–Eres una mentirosilla, ¿verdad?

Stephanie seguía sin ver nada al otro lado de la ventana, y sin embargo el hombre parecía verlo todo. Se volvió a acercar al teléfono y agarró el auricular con rabia.

–No hagas eso –dijo el hombre.

–Voy a llamar a la policía.

–La carretera está cortada, mocosa. Si llamas, romperé la puerta y te mataré horas antes de que llegue ningún policía.

El miedo de Stephanie se convirtió en terror, dejándola petrificada. Estaba a punto de llorar; lo notaba, sentía las lágrimas acumulándose en su interior. Llevaba años sin llorar.

–¿Qué quieres? –dijo, escrutando la oscuridad–. ¿Por qué quieres entrar?

–No es que yo tenga mayor interés por entrar, mocosa, es que me han mandado que recoja algo de esa casa. Si me dejas pasar, echaré un vistazo, cogeré lo que me han encargado y me iré. No tocaré ni un pelito, de tu linda cabecita, te lo prometo. ¡Pero ábreme la puerta ahora mismo!

Stephanie agarró el atizador con ambas manos y negó con la cabeza. Había empezado a llorar, y las lágrimas le corrían incontenibles por las mejillas.

–No –dijo.

Entonces pegó un grito: un puño acababa de atravesar la ventana, regando la alfombra de fragmentos de cristal. Stephanie retrocedió al ver cómo el hombre se encaramaba al alféizar clavando en ella una mirada iracunda, sin hacer caso de los cortes que le estaban haciendo los cristales. En el preciso instante en que su pie tocó la alfombra, Stephanie salió disparada hacia el recibidor, se abalanzó sobre la puerta y empezó a forcejear con el cerrojo.

Dos manos le aferraron los hombros, y Stephanie gritó al notar cómo el hombre la levantaba en vilo y la llevaba hacia el interior de la casa. Pataleó, estampándole un talón en la espinilla; el hombre soltó un gruñido y aflojó el agarrón, y Stephanie se retorció intentando pegarle con el atizador en la cara. Pero él se lo arrebató antes de que le golpeara y la agarró del cuello con una mano, dejándola sin aliento. Sin que Stephanie pudiera hacer nada para evitarlo, el hombre la metió de nuevo en el salón.

Una vez allí, la tiró sobre un sillón y se inclinó sobre ella. Stephanie forcejeó, pero le resultó imposible desasirse.

–Bien, bien –dijo el hombre, con la boca contorsionada en una desagradable sonrisa–, ¿por qué no me das la llave y te ahorras todo esto, mocosa?

Y justo en ese momento, la puerta de entrada salió disparada y Skulduggery Pleasant se abalanzó en el vestíbulo.

El hombre pegó un alarido, soltó a Stephanie y enarboló el atizador, pero Skulduggery le pegó un puñetazo tan brutal que lo derribó y le hizo dar una voltereta. Sin embargo, antes de que Skulduggery llegara a su lado el hombre ya estaba de nuevo en pie.

El desconocido cargó contra Skulduggery y le hizo perder el equilibrio. Los dos cayeron de espaldas en el sofá, y el sombrero de Skulduggery salió disparado revelando una cabeza blanca.

Los contendientes se levantaron sin dejar de forcejear, y el hombre dio un manotazo que mandó las gafas de Skulduggery al otro lado de la habitación. Skulduggery respondió agachándose para aferrarle por la cintura y derribarlo de un golpe de cadera. El hombre cayó al suelo con un golpe sordo y se quedó por un momento maldiciendo en el suelo, pero de repente se acordó de Stephanie y se puso en pie para agarrarla. Ella se levantó de un salto y justo antes de que el hombre la atrapara, Skulduggery apareció tras él y lo derribó de una zancadilla. El hombre golpeó una mesita baja con la barbilla al caer y pegó un aullido de dolor.

–¿Creéis que podéis detenerme? –gritó, intentando levantarse. Las rodillas le temblaban–. ¿No sabéis quién soy?

–Ni idea, oiga –respondió Skulduggery.

El hombre lanzó un escupitajo sanguinolento y lo miró con una mueca desafiante.

–Pues yo sí que sé quién eres tú –dijo–. Mi señor me ha hablado mucho de ti, detective, y te diré que vas a tener que esforzarte bastante más si quieres detenerme.

Skulduggery se encogió de hombros, extendió un brazo y, para gran asombro de Stephanie, en su mano apareció una bola de fuego. Se la lanzó al hombre y este empezó a arder de inmediato; pero en vez de gritar, echó hacia atrás la cabeza y soltó una risotada salvaje. Estaba envuelto en llamas, pero no parecían quemarlo.

–¡Más! –gritó, sin dejar de reír–. ¡Dame más!

–Bueno, si insistes...

Entonces Skulduggery se sacó de la chaqueta una pistola de aspecto anticuado y abrió fuego, aguantando el retroceso del arma con mano firme. La bala dio a su adversario en un hombro haciéndolo chillar. El hombre se tambaleó intentando llegar hasta el umbral, agazapado para no ser un blanco fácil y tan cegado por las llamas que incluso chocó contra una pared, y salió.

Todo quedó en calma.

Stephanie se quedó mirando el hueco de la puerta, intentado explicarse lo inexplicable.

–En fin –dijo Skulduggery a sus espaldas–, esto no es algo que se vea todos los días, ¿verdad?

Stephanie se dio la vuelta. Al salir disparado hacía un rato, el sombrero de Skulduggery había arrastrado consigo todo el pelo. En medio de la confusión, lo único que había podido distinguir Stephanie era una cabeza blanca como la nieve, así que cuando se dio la vuelta esperaba encontrarse a alguien de piel muy clara, tal vez un albino. Pero lo que vio no tenía nada que ver con un albino. Sin sus eternas gafas y con la bufanda desenrollada, estaba bien claro que Skulduggery no tenía ni carne, ni piel, ni ojos, ni cara.

Lo único que tenía era una calavera.

4

LA GUERRA SECRETA

SKULDUGGERY guardó la pistola, fue hasta el vestíbulo y se asomó por el hueco de la puerta para escudriñar la oscuridad de la noche. Tras comprobar que no había ningún bonzo rondando por los alrededores, volvió a entrar, levantó la puerta gruñendo por el esfuerzo y la colocó en su lugar, dejándola apoyada en el marco. Luego se encogió de hombros y entró de nuevo en el salón, donde Stephanie seguía mirándolo pasmada.

–Siento lo de la puerta –dijo Skulduggery.

Stephanie no logró cerrar la boca para contestarle.

–Pagaré el arreglo, no te preocupes.

Stephanie miraba, con los ojos abiertos de par en par.

–Es una puerta de buena calidad, ¿sabes? Muy robusta.

Convencido de que Stephanie no estaba en condiciones de hacer nada más que mirarlo con la boca abierta, Skulduggery volvió a encogerse de hombros, se quitó el abrigo, lo dobló pulcramente y lo dejó en el respaldo de una silla. Luego se acercó a la ventana rota y empezó a recoger fragmentos de cristal.

Ahora que se había quitado el abrigo, Stephanie se daba cuenta de lo extremadamente delgado que estaba. Su traje estaba muy bien cortado, pero aun así colgaba en torno a su cuerpo dándole un aspecto un tanto informe. Mientras recogía los trozos de cristal, una manga se le subió un poco y Stephanie distinguió un trozo de hueso entre el puño de la camisa y el guante. Skulduggery se puso en pie y la miró.

–¿Dónde pongo los cristales?

–No sé –dijo Stephanie muy bajito–. Es usted un esqueleto.

–Sí, es verdad –repuso él–. Creo que Gordon tenía un contenedor pequeño junto a la puerta de atrás. ¿Los tiro ahí?

Stephanie asintió con la cabeza.

–Vale –logró decir al cabo de unos segundos, mientras Skulduggery salía de la estancia con las manos llenas de cristales.

Stephanie llevaba toda la vida deseando que ocurriera algo fuera de lo normal, algo que la sacara del monótono mundo en el que vivía; y ahora que su deseo parecía cumplirse, no tenía ni idea de cómo reaccionar. Las preguntas se agolpaban en su cabeza, tratando de ponerse en primer lugar. Preguntas, preguntas y más preguntas.

Skulduggery entró de nuevo en el salón y Stephanie le hizo la primera:

–¿Encontró usted el contenedor?

–Sí, sin problemas. Estaba donde lo dejaba siempre Gordon.

–Ah, estupendo. –Stephanie pensó que, si sus preguntas hubieran tenido rostro, estarían mirándola con expresión de incredulidad, e hizo un esfuerzo por pensar de manera coherente.

–¿Le dijiste tu nombre? –preguntó Skulduggery..

–¿Cómo?

– Que si le dijiste cómo te llamabas.

–No, no quise...

–Bien hecho. Si se conoce el auténtico nombre de algo, se tiene poder sobre ello. Pero incluso el nombre que te ponen tus padres, como Stephanie, por ejemplo, puede servir para hacerlo.

–¿Para hacer qué?

–Para que quien lo sepa tenga influencia sobre ti, para que puedan obligarte a hacer lo que quieran. Si ese tipo hubiera sabido cuál era tu nombre y cómo usarlo, no le habría hecho falta nada más. Da un poco de miedo pensarlo, ¿verdad?

–¿Qué está pasando? –preguntó Stephanie–. ¿Quién era ese hombre? ¿Qué quería? ¿Y quién rayos es usted, por cierto?

–Yo soy yo –respondió Skulduggery, recogiendo su sombrero y su peluca y poniéndolos en una mesita cercana–. En cuanto al tipo ese, no tengo ni idea. No lo había visto en mi vida.

–Pero le ha pegado un tiro.

–Exacto.

–Y le ha lanzado una bola de fuego.

–Tienes toda la razón.

Stephanie tenía las piernas trémulas y la cabeza le daba vueltas.

–Señor Pleasant, es usted un esqueleto.

–Ah, sí, ahí está la cosa. Sí, como bien dices, soy un esqueleto. Llevo ya unos cuantos años siéndolo.

–¿Me estoy volviendo loca?

–Espero que no.

–Entonces, ¿es usted real? ¿Existe de verdad?

–Supongo que sí.

–O sea, que no es seguro que exista.

–Bueno, tengo la razonable certeza de que existo. Aunque siempre puedo estar equivocado, claro. Podría ser una horrible alucinación, un producto de mi mente.

–¿Quiere decir que tal vez sea usted fruto de su propia imaginación?

–Bueno, cosas más raras se han visto. Y se siguen viendo con alarmante regularidad, por cierto.

–Esto es rarísimo.

Skulduggery metió sus enguantadas manos en los bolsillos del pantalón y ladeó la cabeza. No tenía globos oculares, así que Stephanie no hubiera sabido decir si la estaba mirando o no.

–¿Sabes qué? Tu tío y yo nos conocimos en una situación no muy diferente a esta. Aunque él estaba borracho, claro, y estábamos en un bar, y él me acababa de vomitar encima de los zapatos. Así que supongo que, en realidad, las circunstancias de aquel encuentro no se parecen tanto a las de este... En fin, lo que quiero decir es que Gordon se metió en un lío y yo le eché una mano, y después de eso llegamos a ser buenos amigos. Buenísimos amigos –Skulduggery examinó a Stephanie con la cabeza inclinada–. No es por nada, pero parece como si estuvieras a punto de desmayarte.

Stephanie asintió lentamente.

–La verdad es que nunca me he desmayado, pero creo que tiene usted razón.

–¿Quieres que te sostenga al caer, o prefieres...?

–Si no le importa sostenerme...

–No te preocupes, no hay problema.

–Gracias.

Stephanie le dedicó una débil sonrisa, y entonces sus ojos se nublaron y se sintió caer. Lo último que vio fue que Skulduggery Pleasant se abalanzaba desde el otro lado de la habitación para sostenerla.

Cuando se despertó, estaba tumbada en el sofá y tapada con una manta. La sala estaba en penumbra, iluminada únicamente por dos lamparillas situadas en las esquinas. Stephanie levantó la cabeza y observó la ventana rota: ahora estaba tapada con tablas claveteadas. En el vestíbulo se oía un martilleo. En cuanto Stephanie se sintió con fuerzas, se puso lentamente en pie y salió del cuarto de estar.

Skulduggery Pleasant estaba en el vestíbulo, tratando de encajar los goznes de la puerta. Se había subido la manga izquierda para maniobrar con más comodidad, y se le veía un trozo de antebrazo... o más bien de cúbito, como pensó Stephanie de inmediato recordando lo que había aprendido el curso anterior en clase de Biología. Aunque tal vez fuera el radio, o los dos a un tiempo... Skulduggery masculló algo, y luego reparó en su presencia y la saludó alegremente.

–¡Ah, ya te has despertado!

–Has arreglado la ventana –dijo Stephanie, decidiendo que era absurdo llamar de usted a un esqueleto.

–Sí, bueno, al menos la he tapado. Gordon tenía algunas tablas en la parte de atrás, y yo he hecho lo que he podido con ellas. Pero me temo que no estoy teniendo tanto éxito con la puerta; es mucho más fácil derribarlas que volverlas a poner en su sitio. ¿Cómo te sientes?

–Bien.

–Lo que necesitas es una buena taza de té caliente con un montón de azúcar.

Skulduggery se apartó de la puerta e indicó a Stephanie que lo acompañara a la cocina. Al llegar, Stephanie se sentó a la mesa mientras él calentaba el agua.

–¿Tienes hambre? –preguntó Skulduggery cuando el agua ya hervía. Stephanie negó con la cabeza–. ¿Quieres leche?

Ahora Stephanie asintió. Skulduggery echó en la taza un chorro de leche y unas cuantas cucharadas de azúcar, lo revolvió rápidamente y puso la taza en la mesa. Stephanie dio un sorbo: estaba muy caliente, pero le supo a gloria.

–Gracias –le dijo a Skulduggery, quien contestó encogiéndose levemente de hombros. La ausencia de cara hacía que en ocasiones fuera difícil interpretar sus gestos, pero Stephanie decidió que había querido decir «de nada».

–Lo que hiciste antes con la puerta y la bola de fuego, ¿era magia?

–Sí.

Stephanie examinó más detenidamente a su nuevo amigo.

–¿Cómo puedes hablar?

–¿Perdón?

–¿Cómo puedes hablar? Mueves la boca al hacerlo, pero no tienes lengua, ni labios, ni cuerdas vocales. Y además, no es la primera vez que veo un esqueleto; en el colegio me han enseñado dibujos y maquetas y esas cosas, y sé que lo único que mantiene los huesos unidos es la piel y los ligamentos. ¿Cómo es posible que tus huesos no se separen?

Skulduggery volvió a encogerse de hombros, ahora con algo más de energía.

–Gracias a la magia.

Stephanie lo miró fijamente.

–Parece que la magia sirve para todo.

–No lo sabes tú bien.

–¿Y las terminaciones nerviosas? ¿Sientes dolor?

–Sí, pero eso no es malo. Al fin y al cabo, si te duele algo es que estás vivo.

–¿Pero estás vivo de verdad?

–Hombre, técnicamente no, pero...

–Y cerebro, ¿tienes? –preguntó Stephanie, tratando de ver algo a través de las vacías cuencas de Skulduggery.

Él se echo a reír.

–No tengo cerebro ni órganos vitales, pero tengo consciencia –dijo, empezando a recoger la mesa–. A decir verdad, esta calavera ni siquiera es la mía.

–¿Qué?

–Que es de otra persona. La mía me la robaron, y luego gané esta en una partida de póquer.

–¿Y qué se siente llevando una calavera que ni siquiera es la tuya?

–Bueno, me las apaño con ella. Al menos, hasta que logre recuperar la de verdad. ¿Te pasa algo? Tienes cara como de asco.

–No, solo es que... ¿no resulta extraño? Debe de ser como ponerse unos calcetines usados por otra persona.

–Uno se acostumbra a todo.

–¿Y cómo es que eres un esqueleto? ¿Naciste así?

–No, cuando nací era normal y corriente. Tenía piel, órganos, toda la pesca. Hasta tenía una cara que no resultaba del todo desagradable, modestia aparte.

–¿Qué te pasó?

Skulduggery cruzó los brazos y se apoyó en el borde de la encimera.

–Me metí en líos mágicos. Por aquel entonces, en los tiempos en que yo estaba vivo, por así decirlo, había algunas personas de lo más desagradable circulando por ahí. El mundo había caído en una oscuridad de la que tal vez no haya llegado a salir aún. Era una guerra, ¿sabes? Una guerra secreta, pero guerra de todos modos. Había un mago llamado Mevolent que era el peor de todos, y que poseía un ejército propio. Todos los que rehusamos unirnos a él nos encontramos de repente convertidos en sus enemigos. Pero logramos imponernos: al cabo del tiempo, tras muchos años de luchar en aquella guerra oculta que nos traíamos entre manos, empezamos a aventajarle claramente. Sus aliados se estaban derrumbando, su influencia se desvanecía, sobre él se cernía una derrota inminente. Así que Mevolent decidió asestar un último golpe desesperado a todos los líderes de nuestro bando.

Stephanie lo miraba, perdida en los matices de su voz.

–Yo caí en una ingeniosa trampa tendida por su lugarteniente –continuó Skulduggery–. No sospeché nada hasta que ya era demasiado tarde. Y el lugarteniente de Mevolent me mató, acabó conmigo. Mi corazón dejó de latir un veintitrés de octubre, lo recuerdo perfectamente. Luego sus secuaces clavaron mi cuerpo en una estaca y lo quemaron para que lo viera todo el mundo. Me usaron como advertencia, y lo mismo hicieron con los cuerpos de todos los adversarios que iban matando; y, para mi enorme horror, su táctica funcionó.

–¿A qué te refieres?

–Aquello hizo que se volvieran las tornas. Nuestro bando empezó a perder terreno y Mevolent se hizo fuerte de nuevo. Aquello era más de lo que yo podía soportar, así que volví.

–¿Cómo que volviste?

–Bueno, es un poco complicado. Aunque morí, nunca llegué a marcharme del todo. Había algo que me retenía aquí, que me obligaba a mirar lo que estaba pasando. Nunca le había ocurrido nada así a nadie, que yo supiera, y sigo sin saber de nadie a quien le haya sucedido lo mismo que a mí. Pero el hecho es que a mí me pasó. Así que, cuando la cosa se puso demasiado cruda para mi capacidad de aguante, desperté convertido en un saco de huesos. Y lo digo en sentido literal, porque los esbirros de Mevolent habían metido mis huesos en un saco y los habían tirado a un río. En fin, así de simple fue la cosa.

–¿Y entonces qué pasó?

–Recompuse mis huesos con bastante dolor, salí del río para reunirme con mi bando y al final logramos vencer. Y una vez que derrotamos a Mevolent, me quité de en medio y me puse a trabajar por mi cuenta, por primera vez en unos cuantos siglos.

Stephanie parpadeó.

–¿Unos cuantos siglos, dices?

–Bueno, fue una guerra larga.

–El hombre de antes dijo que eras detective.

–Sí, debía de conocerme de oídas –dijo Skulduggery, enderezando un poco la espalda–. Ahora me dedico a resolver misterios.

–¿De verdad?

–Y soy muy bueno, no creas.

–Entonces, ¿qué estás investigando ahora? ¿El paradero de tu cabeza?

Skulduggery se quedó mirándola, y si hubiera tenido párpados seguramente habría pestañeado unas cuantas veces.

–Bueno, sería agradable volver a encontrarla, pero...

–Entonces, ¿no la necesitas para... no sé, para descansar en paz?

–A decir verdad, no.

–¿Por qué te la quitaron? ¿Fue también Mevolent?

–¡No, no! –respondió Skulduggery con una risita–. Él no tuvo nada que ver. Ocurrió hará unos diez o quince años: estaba durmiendo tranquilamente cuando una especie de duendes me la birlaron. La desprendieron limpiamente de la columna vertebral, y yo no me di cuenta hasta la mañana siguiente.

Stephanie frunció el ceño.

–¿Y no notaste nada?

–Ya te he dicho que estaba dormido. O meditando, más bien. Cuando medito, no veo, oigo ni siento nada externo. ¿Has intentado hacerlo alguna vez?

–No.

–Es muy relajante. Seguro que te gustaría,

–Perdona, pero estábamos hablando de cuando perdiste la cabeza.

–No la perdí –dijo Skulduggery, poniéndose a la defensiva–. Me la robaron, que no es lo mismo.

Stephanie recobraba las fuerzas a marchas agigantadas. No podía creer que se hubiera desmayado; era algo como de señora mayor, de ancianita.

–Has tenido una vida muy extraña, ¿no? –dijo, volviendo a mirar a Skulduggery.

–Sí, supongo que sí. Y aún no ha terminado. Bueno, supongo que técnicamente sí, pero…

–¿No echas nada de menos?

–¿De qué?

–De cuando estabas vivo.

–La verdad es que, en comparación con todos los años que llevo siendo así, el tiempo en que estuve técnicamente vivo fue un momentito de nada. Ni siquiera recuerdo con claridad cómo era tener un corazón que me latiera dentro del pecho, así que difícilmente voy a echarlo de menos.

–Entonces, ¿no añoras nada?

–Bueno, supongo que… supongo que echo de menos el pelo. Echo me menos tocarlo, y sentirlo ahí, amontonado encima de la cabeza. Sí, eso es lo que más echo de menos.

Skulduggery se sacó un reloj del bolsillo, lo miró y levantó la cabeza rápidamente.

–¡Es tardísimo! Tengo que irme, Stephanie.

–¿Irte? ¿Adónde?

–Me temo que tengo mucho que hacer. Primero he de averiguar para qué enviaron aquí al simpático caballero de antes, y luego quisiera saber quién lo envió.

–¡Pero no puedes dejarme sola! –dijo Stephanie siguiéndolo al salón.

–Sí que puedo –replicó él–. No pasará nada, ya lo verás.

–¡La puerta de entrada está rota!

–Ah, sí. Bueno, no pasará nada siempre y cuando no entre ningún malhechor por la puerta de entrada –dijo Skulduggery empezando a ponerse el abrigo.

Stephanie se abalanzó sobre su sombrero, lo agarró y se lo llevó a la espalda.

–¿Es que vas a usar mi sombrero como rehén? –preguntó Skulduggery con expresión de incredulidad.

–O te quedas aquí para protegerme por si viene alguien más, o me dejas ir contigo.

Skulduggery pegó un respingo.

–Venir conmigo no sería especialmente seguro para ti.

–Quedarme aquí sola tampoco.

–Pero puedes esconderte –dijo él, haciendo un ademán que abarcó toda la estancia–. Tienes muchos rincones en los que ocultarte, seguro que hay un montón de armarios en los que cabes perfectamente. También puedes meterte debajo de una cama; te sorprenderías si supieras cuánta gente olvida mirar bajo las camas cuando busca a alguien, hoy en día.

–Señor Pleasant...

–Llámame Skulduggery, por favor.

–Skulduggery, esta noche me has salvado la vida. ¿Vas a dejar que todos tus esfuerzos queden en nada dejándome aquí sola a merced del primer asesino que llegue?

–Huy, me parece que tienes una actitud de lo más derrotista. Mira, una vez conocí a un chaval un poco mayor que tú. Me dijo que quería ayudarme en mis investigaciones, resolver misterios increíbles. Estuvo dándome la lata mucho tiempo, insistiendo sin parar para que le dejara; y al final se salió con la suya y lo acepté como ayudante.

–¿Y corristeis muchas aventuras emocionantes?

–Yo sí. Él no pudo, porque murió resolviendo nuestro primer caso. Una muerte horrible, por cierto, de lo más pringoso. Quedó esparcido por todas partes.

–Bueno, yo no tengo ninguna intención de morirme en el futuro próximo. Además, tengo algo que él no tenía.

–¿A saber...?

–Tu sombrero. Llévame contigo o empezaré a pisotearlo.

Skulduggery se quedó mirándola con sus grandes cuencas vacías, y luego extendió la mano para coger el sombrero.

–Luego no digas que no te avisé.

5

CHINA SORROWS

EL coche de Skulduggery Pleasant era un Bentley Continental R de 1954. Solo se habían fabricado doscientos ocho coches de aquel modelo, que tenía un motor de cuatro litros y medio con seis cilindros. Skulduggery lo había ido equipando con las últimas novedades: cierre centralizado, climatizador, sistema de navegación por satélite... El detective le había explicado todo aquello a Stephanie cuando ella le había preguntado qué tipo de coche era aquel. En realidad, a Stephanie le habría bastado con que le dijera: «Un Bentley».

Para evitar el tramo inundado, se alejaron de la casa por una carretera secundaria que rodeaba la finca por detrás, cuya existencia Stephanie desconocía. Skulduggery le dijo que había ido mucho por allí y se conocía todos los recovecos del lugar. Al cabo de un rato pasaron junto a un poste indicador que ponía «Haggard», y por un momento Stephanie pensó pedirle a Skulduggery que la dejara en casa. Pero desechó la idea de inmediato: si se iba ahora a casa, no haría más que darle vueltas a todo lo que le acababa de pasar. Tenía que saber más, necesitaba ver aún más cosas.

–¿Dónde vamos? –preguntó.

–A la ciudad. He quedado con una vieja amiga que tal vez pueda arrojar algo de luz sobre los acontecimientos de esta noche.

–¿Por qué fuiste a casa de Gordon?

–¿Cómo?

–Me refiero a esta noche. No es que no te lo agradezca, ¿pero cómo es que andabas por allí?

–Ah –dijo él meneando la cabeza–. Ya sabía yo que me preguntarías esto tarde o temprano.

–¿Y bien? ¿Vas a contestar, o no?

–Me temo que no.

–¿Por qué?

Skulduggery la miró de reojo, o al menos volvió la cabeza un par de centímetros en su dirección.

–Cuanto menos sepas de todo este asunto, mejor. Eres una jovencita estupendamente normal, y después de esta noche vas a volver a tu estupenda vida normal. No te vendría nada bien meterte en este lío.

–Pero es que ya estoy metida.

–Pero tal vez podamos solucionarlo.

–Pero es que no quiero solucionarlo.

–Pero sería lo más conveniente para ti.

–¡Pero yo no quiero!

–Pero tal vez...

–¡No vuelvas a empezar otra frase con «pero»!

–Es verdad. Perdona.

–Skulduggery, ¿cómo quieres que me olvide de todo esto? He visto magia, he visto fuego, ¡te he visto a ti! Y luego me has hablado de una guerra de la que nunca me habían dicho nada en el colegio... Me he asomado a un mundo que ni siquiera sabía que existía.

–¿Y no quieres volver a tu mundo normal? Es bastante más seguro, ¿sabes?

–No encajo en él.

Ahora Skulduggery giró la cabeza totalmente y se quedó mirándola, con el cráneo inclinado hacia un lado.

–Qué curioso: eso es justamente lo que dijo tu tío cuando nos conocimos.

–Las historias que escribió –dijo Stephanie, llevada por una repentina inspiración–, ¿son ciertas?

–¿Sus libros? No, ni uno solo.

–Ah.

–Lo que ocurre es que están inspirados en historias reales, modificadas por tu tío para que nadie se ofendiera tanto como para matarlo. Era un buen hombre, ¿sabes? Bueno de verdad. Entre los dos resolvimos muchos misterios.

–¿En serio?

–Totalmente. Puedes estar orgullosa de haber tenido un tío como él... También es verdad que estaba siempre metiéndome en peleas, porque cada vez que lo llevaba a algún sitio se ponía a tomar el pelo a la gente. Pero fueron tiempos divertidos, muy, muy divertidos.

Al cabo de un rato las luces de la ciudad aparecieron en el horizonte, y pronto la oscuridad que había rodeado el coche hasta entonces fue reemplazada por una neblina anaranjada que se reflejaba en el pavimento húmedo. La ciudad estaba tranquila y silenciosa, y casi no había nadie por la calle. Skulduggery metió el coche en un pequeño aparcamiento al aire libre, apagó el motor y se volvió hacia Stephanie.

–Espérame aquí, ¿vale?

–Vale.

Skulduggery salió del coche y Stephanie se quedó quieta durante dos segundos. Pero no había llegado hasta allí para quedarse sentada al margen de los acontecimientos; tenía que ver qué más sorpresas le deparaba aquella noche. Abrió la portezuela y salió del coche. Skulduggery la miró fijamente.

–Stephanie, me da la ligera impresión de que no respetas mi autoridad.

–Es que no la respeto.

–Ya veo. En fin, qué se le va a hacer.

Skulduggery se caló el sombrero y se enrolló la bufanda, pero no se puso la peluca ni las gafas de sol. Luego apretó el mando del coche y los seguros de las puertas bajaron con un pitido.

–¿Ya está?

Skulduggery levantó la vista.

–¿Cómo dices?

–¿No tienes miedo de que te roben el coche? Esta no es exactamente la mejor zona de la ciudad.

–Tiene alarma.

–¿No prefieres... no sé, lanzarle un hechizo o algo así, para protegerlo de los ladrones?

–No. La alarma que tiene es de muy buena calidad.

Skulduggery echó a andar y Stephanie se apresuró para no quedarse atrás.

–O sea, que sí que lanzas hechizos, ¿verdad?

–Solo a veces. Últimamente procuro no depender demasiado de la magia. Prefiero arreglármelas usando lo que tengo aquí dentro –dijo Skulduggery dándose golpecitos en la cabeza con el dedo.

–Ahí dentro no tienes más que aire.

–Sí, claro –respondió Skulduggery en tono un tanto irritado–. Pero tú sabes a qué me refiero, ¿no?

–¿Qué más sabes hacer?

–¿De qué?

–De magia. Enséñame algo más, anda.

Si Skulduggery hubiera tenido cejas, no cabe duda de que las habría enarcado.

–¿Qué pasa, que un esqueleto viviente no te parece lo suficientemente mágico? ¿Aún quieres ver más cosas?

–Sí –respondió Stephanie–. Dame una clase magistral, por favor.

–Bueno, supongo que no te hará ningún daño –repuso Skulduggery encogiéndose de hombros–. Verás, hay dos tipos de magos. Los adeptos practican un tipo de magia, y los elementales practican otro. Los adeptos son más agresivos, y sus técnicas tienen un efecto más potente e inmediato. Los elementales como yo, sin embargo, preferimos ir por un camino más largo y sosegado, y tratamos de perfeccionar nuestro dominio de los elementos.

–¿Domináis los elementos?

–Bueno, tal vez dominar sea una palabra un poco fuerte. En realidad no los dominamos, sino que nos limitamos a manipularlos. Influimos en ellos, por así decirlo.

–¿Y qué elementos son? ¿Te refieres a eso de la tierra, el viento...?

–... el agua y el fuego. Exacto.

–A ver, enséñamelo.

Skulduggery inclinó de nuevo la cabeza.

–De acuerdo –dijo en tono socarrón. Luego extendió la mano derecha y la puso frente a la cara de Stephanie. Ella frunció el ceño, sintiendo un frío repentino, y se dio cuenta de que le estaba cayendo una gota de agua por la cara. En menos de un segundo tenía el pelo tan empapado como si acabara de darse un baño.

–¿Cómo lo has hecho? –preguntó, moviendo enérgicamente la cabeza para sacudirse el agua.

–¿Tú qué crees?

–No sé. ¿Has condensado la humedad del aire?

Skulduggery se quedó mirándola; parecía un poco impresionado.

–¡Sí señora! –dijo–. El primer elemento que manejamos es el agua. No es que podamos separar las aguas del mar Rojo ni nada por el estilo, pero tenemos cierta mano con ella.

–Enséñame otra vez el fuego –le pidió Stephanie con impaciencia.

Skulduggery chasqueó sus dedos enguantados, produciendo varias chispitas; luego formó un cuenco con la mano y las chispas se reunieron en el hueco, formando una llama que Skulduggery sujetó ante sí mientras caminaban. El calor aumentaba por momentos, y Stephanie notó cómo el pelo se le empezaba a secar.

–¡Toma ya! –exclamó.

–Impresionante, ¿eh? –respondió Skulduggery, haciendo un gesto brusco con la mano que hizo salir a la bola de fuego disparada por los aires. La bola pegó una llamarada y se desvaneció.

–¿Y la magia de tierra? –preguntó Stephanie.

Skulduggery sacudió la cabeza.

–No creo que te gustara mucho verla, y espero que nunca tengas que hacerlo. El poder de la tierra es puramente defensivo, y solo debe usarse como último recurso.

–Y entonces, ¿cuál es el más poderoso? ¿El fuego?

–Bueno, ese es el más vistoso y el que más llama la atención; pero te sorprendería saber lo que puede hacer un poco de aire si sabes cómo desplazarlo. El aire que se desplaza no desaparece, sino que se va a otro lado.

–¿Me lo enseñas?

Habían llegado al final del aparcamiento, y estaban frente al muro de ladrillo que lo limitaba. Skulduggery flexionó los dedos y volvió a extenderlos bruscamente, dirigiendo la palma abierta hacia el muro. El aire pareció moverse en ondas concéntricas y un trozo de muro salió despedido. Stephanie se quedó mirando asombrada el agujero.

–Esto sí que mola –dijo.

Los dos continuaron andando, aunque Stephanie seguía volviéndose para mirar el muro de vez en cuando.

–¿Y los adeptos, qué saben hacer? –preguntó al cabo de unos segundos.

–Bueno, hace unos años conocí a uno que podía leer los pensamientos. Y también había una mujer que podía cambiar de forma y convertirse en cualquier persona delante de tus narices.

–Entonces, ¿quiénes son más fuertes, los elementales o los adeptos?

–Depende del mago. Los adeptos pueden tener muchos trucos escondidos en la manga, muchas habilidades distintas; eso, a veces, les permite vencer hasta al más poderoso de los elementales. Ha ocurrido en más de una ocasión.

–Ese mago del que hablabas, el más malvado de todos, ¿era adepto?

–Curiosamente, no: Mevolent era elemental. Es raro encontrar elementales que se desvíen tanto por las sendas oscuras, pero a veces ocurre.

Había una pregunta que Stephanie llevaba un rato deseando hacer, pero se había contenido hasta entonces porque no quería parecer demasiado ansiosa. Ahora metió los pulgares en las trabillas de los vaqueros y miró a Skulduggery con cara inocente, como si acabara de ocurrírsele la idea.

–¿Y cómo se sabe quién puede hacer magia? ¿Puede hacerla todo el mundo?

–No, en realidad hay poca gente que pueda. Los que pueden suelen congregarse, de modo que el mundo está lleno de pequeñas comunidades mágicas esparcidas aquí y allá. Solo en Irlanda e Inglaterra hay dieciocho barrios habitados únicamente por magos.

–¿Se puede ser mago sin saberlo?

–Sí, claro. Hay personas que viven una vida aburrida y convencional sin saber que tienen un mundo asombroso en las yemas de los dedos. Muchos se mueren sin tener ni idea de lo grandes que podrían haber sido.

–Me parece muy triste.

–Pues a mí me hace bastante gracia.

–No sé por qué, la verdad. ¿A ti te gustaría no ser consciente de lo que eres capaz de hacer?

–No tendría ni idea, así que me daría igual –dijo Skulduggery deteniéndose–. Hemos llegado.

Stephanie miró hacia arriba: estaban junto a un ruinoso bloque de pisos con las paredes pintarrajeadas y las ventanas agrietadas y mugrientas. Skulduggery subió los escalones de hormigón que conducían al portal y entró seguido de Stephanie. Al fondo había una escalera desvencijada que los dos empezaron a subir.

El primer rellano estaba muy silencioso y olía a humedad. En el segundo se veían retazos de luz que asomaban entre las puertas y el suelo, despejando un tanto la oscuridad reinante. En uno de los apartamentos había una televisión encendida

Al llegar al tercer piso, Stephanie supo de inmediato que era allí donde se dirigían. Aquel rellano estaba limpio, no olía a nada y tenía luz. Era como si hubieran entrado en un edificio totalmente diferente. Stephanie siguió a Skulduggery hasta la mitad del pasillo, y se dio cuenta de que en las puertas no había números ni letras de ninguna clase. Luego se quedó mirando la puerta a la que Skulduggery acababa de llamar: era la única que tenía una placa. «Biblioteca», ponía.

–Una cosa más –dijo Skulduggery mientras esperaban–. Por muchas ganas que te entren de hacerlo, no se te ocurra decirle cómo te llamas.

La puerta se entreabrió antes de que Stephanie pudiera preguntar nada y por el hueco se asomó un hombre delgado con unos enormes anteojos redondos. Tenía la nariz aguileña, y su pelo crespo estaba en franco retroceso. Iba vestido con un traje de cuadros y una pajarita. Se quedó mirando un momento a Stephanie; luego hizo un gesto con la cabeza en dirección a Skulduggery y abrió la puerta del todo.

Al entrar, Stephanie se dio cuenta de la razón por la que las puertas no tenían números: todas daban a la misma estancia. Los dueños de aquel lugar habían eliminado todos los tabiques para instalar estanterías en las que reposaban un sinfín de libros. Había decenas de miles, en una maraña de estanterías que se extendía de un lado a otro del edificio. Mientras Skulduggery y ella seguían al hombre de los anteojos por aquel laberinto, Stephanie vio que había más gente en la biblioteca. Eran personas concentradas en la lectura y medio escondidas entre las sombras, personas con algo indefinible que las hacía... raras.

En medio de la biblioteca había un espacio despejado, como un claro en un bosque de libros, y allí los esperaba la mujer más hermosa que Stephanie había visto en su vida. Tenía el pelo negro como ala de cuervo, y los ojos de un azul palidísimo. Sus facciones eran tan delicadas que Stephanie temió que se rompieran si sonreía; entonces la mujer sonrió, y Stephanie sintió una calidez tan acogedora que por un instante deseó quedarse al lado de aquella mujer para siempre jamás.

–Déjalo ya –dijo Skulduggery.

La mujer dirigió la mirada hacia él y su sonrisa tomó un matiz juguetón. Stephanie seguía mirándola embobada. Sentía el cuerpo tan pesado y torpón que lo único que deseaba hacer en la vida era quedarse allí de pie, en el preciso lugar en el que estaba, y contemplar la belleza en estado puro.

–Te digo que lo dejes –insistió Skulduggery. La mujer se echó a reír y volvió a mirar a Stephanie.

–Huy, lo siento –dijo, y Stephanie sintió como si un velo de neblina se levantara de su mente. Se tambaleó, repentinamente mareada, pero Skulduggery estaba alerta y la sujetó poniéndole la mano en la espalda para que no se cayera–. Lo siento mucho, de verdad –repitió la mujer haciendo una pequeña reverencia–. Siempre me olvido del efecto que causo en la gente. La primera impresión es la más vívida, ya se sabe...

–Parece que te olvidas de ese pequeño detalle cada vez que conoces a alguien –dijo Skulduggery.

–Sí, soy una despistada. En fin, ¿qué se le va a hacer?

Skulduggery se volvió hacia Stephanie, refunfuñando.

–No te avergüences; todo el mundo se enamora de China la primera vez que la ve. Pero créeme, el efecto es menor cuanto más la conoces.

–Sí, es menor –intervino la tal China–, pero nunca llega a desaparecer del todo. ¿Verdad, Skulduggery?

El detective se quitó el sombrero y observó a China sin dignarse contestar a su pregunta. China miró sonriente a Stephanie y le ofreció una tarjeta de visita. Era de color hueso y solo tenía impreso un número de teléfono. El conjunto desprendía una delicada elegancia.

–Llámame cuando quieras, sobre todo si encuentras algún libro u objeto que me pueda interesar. Skulduggery lo hacía a menudo, pero ahora hace mucho que no me llama. Me temo que eso ya es agua pasada, y evidentemente no mueve molino... ¡Ay, pero qué despistada soy! Se me ha olvidado presentarme. Yo me llamo China Sorrows, querida. ¿Y tú, cómo te llamas?

Stephanie estaba a punto de decirle su nombre cuando Skulduggery la fulminó con la mirada. Entonces recordó el consejo que le había dado antes de entrar y frunció el ceño, porque sentía el impulso casi irreprimible de contarle a aquella mujer todo cuanto quisiera saber.

–No te hace falta saber su nombre –intervino Skulduggery–. Lo único que tienes que saber es que estaba en casa de Gordon Edgley cuando un hombre entró por la fuerza. Estaba buscando algo. ¿Qué podría tener Gordon para que alguien lo codiciara tanto?

–¿No sabes quién era?

–Él no era nadie; lo importante es quién lo envió.

–¿Y quién te parece que lo envió?

Skulduggery se quedó callado y China soltó una risita.

–¿Ya estás con Serpine de nuevo? Pero querido, según tú, Serpine es el culpable de casi todos los crímenes del mundo.

–Es que lo es.

–Bueno, ¿y por qué vienes a verme a mí?

–Porque tú siempre te enteras de cosas.

–¿Ah, sí?

–La gente habla contigo.

–Bueno, es que soy una persona extremadamente accesible.

–El caso es que me pregunto si habrás oído algo, algún rumor, alguna murmuración... en fin, cualquier cosa.

–Nada que pueda servirte de ayuda.

–Pero entonces, ¿has oído algo?

–Lo único que he oído es una tontería, una bobada tan absurda que ni siquiera merece el nombre de rumor. Parece ser que Serpine ha estado indagando acerca del Cetro de los Antiguos.

–¿Para qué?

–Dicen que lo está buscando.

–¿Cómo que lo está buscando? ¡Pero si el Cetro es un cuento de viejas!

–Te avisé de que era una tontería.

Skulduggery se quedó callado un momento, como si estuviera almacenando aquella información para examinarla luego con más detenimiento, y luego volvió al punto de partida:

–Bueno, ¿y qué crees que podría tener Gordon para que Serpine, o quien fuera, lo codiciara tanto?

–Cualquier cosa –respondió China–. El bueno de Gordon tenía vocación de coleccionista, como yo. Pero no creo que esa sea la pregunta adecuada.

Skulduggery se quedó pensando un momento.

–Ah, claro –dijo al cabo.

Stephanie los miró de hito en hito.

–¿Se puede saber de qué habláis?

–La pregunta adecuada –respondió Skulduggery– no es qué podría tener Gordon para que alguien quisiera robarlo, sino qué podría tener que no pudiera ser robado hasta que él hubiera muerto.

–¿Es que hay alguna diferencia?

–Hay objetos que nadie puede coger sin permiso, posesiones que no pueden ser robadas –le explicó China–. En esos casos, su dueño debe estar muerto para que otra persona pueda hacer uso de los poderes del objeto.

–Si oyes algo que me pueda interesar, ¿me lo dirás? –le dijo Skulduggery.

–¿Y tú qué me darás a cambio? –contestó China, volviendo a esbozar una sonrisa maliciosa.

–¿Te vale con las gracias?

–Tentador, muy tentador.

–Bueno, pues entonces a ver qué te parece esto –repuso Skulduggery–. Hazlo por un amigo.

–¿Un amigo? Después de todos estos años y de todo lo que ha pasado, ¿me estás diciendo que vuelves a ser mi amigo?

–Me refería a Gordon.

China se echó a reír mientras Skulduggery se daba la vuelta y se internaba entre las estanterías, seguido de Stephanie. Salieron de la biblioteca y volvieron por donde habían venido.

Stephanie solo se decidió a hablar cuando ya habían llegado a la calle.

–Así que esa era China Sorrows –dijo.

–En carne y hueso –respondió Skulduggery–. Una mujer poco digna de confianza, por cierto.

–Pero tiene un nombre muy bonito.

–Ya te dije antes que los nombres dan poder. Todos tenemos tres nombres: el nombre con el que naces, el que te ponen y el que adoptas. Todas las personas, sean quienes sean, nacen con un nombre. Tú tenías un nombre al nacer. ¿Lo conoces?

–¿Es una pregunta con truco?

–¿Sabes cómo te llamas?

–Sí, claro. Stephanie Edgley.

–No.

–¿Cómo que no?

–Ese es el nombre que te pusieron, el nombre que tus padres eligieron para ti. Si un mago de cualquier tipo quisiera hacerlo, podría usar ese nombre para influir en ti, para obtener un cierto grado de control sobre tus actos. Podría obligarte a que te levantaras, te sentaras o te quedaras callada... en fin, ese tipo de cosas.

–¿Cómo si fuera un perro?

–Sí, algo por el estilo.

–¿Estás diciendo que soy como un perrillo faldero?

–En absoluto –repuso Skulduggery. Luego se quedó callado un momento–. Bueno, la verdad es que sí.

–Ah, muchísimas gracias.

–El caso es que, además, tienes otro nombre: el de verdad, el auténtico. Un nombre único que te pertenece a ti y a nadie más que a ti.

–¿Cuál es ese nombre?

–No lo sé. Y tú tampoco lo sabes, al menos no conscientemente. Ese nombre te da poder, pero también podría proporcionar a otras personas un poder absoluto sobre ti. Si algún mago lo conociera, podría obligarte a serle leal, a amarlo, a entregarle tu vida entera; tu voluntad individual quedaría anulada por completo. Esa es la razón de que mantengamos ocultos nuestros verdaderos nombres.

–¿Y qué pasa con el tercer nombre?

–Es el nombre que adoptas, y nadie puede usarlo para hacerte daño o influir en ti. Se trata de la defensa más elemental contra el ataque de un mago. El nombre que adoptas bloquea el acceso al nombre que te han puesto, lo protege, y por eso es tan importante elegirlo con acierto.

–Entonces Skulduggery es el nombre que tú adoptaste, ¿no?

–Exacto.

–¿No debería adoptar un nombre yo también?

Skulduggery se quedó pensativo un momento, pero reaccionó enseguida.

–Si vas a acompañarme en este asunto, la respuesta es que sí. Puede que te venga bien hacerlo.

–¿Y me vas a dejar que te acompañe?

–Depende. ¿Necesitas pedir permiso a tus padres?

Stephanie pensó un momento. Sus padres querían que encontrara su propio camino en la vida, se lo habían dicho infinidad de veces. En realidad, al decirlo se referían a cosas como las asignaturas optativas del instituto, su carrera universitaria, su futuro trabajo... Era bastante posible que, al decir aquello, no hubieran tenido en cuenta un futuro lleno de esqueletos vivientes y submundos mágicos. Si hubieran sido conscientes de aquello, tal vez la hubieran aconsejado de forma diferente.

–Más bien no –dijo al fin, encogiéndose de hombros.

–Bueno, pues con eso me vale.

Ya habían llegado al coche. Skulduggery y su nueva socia se montaron, y cuando se incorporaban a la carretera, Stephanie lo miró.

–¿Quién es ese Serpine del que hablabais antes?

–Nefarian Serpine es uno de los malos. Ahora que Mevolent no está, supongo que podríamos considerarlo como el malvado oficial.

–¿Qué le hace ser tan malo?

Durante unos segundos se hizo un silencio solo roto por el ronroneo del motor.

–Serpine es un adepto –dijo Skulduggery al fin–. Era el lugarteniente más preciado de Mevolent. Antes China ha dicho que Gordon y ella tenían vocación de coleccionistas, ¿te acuerdas? Bueno, pues Serpine también la tiene. Colecciona magia: ha torturado, mutilado y asesinado a mucha gente para hacerse con sus secretos. Ha cometido atrocidades sin nombre para desvelar oscuros ritos, en busca de un ritual único que él, y otros fanáticos como él, llevan buscando desde hace siglos. Cuando estalló la guerra secreta, Serpine tenía un arma infalible; hoy en día es un mago lleno de sorpresas, pero aun así sigue utilizándola porque la verdad es que resulta imposible defenderse de ella.

–¿En qué consiste?

–En pocas palabras, consiste en la más atroz de las muertes.

–¿Pero mata a la gente así, sin más? ¿No dispara con un arma ni nada por el estilo?

–Lo único que hace es extender su roja mano derecha hacia sus enemigos, y... en fin, se mueren atrozmente. Es una técnica de necromancia.

–¿Qué es necromancia?

–Es una magia de muerte, una variedad particularmente peligrosa de la magia adepta. No tengo ni idea de cómo llegó a aprenderla Serpine, pero no cabe duda de que lo hizo a conciencia.

–¿Y qué tiene que ver el Cetro con todo esto?

–Nada, nada en absoluto.

–Bueno, ¿pero qué es?

–Es un arma con un poder destructivo incontenible, o más bien lo sería si existiera. Se trata de una barra de metal más o menos tan larga como tu fémur... Ahora que lo pienso, creo que tengo un dibujo por aquí.

Skulduggery se detuvo junto a la acera, salió del coche y abrió el maletero. Stephanie miró alrededor: nunca había estado en aquella parte de la ciudad. Las calles estaban vacías y silenciosas, y algo más lejos se entreveía un puente que atravesaba un canal. En menos de un minuto Skulduggery volvió al coche, colocó un libro encuadernado en cuero sobre el regazo de Stephanie y arrancó de nuevo. Stephanie abrió el broche de metal que mantenía el libro cerrado.

–¿Qué es esto? –preguntó, hojeándolo.

–Son nuestros mitos y leyendas más populares –dijo Skulduggery–. Acabas de pasar la historia del Cetro.

Stephanie volvió atrás y encontró un dibujo en el que un hombre con los ojos muy abiertos alargaba la mano para agarrar una vara dorada con una gema negra engastada en la empuñadura. El Cetro resplandecía, obligando al hombre a protegerse los ojos con la otra mano. En la página opuesta había otro dibujo que mostraba a un hombre enarbolando el Cetro, rodeado de figuras agazapadas que miraban en dirección opuesta.

–¿Quién es este?

–Es un Antiguo. Según nuestras leyendas, los Antiguos fueron los magos originales, los primeros que aprendieron a manejar el poder de los elementos e inventaron hechizos. Vivían ajenos al mundo de los mortales, no estaban interesados en él; tenían gustos y costumbres propias, e incluso dioses propios. Al cabo de muchos años decidieron que también querían tener destinos propios, así que se rebelaron contra sus dioses, que eran unos seres bastante desagradables llamados los Sin Rostro, y lucharon contra ellos en la tierra, los cielos y los océanos. Pero como los Sin Rostro eran inmortales, ganaban todas las batallas, hasta que los Antiguos construyeron un arma lo suficientemente poderosa como para expulsarlos de la Tierra: el Cetro.

–Parece que conoces bien la historia.

–Tal vez la costumbre de contar cuentos alrededor de una hoguera resulte pintoresca hoy en día, pero era el único entretenimiento que teníamos antes de que se inventara el cine. En fin, la cosa es que los Antiguos lograron echar a los Sin Rostro, mandarlos de vuelta al lugar del que habían venido.

–¿Qué representa este dibujo? ¿Es el momento en que mataron a sus dioses?

–Sí. El poder del Cetro estaba alimentado por el ansia de libertad que tenían los Antiguos, la fuerza más poderosa que tenían a su alcance.

–Entonces, ¿se trata de una fuerza liberadora?

–En su origen, sí. Lo que pasa es que una vez que los Sin Rostro desaparecieron y dejaron de decirles lo que tenían que hacer, los Antiguos empezaron a luchar entre ellos usando el Cetro, y esto hizo que se impregnara de odio.

El coche avanzaba por calles bordeadas de farolas cuya luz se reflejaba intermitente en la calavera de Skulduggery, creando un ritmo hipnótico.

–El último Antiguo –prosiguió el detective–, tras haber desterrado a todos sus dioses y matado a todos sus amigos y familia, se dio cuenta de lo que había hecho y tiró el Cetro a las profundidades de la tierra. El suelo se lo tragó, y nunca se ha vuelto a saber de él.

–¿Y qué hizo entonces?

–Yo qué sé. Se echaría una siesta, supongo. Es una leyenda, una alegoría; no pasó de verdad.

–Entonces, ¿por qué Serpine piensa que el Cetro existe?

–Eso es justamente lo que me tiene intrigado. Serpine, como Mevolent, cree a pies juntillas algunos de nuestros mitos más oscuros e inquietantes. Está convencido de que el mundo era un lugar mejor cuando los Sin Rostro lo dominaban. Pero aquellos seres no eran especialmente amantes de los humanos, ¿sabes? Además, exigían sumisión absoluta.

–Ese ritual que lleva siglos buscando, ¿sirve para traerlos de vuelta?

–Tú lo has dicho.

–Tal vez Serpine crea que si el Cetro sirvió para expulsarlos, también podría hacerlos volver, ¿no te parece?

–La gente cree todo tipo de cosas raras si forman parte de su religión.

–Y tú, ¿qué opinas? ¿Crees que existieron de verdad los Antiguos, los Sin Rostro y todas esas cosas?

–Yo creo en mí, Stephanie, y con eso me basta.

–Entonces, ¿te parece que el Cetro existe realmente?

–Lo dudo mucho.

–¿Y qué relación guarda todo esto con mi tío?

–Ni idea –dijo Skulduggery–. Si lo supiéramos, no sería un misterio.

De pronto el coche se llenó de luz y empezó a sacudirse, y el aire se llenó de chirridos y golpes metálicos. Stephanie se zarandeó a pesar del cinturón de seguridad, golpeó la ventanilla con la cabeza y vio cómo la calle se inclinaba cada vez más. De pronto cayó en la cuenta de que estaban dando una vuelta de campana. Oyó cómo Skulduggery maldecía, se sintió ingrávida por un momento y luego se estrelló contra el salpicadero.

El coche se balanceó un par de veces antes de quedarse inmóvil. Stephanie estaba pasmada mirándose las rodillas, consciente pero demasiado conmocionada para pensar. En su cabeza sonó una vocecilla: decía que tenía que levantar la vista, que debía mirar hacia arriba para ver qué estaba pasando. El Bentley estaba inmóvil y su motor había enmudecido, pero algo más allá se oía el ronroneo de otro motor. Una puerta de coche se abrió y se cerró enseguida. «Levanta la vista, Stephanie». Pisadas, pisadas de alguien que se acercaba corriendo. «Levanta la vista ya mismo». Skulduggery a su lado, inmóvil. «Levanta la vista, Stephanie, vienen a por ti. Levántala YA MISMO».

Por segunda vez aquella noche, una mano rompió el cristal de la ventana justo al lado de Stephanie. El hombre que la había atacado en la casa la agarró y la sacó del coche de un tirón.

6

UN HOMBRE DESHECHO

TENÍA la ropa quemada y hecha jirones, pero su piel no parecía haber sufrido los efectos de la bola de fuego que lo había envuelto en la casa de Gordon. Stephanie le vio la cara a la luz de los faros amarillos del Bentley, su expresión distorsionada por el odio y la ira, y luego la perdió de vista por un momento mientras el hombre la levantaba en vilo y la estampaba contra el capó del coche que había chocado contra el de Skulduggery. El hombre le estrujó el cuello con las manos, hincándole los pulgares en la garganta.

–Si no me das esa condenada llave, morirás aquí mismo –siseó.

Stephanie le agarró las manos intentando hacerle aflojar su presa. La cabeza le daba vueltas y le palpitaban las sienes.

–Por favor –susurró, haciendo un esfuerzo por respirar.

–Me estás haciendo quedar mal –masculló el hombre–. ¡Mi señor va a pensar que soy un estúpido si no soy capaz de quitarle ni una llave a una mocosa!

La calle estaba vacía. No se veían más que tiendas y negocios, cerrados hasta el día siguiente. No había nadie que pudiera despertarse y oírla. Nadie la iba a ayudar. Y Skulduggery, ¿dónde estaba?

El hombre la levantó en vilo y volvió a estamparla contra el capó con todas sus fuerzas. Stephanie dio un grito de dolor y el hombre se inclinó sobre ella, presionándole ahora la garganta con el antebrazo derecho.

–Te voy a romper el cuello, niñata –siseó.

–¡No sé de qué llave me hablas! –dijo Stephanie dando boqueadas.

–Si no lo sabes, no me sirves de nada y puedo matarte ya mismo.

Stephanie miró las facciones contraídas del hombre y decidió cambiar de táctica: en vez de intentar apartarle las manos, le hincó el dedo pulgar en el agujero que le había hecho la bala en el hombro. El hombre chilló y se tambaleó soltando maldiciones, y Stephanie aprovechó para apartarse rápidamente y echar a correr hacia el Bentley. Skulduggery estaba dentro, intentando salir; pero la puerta se había deformado con el impacto y le había dejado la pierna atrapada.

–¡Vete! –le dijo a Stephanie a través del hueco de la ventanilla–. ¡Corre, vete!

Stephanie miró hacia atrás, vio una figura que se abalanzaba hacia ella y se apartó del coche empujándose con las manos. El impulso hizo que resbalara en el suelo mojado, pero logró ponerse en pie enseguida y echó a correr El hombre salió disparado tras ella, agarrándose el hombro herido.

Stephanie se agachó para esquivar otra arremetida, y aprovechó para agarrar una farola y girar sobre sí misma apartándose de la trayectoria del hombre, que cayó de bruces impulsado por la inercia. Aprovechando su ventaja, Stephanie echó a correr en dirección opuesta, pasó junto a los dos coches y siguió avanzando sin detenerse. La calle era demasiado larga y ancha para pensar en despistar al hombre, así que torció por la primera bocacalle que vio y se abalanzó por un oscuro callejón.

Oía al hombre correr tras ella dando zancadas que le parecían mucho más rápidas que las suyas, pero no se atrevía a mirar atrás porque no quería que el miedo que le estaba dando alas se convirtiera en pánico y la dejara paralizada. Estaba todo tan oscuro que Stephanie no distinguía lo que había un metro más allá de su cara. Pensó que si hubiera una pared delante, ni siquiera la vería hasta estamparse contra...

Una pared.

En el último momento giró el torso y amortiguó el golpe con las manos, aprovechando el impulso para torcer en ángulo recto sin perder demasiada velocidad y seguir corriendo junto al muro. El hombre debía de ver incluso menos que ella en la oscuridad, porque de inmediato oyó cómo golpeaba la pared y soltaba un taco.

A cierta distancia la oscuridad se aclaraba: era el final del callejón. Por la calle en la que desembocaba pasó veloz un taxi. El hombre avanzaba a trompicones, y Stephanie pensó que lo había conseguido. Solo tenía que acercarse corriendo a la primera persona que viera para que el hombre la dejara en paz.

Salió disparada del callejón pidiendo ayuda a gritos, pero el taxi había desaparecido y la calle estaba desierta. Stephanie volvió a gritar, esta vez de desesperación. Su sombra se extendía ante ella, cortando la luz anaranjada de las farolas; de pronto apareció otra sombra por detrás y Stephanie se tiró hacia un lado para evitar al hombre, que pasó como una exhalación sin poder agarrarla.

Al fondo de la calle se veía un reflejo: era el canal que recorría la ciudad. Stephanie echó a correr hacia allí, consciente de que el hombre volvía a ganarle terreno.

De pronto notó el roce de sus dedos en el hombro. El hombre cerró la mano justo cuando Stephanie llegaba al borde del canal, pero ella logró tirarse al agua antes de que la frenara del todo. Al caer oyó un chillido de pánico tras ella, y se dio cuenta de que había arrastrado al hombre consigo. Entonces el agua helada los envolvió a los dos.

El frío dejó aturdida a Stephanie durante un momento, pero logró sobreponerse y comenzó a patalear. Levantó los brazos y empezó a dar brazadas como si quisiera agarrar el agua que había sobre ella para arrastrarla hacia abajo, igual que había hecho miles de veces en la playa de Haggard. Ya casi estaba fuera, ya podía distinguir las luces sobre su cabeza.

Emergió jadeante, miró alrededor para ver qué era de su perseguidor y lo vio debatirse frenético. Por un instante pensó que el hombre no sabía nadar, pero enseguida se dio cuenta de que le pasaba algo peor. El agua le hacía daño, corroía su piel como el ácido y desprendía tiras de carne de su cuerpo. Los gritos del hombre se fueron haciendo cada vez más guturales, y Stephanie se quedó mirando cómo se deshacía hasta quedar totalmente silencioso e inconfundiblemente muerto.

Stephanie empezó a nadar, intentando esquivar los trocitos de hombre que flotaban en el agua. Tenía las manos y los pies entumecidos por el frío, pero siguió nadando sin detenerse hasta dejar atrás el puente desde el que se había tirado.

Cuando ya estaba bastante lejos, agarró el borde del canal y se aupó hasta salir del agua. Empapada y temblorosa, cruzó los brazos sobre el pecho y echó a correr hacia el Bentley a toda la velocidad que le permitían sus deportivas encharcadas.

Cuando llegó al Bentley lo encontró vacío. Mientras lo observaba, oyó un ruido y se ocultó en las sombras: era un camión, cuyo conductor aminoró la marcha al ver los dos coches accidentados pero volvió a acelerar cuando comprobó que no había nadie en las cercanías. Stephanie siguió esperando en el mismo sitio.

Algunos minutos más tarde, Skulduggery salió del callejón por el que había huido Stephanie hacía un rato. Iba caminando a buen paso, y examinaba la calle con atención mientras se acercaba al coche. Stephanie avanzó hasta entrar en la zona iluminada.

–Hola –dijo.

–¡Stephanie! –exclamó Skulduggery, abalanzándose sobre ella–. ¿Estás bien?

–Sí, solo he ido a darme un baño –dijo ella, intentando no castañetear los dientes.

–¿Qué ha pasado? ¿Dónde está ese tipo?

–Huy, por todas partes –contestó Stephanie, aterida por la brisa que atravesaba sus ropas empapadas–. Se ha disuelto en el agua.

–Sí, esas cosas ocurren –dijo Skulduggery asintiendo con la cabeza.

Extendió la mano abierta y Stephanie notó cómo se iba secando rápidamente, mientras la humedad que salía de sus ropas formaba una nubecilla y se quedaba suspendida sobre su cabeza.

–¿No te parece raro? –preguntó.

Skulduggery movió la mano; la nube se apartó volando y se deshizo en un minúsculo chaparrón a cierta distancia.

–La magia adepta puede salirle cara a quien la practica. Como has podido comprobar, tu perseguidor había conseguido ser inmune a los efectos del fuego, y parecía sentirse muy orgulloso de ello. Pero, desafortunadamente para él, este hechizo tenía la contrapartida de convertir el agua en una sustancia letal. Detrás de todo gran hechizo siempre hay una pega oculta.

Skulduggery chasqueó los dedos haciendo aparecer una bola de fuego y Stephanie empezó a entrar en calor.

–Me gusta ese truco –dijo–. Algún día tienes que enseñarme a hacerlo.

Luego se acercó al Bentley, abrió la puerta del copiloto con considerable esfuerzo, retiró los cristales rotos del asiento, montó y se abrochó el cinturón. Skulduggery se acercó por el otro lado, se coló por la ventanilla rota y logró encajarse tras el volante. Al girar la llave de contacto el motor carraspeó y se quejó por un momento, pero enseguida volvió a cobrar vida.

Stephanie estaba agotada física y mentalmente; los brazos y las piernas le pesaban, y se le cerraban los ojos. Se sacó el teléfono móvil del bolsillo: milagrosamente, el agua del canal no lo había estropeado. Apretó una tecla y la pantalla se iluminó, mostrando la hora. Stephanie soltó un gemido y miró hacia fuera: el horizonte empezaba a iluminarse con las primeras luces del alba.

–¿Qué te pasa? –dijo Skulduggery–. ¿Te duele algo?

–No, pero si no vuelvo pronto a casa de Gordon voy a tener problemas. Mi madre irá a recogerme dentro de un rato.

–No pareces muy feliz.

–Es que no quiero volver al mundo de siempre, a mi vida en un pueblo lleno de vecinos fisgones y parientes antipáticos.

–¿Prefieres vivir en un mundo en el que te atacan dos veces en una sola noche?

–Sé que suena absurdo, pero sí, lo prefiero. Aquí pasan cosas, al menos.

–Hoy iré a visitar a un amigo, alguien que quizá nos pueda prestar ayuda. Si quieres, puedes venir conmigo.

–¿Lo dices en serio?

–Creo que tienes buen olfato para este tipo de trabajo.

Stephanie asintió, encogiéndose de hombros.

–¿Y qué hay de la magia? –preguntó, procurando disimular el alborozo que sentía.

–¿A qué te refieres?

–¿Me enseñarás?

–Ni siquiera sabemos si eres capaz de hacer magia.

–¿Y cómo puedo averiguarlo? ¿Hay alguna prueba que permita comprobarlo, o algo así?

–Sí, hay una. Si te cortan la cabeza y te vuelve a crecer, es que puedes hacer magia.

–Estás volviendo a tomarme el pelo, ¿verdad?

–Efectivamente.

–Bueno, entonces, ¿me enseñarás?

–No soy maestro, soy detective. Esa es mi profesión.

–Ah, vale. Pero es que me gustaría tanto aprender, y tú lo haces tan bien...

–No se te nota nada que me estás haciendo la pelota.

–Bueno, si no quieres enseñarme, no pasa nada. Siempre puedo pedirle ayuda a China, ¿no?

Skulduggery volvió la cabeza para mirarla.

–China no te enseñaría nada de nada, porque lo único que la mueve es su propio interés. Tal vez al principio no te des cuenta de ello y creas que te está haciendo un favor, pero no debes confiar nunca en ella.

–Vale, de acuerdo.

–Estupendo. Entonces vas a hacerme caso, ¿verdad?

–Sí, por supuesto. Nada de confiar en China.

–Muy bien, me alegro de que te haya quedado tan claro.

–O sea, que me vas a enseñar tú, ¿no?

Skulduggery suspiró.

–Me parece que tratar contigo va a ser una tortura.

–Sí, eso dicen todos mis profesores.

–La verdad, no sé por qué me meto en estos líos –masculló Skulduggery para sí.

Skulduggery dejó a Stephanie en casa de su tío, y al cabo de media hora apareció el coche de su madre por el embarrado camino Stephanie la saludó desde fuera de la casa para desviar su atención de la puerta de entrada, que seguía apoyada en el marco.

–Buenos días, corazón. ¿Qué tal estás? –dijo su madre cuando Stephanie entró en el coche.

–Muy bien.

–Pues tienes una cara fatal.

–Muchas gracias, mamá.

La madre de Stephanie se echó a reír mientras giraba el volante para salir a la carretera.

– Perdona. Pero dime, ¿cómo ha sido la noche?

Stephanie titubeó y se encogió de hombros.

–Tranquila –respondió.

7
SERPINE

NEFARIAN Serpine tenía visita.

Avanzó por los corredores de su castillo, pasando junto a decenas de Hombres Huecos que le hacían profundas reverencias al verlo. De lejos parecían reales, pero vistos de cerca no eran más que toscas imitaciones de seres humanos. Su piel quebradiza como el papel era una mera cáscara inexpresiva, inflada por una acumulación de gases inmundos. Las únicas partes macizas de su cuerpo eran los pies, que resonaban sobre el pavimento de piedra, y las manos, cuyo peso les obligaba a caminar perpetuamente encorvados.

Cuanto más se acercaba Serpine a la sala central del castillo, más abundaban los Hombres Huecos. Eran unas criaturas simples que solo hacían lo que se les ordenaba, y no habían sabido qué hacer con el visitante. Serpine entró en la enorme sala y la multitud de Hombres Huecos se abrió a su paso, dejando un pasillo en cuyo extremo había un hombre vestido con un traje oscuro que se volvió para saludarlo.

–Señor Bliss –dijo Serpine educadamente–. Creí que había muerto.

–Sí, yo también lo oí decir –respondió Bliss. Era un hombre elegante, robusto y musculoso, tan alto como Serpine; pero mientras que

Serpine tenía el pelo negro y los ojos de un resplandeciente verde esmeralda, él era calvo y tenía los ojos del más pálido de los azules–. De hecho, yo mismo me encargué de iniciar el rumor. Pensé que de ese modo la gente me dejaría disfrutar en paz de mi jubilación.

–¿Y lo ha conseguido?

–Desafortunadamente, no.

Serpine hizo un gesto con el brazo para indicar a los Hombres Huecos que se retiraran y condujo a su invitado a una sala contigua.

–¿Puedo ofrecerle algo de beber? –preguntó acercándose a un aparador–. ¿O es demasiado temprano?

–He venido por un asunto de trabajo –repuso Bliss–. Me envían los Mayores.

Serpine se volvió para encararlo, esbozando una sonrisa.

–Ah, los Mayores. ¿Cómo están, por cierto?

–Preocupados.

–¿Y cuándo no?

Serpine se acercó a un sillón que estaba frente a la ventana, se quedó de pie por un momento observando el sol que pugnaba por salir y luego se sentó con las piernas cruzadas, mirando a Bliss para indicarle que continuara. La última vez que habían estado los dos en la misma estancia, habían pasado horas intentando matarse el uno al otro mientras un huracán devastaba el edificio a su alrededor. Serpine se dio cuenta de que Bliss no se había querido sentar porque estaba recordando aquella escena; evidentemente, desconfiaba de él.

–Los Mayores me han convocado porque hace cinco días perdieron a dos de sus hombres: Clement Gale y Alexander Slake.

–Créame que lo siento tanto como ellos, pero me temo que no he visto jamás a ninguno de los dos.

–Los Mayores les habían encomendado que... observaran discretamente esta fortaleza de cuando en cuando.

–¿Eran espías?

–No, en absoluto; eran meros observadores. Los Mayores creyeron que sería prudente supervisar a unos cuantos seguidores de Mevolent para asegurarse de que nadie se apartaba de lo estipulado en la tregua, y usted siempre fue el primero de esa lista.

Serpine sonrió.

–¿Y cree que he tenido algo que ver con su desaparición? Ahora soy un hombre pacífico. Mis días de lucha han acabado; solo me mueve la sed de conocimiento.

–La sed de secretos.

–Qué siniestro suena eso en su boca, señor Bliss. En cuanto a la desaparición de los «observadores», espero que aparezcan de nuevo sanos y salvos, y que los Mayores tengan que pedirle disculpas por haberle sacado de su retiro a la fuerza.

–Aparecieron ayer.

–¿Ah, sí?

–Muertos.

–Qué terrible contratiempo.

–Sus cuerpos no tenían ninguna marca, ni una sola indicación de qué podía haberlos matado. ¿Le suena?

Serpine se quedó pensativo un momento. Luego enarcó una ceja y levantó la mano derecha, que tenía cubierta con un guante.

–¿Creen que lo he hecho con mi mano, que fui yo quien mató a esos hombres? Por favor, ¡pero si llevo años sin usar este poder! Cuando aprendí a usarlo pensé que era algo maravilloso, pero ahora lo considero como una maldición, un recordatorio constante de los muchos errores y transgresiones que cometí como seguidor de Mevolent. No me importa reconocer ante usted, señor Bliss, que estoy profundamente avergonzado de lo que he hecho en mi vida.

Bliss lo miró de hito en hito. Aunque Serpine estuvo a punto de estropearlo todo echándose a reír, al final se contuvo y logró mantener su socarrona expresión de inocencia.

–Gracias por su cooperación –dijo Bliss, disponiéndose a salir–. Tal vez vuelva dentro de poco, si tengo alguna pregunta más que hacerle.

Serpine esperó a que Bliss estuviera en el umbral para hablar de nuevo.

–Deben de tener miedo.

Bliss se detuvo.

–¿Por qué lo dice?

–Lo han mandado a usted, Bliss. ¿Por qué no han mandado al detective?

–Skulduggery Pleasant está ocupado con otra investigación.

–¿De veras? ¿No pensaron que mandándolo a usted lograrían intimidarme?

–Pensaron que querría escucharme. Esta tregua solo durará el tiempo que las dos partes firmantes quieran. Los Mayores quieren que dure.

–Me parece muy sensato por su parte.

Bliss lo miró como si estuviera intentando leerle los pensamientos.

–Ten cuidado, Nefarian –dijo, tuteándolo de pronto–. Puede que no te guste lo que encuentres al final del camino que has emprendido.

Serpine sonrió.

–¿Seguro que no quieres beber algo?

–No, debo coger un avión.

–¿Vas a algún sitio agradable?

–Tengo una reunión en Londres.

–Espero que te vaya bien. Ya tomaremos algo juntos en otra ocasión, entonces.

–Sí, tal vez.

Bliss inclinó un poco la cabeza en señal de adiós y se fue.

8

ABOMINABLE

STEPHANIE se metió en la cama en cuanto llegó a su casa y no se despertó hasta pasadas las dos de la tarde. Al levantarse, fue al cuarto de baño sin hacer ruido y se dio una ducha. Le dolía todo el cuerpo, tenía las rodillas llenas de cortes y heridas que le había hecho el hombre al arrastrarla por la carretera, estaba salpicada de cardenales y no movía bien el cuello.

Cerró el grifo, salió de la ducha, se secó y se enfundó unos vaqueros limpios y una camiseta de manga corta. Bajó descalza las escaleras, metió la ropa del día anterior en la lavadora, echó detergente y la puso a lavar. Luego comió algo, y solo cuando hubo hecho todas estas cosas se permitió pensar en lo que había pasado la noche anterior.

«Bueno, o sea que ocurrió de verdad», se dijo para sus adentros.

Luego se calzó, salió de su casa y echó a andar, sintiendo el calor del sol en la cara. Llegó hasta el final de la calle, pasó junto al antiguo embarcadero y empezó a subir la cuesta hacia la calle Mayor. Todo parecía normal: niños jugando al fútbol, montando en bici y riendo; perros corriendo de acá para allá, meneando la cola;

vecinos de cháchara... En suma, el mundo funcionando como Stephanie siempre había pensado que funcionaba. No había esqueletos vivientes. Ni magia. Ni homicidas en potencia.

De pronto cayó en la cuenta de lo mucho que había cambiado su vida en un solo día, y de sus labios escapó una carcajada histérica. Había pasado de ser una chica perfectamente normal en un mundo perfectamente normal a ser el objetivo de asesinos solubles en agua, y la ayudante de un esqueleto detective que estaba investigando el asesinato de su tío.

Stephanie pegó un respingo. ¿Cómo que el «asesinato» de su tío? ¿De dónde había sacado eso? Gordon había muerto por causas naturales, o al menos eso habían dicho los médicos. Stephanie frunció el ceño, pensando que aquellos médicos vivían en un mundo en el que no había esqueletos que hablaban y se movían. Pero aun así, ¿por qué se le había ocurrido aquello? ¿Qué le había hecho pensar que Gordon había sido asesinado?

«Hay objetos que nadie puede coger sin permiso, posesiones que no pueden ser robadas», había dicho China. «En esos casos, su dueño debe estar muerto para que otra persona pueda hacer uso de los poderes del objeto».

Estaba claro: el hombre que la había atacado y la persona que le había mandado hacerlo querían conseguir algo. Lo deseaban tanto que estaban dispuestos a matarla para apoderarse de ello. Y si tantas ganas tenían de poseerlo, ¿iban a esperar a que su tío muriera de viejo para ir a buscarlo?

Stephanie sintió un escalofrío. Gordon había sido asesinado. Alguien lo había matado, y nadie estaba haciendo nada al respecto. Nadie hacía preguntas a los sospechosos, nadie trataba de averiguar quién había sido el culpable.

Menos Skulduggery.

Stephanie entrecerró los ojos. Claro, Skulduggery sabía que su tío había sido asesinado. Si aún no lo sospechaba cuando se habían visto por primera vez, lo habría deducido en la biblioteca. Y puede que China también lo supiera, pero ninguno de los dos le había dicho nada. Tal vez pensaran que sería demasiado fuerte para ella, o simplemente que no era asunto suyo. Al fin y al cabo era algo que había sucedido en su mundo, no en el de Stephanie. Pero Gordon era su tío.

Stephanie oyó que un coche se detenía a sus espaldas. La gente empezó a mirarla, así que volvió la vista atrás y vio que era el Bentley.

La puerta del conductor seguía con la abolladura que le había hecho el otro coche la noche anterior, y el parabrisas estaba surcado de grietas. Faltaban los cristales de tres ventanillas, y el capó tenía un rayón tremendo en el lado izquierdo. El ronroneo del motor había sido sustituido por un inquietante traqueteo que cesó de pronto. Skulduggery, ataviado con su sombrero, su bufanda y sus gafas, intentó salir, pero la puerta se negaba a abrirse.

–Lo que me faltaba –masculló Stephanie.

Skulduggery se inclinó hacia atrás, levantó la rodilla, abrió la puerta de una patada y salió del coche colocándose bien el abrigo.

–Buenas tardes –dijo alegremente–. Hace un día precioso, ¿verdad?

–Nos está mirando todo el mundo –susurró Stephanie cuando lo tuvo cerca.

–¿De verdad? Ah, pues sí, tienes toda la razón. Bueno, que les aproveche. Qué, ¿estás lista? ¿Podemos irnos ya?

–Depende –contestó Stephanie, hablando en voz baja y sin dejar de sonreír–. ¿Cuándo pensabas decirme que mi tío murió asesinado?

Skulduggery titubeó durante un instante.

–Vaya, veo que has estado atando cabos.

Stephanie se metió en un estrecho callejón para evitar las penetrantes miradas de los chismosos de Haggard. Skulduggery dudó un momento, pero enseguida la alcanzó con dos zancadas.

–Tenía una buena razón para no decírtelo, Stephanie.

–Me da igual –respondió ella, dejando de sonreír ahora que no la veía nadie– A Gordon lo a-se-si-na-ron, Skulduggery. ¿Cómo pudiste ocultármelo?

–Este es un asunto peligroso. El mundo en el que vivo es peligroso, ¿sabes?

Stephanie paró en seco, pero Skulduggery siguió andando hasta que se dio cuenta de que iba solo y se dio la vuelta en redondo. Stephanie lo miraba fijamente, con los brazos cruzados.

–Si crees que es demasiado para mí… –dijo.

–No, me has demostrado de sobra que eres capaz de aguantarlo –respondió Skulduggery con voz repentinamente cálida–. Ya cuando te conocí me di cuenta de que eres justo el tipo de persona que nunca rehuiría el peligro por pura cabezonería. Por eso me propuse mantenerte alejada de él. Entiéndeme, Stephanie: Gordon era mi amigo, y pensé que debía intentar que su sobrina preferida no corriera muchos riesgos.

–Ya los estoy corriendo, así que no hace falta que te preocupes por mantenerme alejada de ellos.

–Sí, eso parece.

–Entonces, ¿no volverás a ocultarme nada?

Skulduggery se puso la mano en el pecho.

–Que me muera si lo hago. Te lo digo de corazón, Stephanie.

–Vale, estamos en paz.

Skulduggery asintió y los dos echaron a andar de nuevo hacia el Bentley.

–Aunque no sé cómo puedes decírmelo de corazón, si ya no tienes.

–Es verdad.

–Y además, técnicamente ya estás muerto.

–Sí, eso también es verdad.

–Lo digo solo para que quede todo bien claro.

–¿Cómo es? –preguntó Stephanie, ya montada en el Bentley.

–¿Cómo es el qué?

–El tipo al que vamos a ver. ¿Cómo se llama?

–Abominable Bespoke.

Stephanie miró a Skulduggery para asegurarse de que no le estaba tomando el pelo, pero enseguida se dio cuenta de que era imposible adivinarlo por su expresión.

–¿Y cómo puede ocurrírsele a nadie adoptar el nombre de «Abominable»?

–Hay nombres de todo tipo para gente de todo tipo. Abominable es mi sastre, y ocurre que al mismo tiempo es uno de mis mejores amigos. Fue él quien me enseñó a boxear.

–Bueno, ¿y cómo es?

–Un tipo decente, honorable y honesto, y más divertido de lo que esta descripción podría hacerte pensar. Además, no es que la magia le entusiasme demasiado...

–¿Que no le gusta la magia? ¿Pero cómo puede no gustarle?

–Simplemente no le interesa. Le gusta más el mundo que conoce a través de los libros y la tele, el mundo en el que hay policías y ladrones, culebrones y deportes. Si pudiera elegir, yo creo que preferiría vivir en el mundo convencional, porque en él podría haber ido a la escuela, tener un trabajo corriente y ser... bueno, normal. Pero nunca ha tenido esa opción; en realidad, supongo que las personas como él no tienen opciones.

–¿Por qué no?

Skulduggery vaciló un instante, como si estuviera pensando en la mejor manera de expresarlo, y luego le dijo que Abominable era feo de nacimiento.

–No es que tenga una apariencia poco agradable o carente de atractivo –dijo–. Es que es verdadera y auténticamente feo. A su madre le echaron un mal de ojo cuando estaba embarazada de él, y Abominable nació con la cara surcada de cicatrices. Su familia lo intentó todo para arreglarlo: hechizos, pociones, encantamientos, conjuros, cremas múltiples y variadas... pero no consiguieron nada.

Según Skulduggery, cuando Abominable era pequeño les decía a todos sus amigos que había heredado el amor por el boxeo de su padre y la afición por la costura de su madre. En realidad, era su padre quien andaba siempre a vueltas con los dobladillos y las jaretas, mientras que su madre era una campeona de boxeo sin guantes que se podía jactar de haber conseguido veintidós victorias consecutivas. Skulduggery la había visto boxear una vez: tenía un gancho de derecha con el que habría podido arrancar la cabeza de sus contrincantes. De hecho, se decía que lo había hecho en una ocasión.

Fuera como fuese, Abominable creció en contacto directo con aquellas dos disciplinas; y como pensó que ya era lo bastante feo para meterse a boxeador, decidió probar suerte como sastre.

–Y yo me alegro de que lo hiciera –remató su relato Skulduggery–. Cose unos trajes de lo más elegante.

–¿Y para qué vamos a verlo? ¿Para que te haga un traje nuevo?

–Más bien no. Verás, su familia ha reunido a lo largo del tiempo una colección única de cuadros, dibujos y libros sobre los Antiguos, provenientes de todas partes del mundo. Entre ellos hay un par de libros raros que nos pueden ser de gran ayuda. Todo lo que se sabe sobre el Cetro está basado en mitos medio olvidados; pero estoy seguro de que esos dos libros, y tal vez alguna cosa más de la colección, nos pueden dar una descripción bastante detallada de lo que se conoce sobre el Cetro, indicarnos qué se puede hacer con él y cómo defenderse de su poder.

Skulduggery detuvo el coche y los dos salieron. Estaban en un barrio sucio y descuidado, lleno de gente que caminaba apresuradamente sin mirar siquiera al destrozado Bentley. Una viejecita pasó junto a ellos arrastrando los pies y saludó a Skulduggery con la cabeza.

–¿Estamos en una de esas comunidades secretas de las que me hablaste ayer? –preguntó Stephanie.

–Tú lo has dicho. Intentamos que las calles tengan un aspecto poco acogedor para que los viandantes normales no tengan la tentación de detenerse y echar un vistazo.

–Pues lo habéis conseguido, desde luego.

–A estas alturas ya deberías haberte dado cuenta de que no se puede juzgar las cosas por su aspecto. Este barrio, a pesar de todas sus pintadas, desconchones y cochambre, es el sitio más seguro que te puedas imaginar. Si abres la puerta de cualquiera de las casas que nos rodean, te encontrarás con un auténtico palacio. Las apariencias engañan, Stephanie.

–Intentaré no olvidarlo.

Skulduggery se detuvo frente a un local que hacía esquina. Stephanie miró perpleja la fachada del establecimiento.

–¿Es esta la sastrería? –preguntó.
–La sastrería Bespoke, efectivamente.
–Pero no tiene ningún cartel, y ni siquiera hay prendas de ropa en el escaparate. ¿Cómo va a saber la gente que esto es una sastrería?
–Abominable no necesita hacerse publicidad. Tiene una clientela muy específica, y no le vendría nada bien que algún paseante despistado entrara en su establecimiento justo cuando está tomando las medidas para hacerle un traje nuevo a un hombre-pulpo de ocho brazos.
–¿De verdad existen hombres-pulpo?
–Huy, por aquí viven muchísimos –repuso Skulduggery agarrando el picaporte.
–¿De verdad?
–¡Pues claro que no, Stephanie! ¿Cómo puedes creerte semejante tontería?
Antes de que Stephanie pudiera tirarse al cuello de Skulduggery, él abrió la puerta de la sastrería y le indicó que lo siguiera. Al entrar, Stephanie se quedó asombrada de lo limpia, luminosa y normal que parecía la sastrería. Esperaba encontrar otra cosa, aunque no sabía qué; tal vez que los maniquíes cobraran vida e intentaran devorarla, o algo así. Pero el local incluso olía bien. Resultaba reconfortante.
Abominable Bespoke salió de la trastienda, y al ver a Skulduggery sonrió y se acercó para estrecharle la mano. Era un hombre corpulento, con toda la cara y la cabeza surcadas de profundísimas cicatrices. Skulduggery se dio la vuelta para presentarle a Stephanie, y se encogió de hombros al ver la forma en que ella miraba a Abominable.
–Discúlpala, siempre está con la boca abierta. Se queda así cada vez que conoce a alguien nuevo.

–No te preocupes, ya estoy acostumbrado –respondió Abominable sin dejar de sonreír–. ¿Quiere usted chocar los cinco, señorita, o prefiere empezar por algo más fácil como decir «hola»?

Stephanie se sonrojó y extendió la mano rápidamente. Las manos de Abominable no tenían cicatrices, y parecían muy fuertes.

–¿Tienes nombre? –preguntó Abominable.

–Todavía no –admitió Stephanie.

–Pues piénsate bien si realmente quieres tener uno. Esta vida no es adecuada para todo el mundo.

Stephanie asintió con un movimiento lento de cabeza, sin saber bien adónde quería ir a parar Abominable. Él la miró de arriba abajo antes de seguir hablando.

–¿Habéis tenido algún problema?

–Alguno que otro –repuso Skulduggery.

–Entonces tal vez sea mejor que os proporcione un atuendo adecuado –dijo Abominable, sacándose un bloc pequeño del bolsillo y empezando a garrapatear en él–. ¿Tienes algún color favorito? –le preguntó a Stephanie.

–¿Cómo dices?

–Para la ropa. ¿Tienes alguna preferencia?

–Creo que no entiendo...

–Mi trabajo no solo consiste en hacer trajes elegantes de corte exquisito. En ocasiones, si las circunstancias lo requieren, acepto encargos especiales.

–Y la circunstancia es que tienes que conservar el pellejo hasta que todo esto haya pasado –intervino Skulduggery–. Abominable puede hacerte un traje cómodo, que no resulte demasiado formal, y que muy posiblemente te salve la vida.

–Así es la moda: cuestión de vida o muerte –dijo Abominable encogiéndose de hombros, con el lápiz preparado para seguir escribiendo–. Bueno, volviendo a lo nuestro, ¿tienes algún color favorito?

–Yo no... no estoy segura de poder pagarlo...

–No te preocupes, lo apuntaré en la cuenta de Skulduggery. Hala, desmelénate.

Stephanie parpadeó. Pasar de que su madre le comprara la ropa a aquello era... en fin, era algo inesperado.

–No sé, no estoy muy segura. ¿Qué te parece el negro?

Abominable asintió, garrapateando en su bloc.

–El negro nunca falla –dijo. Luego miró a Skulduggery–. Voy a cerrar la tienda para que podamos hablar en serio.

Mientras esperaban a que volviera, Stephanie y Skulduggery se pusieron a curiosear por la trastienda. Tenía las paredes cubiertas de estanterías altísimas, llenas de rollos de tejido de todo tipo cuidadosamente ordenados. En el centro de la estancia había una mesa de trabajo, y en la parte trasera había otra puerta.

–¿Va a hacerme ropa a medida? –susurró Stephanie.

–Efectivamente.

–¿Y no tiene que medirme para eso?

–Con una ojeada le basta.

Atravesaron la puerta trasera, que daba a un pequeño cuarto de estar, y Abominable entró al cabo de un momento. Stephanie y Skulduggery se sentaron en un estrecho sofá mientras Abominable se acomodaba en una butaca frente a ellos, con los pies firmemente apoyados en el suelo y las manos entrelazadas.

–Contadme qué pasa.

–Estamos investigando el asesinato de Gordon Edgley –respondió Skulduggery.

–¿Asesinato? –dijo Abominable tras una breve pausa.
–Sin duda.
–¿Y quién querría matar a Gordon?
–Creemos que fue Serpine. Debía de estar buscando algo.
–Skulduggery, amigo mío –dijo Abominable frunciendo el entrecejo–, normalmente, cuando quieres que te ayude te pasas por aquí para recogerme, me llevas a donde sea y luego los dos nos peleamos contra quien haya que pelearse. Nunca me habías explicado lo que pasaba hasta ahora. ¿Por qué lo estás haciendo hoy?
–Porque ahora necesito otro tipo de ayuda.
–Entonces, ¿no tengo que pegar a nadie?
–No, solo queremos que nos ayudes a averiguar qué anda buscando Serpine.
–Comprendo –dijo Abominable meneando la cabeza.
–¿En serio?
–Bueno, la verdad es que no –repuso Abominable de inmediato–. No entiendo nada. ¿Qué queréis que haga por vosotros?
–Creemos que Serpine está buscando el Cetro de los Antiguos –intervino Stephanie, y Skulduggery se hundió en el asiento del sofá.
–¿Que está buscando el qué? –dijo Abominable recuperando la sonrisa–. Estás de broma, ¿no? Mira, no sé lo que el bueno de Skulduggery te habrá contado, pero el Cetro no existe.
–Serpine no piensa lo mismo. Creemos que el Cetro tiene algo que ver con la muerte de mi tío.
–Siento mucho que haya muerto –dijo Abominable–, lo siento de veras. Siempre respeté a Gordon. Sabía que la magia existía, y sin embargo no cayó en sus redes. No quería hacer magia, se contentaba con observarla y escribir sobre ella. Para eso

hace falta una fortaleza de carácter que espero que hayas heredado.

Stephanie no contestó. Miró de reojo a Skulduggery, pero él no hizo ademán de volverse hacia ella.

–Sin embargo –siguió diciendo Abominable–, decir que su muerte guarda relación con una leyenda que se ha transmitido de generación en generación, cambiando un poco con cada narrador, no es más que un disparate. Gordon murió de un ataque al corazón. Era mortal, y se murió; es algo que les sucede a los mortales. Dejémoslo en paz.

–Creo que mi tío sabía dónde está el Cetro, tal vez incluso lo tuviera en su poder. Y ahora Serpine sabe dónde está y por eso quiere la llave.

–¿Qué llave?

–La llave del lugar en el que está el Cetro, supongo. No lo sabemos con seguridad; lo que sí sabemos es que ya ha intentado matarme dos veces para conseguirla.

Abominable negó con la cabeza.

–Este no es tu mundo, niña.

–Ahora soy parte de él.

–Acabas de asomarte y has visto magos, hechizos y un esqueleto andante. Estoy seguro de que te lo estás pasando en grande, pero no tienes ni idea de lo que hay en juego.

Skulduggery seguía callado. Stephanie se puso en pie.

–¿Sabes qué? Tienes razón, para mí esto es una aventura. Eso es lo que me estás queriendo decir, ¿no? Bueno, pues es verdad. Esto me parece una gran aventura y estoy fascinada, emocionada y feliz de estar metida en ella. He visto a gente increíble haciendo cosas increíbles, y me lo he tenido que creer –dijo, endureciendo la mirada–. Pero no te permito que pienses ni por un segundo que todo esto es solo un juego para mí. Mi tío me ha dejado una fortuna, me ha dejado todo cuanto puedo desear, y eso es estupendo; pero lo malo es que está muerto. Así que ahora voy a devolverle el favor, voy a averiguar quién lo mató y voy a hacer todo lo que pueda para asegurarme de que no se sale tranquilamente con la suya. Tiene que haber alguien del lado de mi tío, y yo pienso estar ahí.

–¡Esto es absurdo! –exclamó Abominable inclinándose hacia delante–. ¡El Cetro es un cuento de viejas!

–Pues yo creo que existe.

–¡Pues claro que te lo crees! Has aterrizado de pronto en un mundo extraño y piensas que aquí puede ocurrir cualquier cosa, pero esto no funciona así, ¿lo entiendes? Tu tío se metió en esto y, si he de creer lo que dices, murió por ello. ¿Tantas ganas tienes de que te pase lo mismo? Estás jugando con fuego.

–Es lo que hace todo el mundo por aquí –respondió Stephanie.

–Esto no está transcurriendo como yo esperaba –intervino Skulduggery.

–Existen normas para este tipo de cosas –le contestó Abominable, haciendo caso omiso de Stephanie–. Hay razones por las que no podemos decirle a todo el mundo lo que pasa por aquí, y esta chica es un ejemplo perfecto de ello.

Stephanie notó cómo la embargaba la ira. Se dio cuenta de que si hablaba en aquel momento se le quebraría la voz, así que se abalanzó hacia la puerta sin decir nada, atravesó la tienda, abrió la puerta y salió a la calle. La furia daba coletazos en su interior, obligándola a engarfiar los dedos. Detestaba que no la trataran como a una igual, que la miraran por encima del hombro y que se empeñaran en protegerla. Y tampoco le entusiasmaba que la dejaran de lado en las conversaciones.

Skulduggery salió de la tienda poco después, con el sombrero puesto de nuevo. Se acercó a Stephanie, que estaba apoyada en el Bentley con los brazos cruzados y miraba fijamente una grieta que recorría la acera.

–Bueno, no ha ido tan mal la cosa –dijo Skulduggery. Al ver que Stephanie no contestaba, se encogió de hombros y siguió hablando–. ¿Te he contado cómo conocí a Abominable?

– No me interesa.

–Pues entonces nada.

Los dos se quedaron callados mientras el silencio flotaba entre ambos como un retazo de bruma.

–No es que sea una historia muy interesante, la verdad –dijo Skulduggery al cabo–. Aunque salen piratas.

–Me la refanfinfla –repuso Stephanie–. Qué, ¿va a ayudarnos, o no?

–A decir verdad, Abominable no cree que sea muy buena idea que tú... en fin, que tú intervengas en este asunto.

–¡No me digas! –repuso Stephanie con sarcasmo.

–Dice que soy un irresponsable.

–¿Y tú crees que lo eres?

–Bueno, en el pasado me he comportado de forma bastante irresponsable alguna vez que otra. No me extrañaría nada estar haciéndolo de nuevo.

–¿Crees que estoy en peligro?

–Por supuesto. Serpine cree que la llave que busca está en tu poder. En cuanto se entere de quién eres o de dónde estás, mandará a otro esbirro a por ti. Estás metida en un asunto extremadamente arriesgado, y no creas que exagero ni un ápice.

–Bueno, pues entonces voy a decirte claramente lo que pienso. Mira, Skulduggery, no puedo salir de esto ahora. No puedo volver a mi vida monótona, aburrida y vulgar; no podría hacerlo aunque quisiera. He visto demasiadas cosas. Estoy metida en esto, ¿sabes? Han matado a mi tío, han intentado acabar conmigo, y no voy a dejar todo esto así como así. Eso es lo que pienso.

–Vale, me has convencido.

–Entonces, ¿por qué estamos aquí parados como dos pasmarotes?

–Me has quitado la palabra de la boca –repuso Skulduggery, abriendo la puerta del Bentley. Los dos se montaron, Skulduggery dio a la llave de contacto y el coche cobró vida con un traqueteo. El detective comprobó la colocación del espejo interior y luego se volvió para mirar los dos de los lados, pero no pudo hacerlo porque ya no existían. Encogiéndose de hombros, aceleró y salió a la carretera.

–Así que no va a dejarnos ver su colección sobre los Antiguos, ¿no es eso? –preguntó Stephanie al cabo de un rato.

–Abominable es una buena persona, un amigo excelente y una gran ayuda si se decide a apoyarte, pero también es terco como una mula. Estoy seguro de que en unos cuatro días, cuando haya tenido tiempo de pensárselo bien, cambiará de opinión y nos enseñará todo cuanto queramos ver. Hasta entonces, no tenemos ninguna oportunidad.

–¿Y no estarán los libros que necesitamos en la biblioteca de China?

Skulduggery hizo un ruido extraño, mezcla de risa y gruñido.

–China lleva años detrás de ellos, pero están bien guardados en un lugar al que ni siquiera ella puede acceder.

–¿Y tú sabes dónde están?

–Sí, claro. En la Cripta.

–¿En una cripta? ¿Y qué tiene eso de especial?

–No están en una cripta, Stephanie; están en la Cripta. Se trata de una serie de cámaras subterráneas que hay bajo el Museo Municipal de Dublín. Están muy bien vigiladas, y a los que las custodian no les gustan mucho los intrusos.

Stephanie se quedó pensando un minuto.

–¿Estás seguro de que Abominable cambiará de opinión en cuatro días? –preguntó luego.

–Sí, normalmente ese es el tiempo que le lleva.

–Pero nosotros no podemos esperar tanto, ¿verdad?

–Verdad.

–Así que solo nos queda una opción, ¿no crees?

–Por desgracia, estás en lo cierto.

–Tenemos que echar un vistazo a esa colección. Es necesario.

–Sabía que se te iba a dar bien esto –dijo Skulduggery mirándola de reojo–. En cuanto te vi me di cuenta de que tenías instinto para este tipo de trabajos.

–Entonces vamos a colarnos en la Cripta, ¿no?

Skulduggery asintió de mala gana.

–Eso me temo.

El Museo Municipal de Dublín estaba en uno de los barrios más lujosos de la ciudad. Era un enorme edificio de metal y cristal, rodeado de un exuberante jardín que se interponía entre él y los edificios más próximos.

Stephanie y Skulduggery aparcaron frente al museo para realizar lo que el detective denominó «una prospección preliminar»; no iban a colarse en la Cripta todavía, pero tenían que hacerse una idea de los obstáculos a los que se enfrentaban. Llevaban solo unos minutos esperando cuando vieron salir a los trabajadores diurnos y a media docena de guardas de seguridad:

el museo acababa de cerrar. Entonces, un hombre y una mujer vestidos con monos azules subieron la escalinata, entraron en el edificio y cerraron la puerta a sus espaldas.

–Vaya –dijo Skulduggery, con la voz amortiguada por la bufanda–. Me temo que tenemos un problema.

–¿Un problema? –repuso Stephanie–. Por qué, ¿por esos dos que han entrado? ¿Quiénes son?

–Son los vigilantes nocturnos.

–¿Solo hay dos guardas en el Museo por la noche?

–Bueno, es que no son exactamente guardas.

–Entonces, ¿qué son?

–Son algo infinitamente peor.

–Skulduggery, te juro que si no me das una respuesta clara, voy a traer al perro más grande del mundo y le voy a mandar que haga un agujero y te entierre en él.

–Qué idea más encantadora, querida –dijo Skulduggery. Luego hizo un ruido que sonó como si estuviera tragando saliva, aunque no tenía saliva ni garganta con la que tragarla–. ¿No has visto cómo se movían?

–Sí, caminaban de una forma especial, como si se deslizaran. ¿Y qué? ¿Es que son bailarines? ¿Qué pasa, que los vigilantes de la Cripta se dedican a bailar ballet por las noches?

–Son vampiros –repuso Skulduggery–. La Cripta está guardada por dos vampiros, amiguita.

Stephanie sacó la cabeza por la ventanilla y miró al cielo ostensiblemente.

–El sol está bien alto, Skulduggery. Es de día.

–No les importa.

–¿Ah, no? –dijo Stephanie frunciendo el ceño–. Creí que la luz del sol los convertía en polvo, los quemaba o algo así.

–Para nada. Los vampiros se ponen morenos con el sol, como tú y como yo. Bueno, como tú; yo más bien me blanqueo.

–Entonces, ¿les da igual el día que la noche?

–No, la luz del sol los ciega y aminora sus poderes. Durante el día, los vampiros son criaturas mortales a todos los efectos; al caer la noche, sus poderes resurgen.

–No tenía ni idea.

–Pues así es. Y los encargados de la Cripta confían su cuidado por la noche a dos de ellos. Son los guardas más temibles que existen.

–Si la luz del sol no les hace casi nada, supongo que las cruces les importarán un rábano, ¿no?

–La mejor forma de detener a un vampiro es dispararle unas cuantas docenas de balas; y dado que no queremos hacer daño a nadie, es obvio que tenemos un problema.

–Pero tiene que existir alguna manera de esquivarlos... ¿No podríamos disfrazarnos de empleados de la limpieza, o algo así?

–Sería inútil: los vampiros no distinguen entre sus aliados y sus presas. Son incapaces de resistir la sed de sangre, del mismo modo que las polillas no pueden resistir la atracción de las luces. Son asesinos, los asesinos más eficientes y letales que hay sobre la faz de la tierra.

–Da un poco de miedo.

–Sí, los vampiros no suelen inspirar mucha ternura.

–Parece que vamos a tener que inventar algo verdaderamente astuto, ¿no?

Skulduggery se quedó pensativo un momento y luego se encogió de hombros.

–Bueno, eso es algo que no se me da precisamente mal.

9

EL TROLL DEL PUENTE DE WESTMINSTER

SKULDUGGERY dejó a Stephanie en su casa y ella se metió de inmediato en la cama. Mientras se iba quedando dormida, en Londres una chica se agachaba para escrutar la oscuridad que había bajo sus pies.

–¡Hola! –dijo–. ¿Hay alguien ahí?

La chica agachó la cabeza y se quedó escuchando. Lo único que se oía era el rumor que hacían las oscuras aguas del Támesis al correr. Miró su reloj y luego echó un vistazo alrededor. Solo faltaban siete minutos para la medianoche, y en el puente de Westminster no había nadie más que ella. Perfecto.

–¡Hooola! –volvió a exclamar–. ¿Estás ahí? Quiero hablar contigo.

Ahora sí que respondió una voz:

–Aquí no hay nadie.

–Pues a mí me parece que sí –dijo la chica.

–No –repuso la voz–. Nadie de nadie.

–A mí me parece que hay un troll, ¿sabes? Y me gustaría hablar con él.

De la oscuridad surgió una carita arrugada, con enormes orejas y una mata erizada de pelo negro. La criatura se quedó mirando a la chica fijamente, con los ojos muy abiertos.

–¿Qué quieres? –preguntó el troll.

–Hablar contigo –repuso la chica–. Me llamo Tanith Low, ¿y tú?

El troll sacudió enérgicamente la cabeza.

–No, no. Yo no digo nombre.

–Ah, claro –dijo Tanith–. Es que los trolls solo tenéis un nombre, ¿no es eso?

–Sí, eso, un nombre, uno solo. Yo no digo.

–Pero yo puedo intentar adivinarlo, ¿no es así como funciona la cosa? Y si lo adivino, ¿qué pasa?

El troll sonrió, dejando entrever un montón de dientes afilados y amarillos.

–Si lo adivinas, vives.

–¿Y si no lo adivino?

–¡Te como! –exclamó el troll con una risilla cloqueante.

–Suena divertido –repuso Tanith, sonriendo–. ¿A qué hora sueles jugar a ese juego?

–A las doce, cuando dan las doce, sí señora. Cuando soy fuerrrte.

–Y entonces sales de debajo del puente y juegas con el primero que pase, ¿no es así?

–Tres intentos –respondió el troll, asintiendo con la cabeza–. Tres intentos tienen los que juegan conmigo. Si adivinas sigues viva, y si fallas, ¡a mi panza! –canturreó.

–¿Quieres jugar conmigo?

La sonrisa se borró de la cara del troll.

–No hay fuerrrza todavía –dijo–. Hay que esperar, sí señora. Doce en punto, entonces sí.

–Pero no tenemos por qué esperar, ¿no te parece? –repuso la chica con un mohín–. Yo quiero jugar ahora mismo. ¿Qué te apuestas a que soy capaz de adivinar tu nombre?

–¿A que no?

–¿A que sí?

–¡Que no! –dijo el troll, sonriendo de nuevo.

–Venga, sal y te demostraré que sí soy capaz.

–Sí, sí, a jugar al juego.

Tanith echó otra ojeada al reloj mientras el troll trepaba por el pretil: faltaban dos minutos para las doce. Luego miró al troll: era bajito –solo le llegaba hasta la cintura–, sus brazos y piernas eran largos y finos, tenía la tripa hinchada como un odre y sus dedos estaban rematados por uñas córneas y puntiagudas. El troll se quedó mirándola con una sonrisilla expectante, manteniéndose a una cautelosa distancia.

Tanith se abrió un poco el gabán y le devolvió la sonrisa.

–Huy, qué troll más guapo –dijo–. ¿Eres el único troll de Londres?

–Único, sí señora –respondió él en tono satisfecho–. ¡A jugar ahora! Si adivinas sigues viva, y si fallas, ¡a mi panza! ¡Venga, venga, venga!

–Vamos a ver... –dijo ella avanzando un paso. El troll la miró con desconfianza y retrocedió hasta pegarse al pretil. Tanith se detuvo–. ¿Te llamas quizás... Zuecohueco?

El troll soltó una risotada.

–¡No, no, Zuecohueco no! ¡Dos fallos más y a mi panza!

–Vaya, esto es más difícil de lo que pensaba –dijo la chica–. Juegas muy bien a este juego, ¿no?

–¡El mejor soy, sí!

–No ha habido mucha gente capaz de adivinar tu nombre, ¿verdad?

–¡Nadie de nadie de nadie! –dijo el troll con un cloqueo–. ¡Venga, venga!

–¿Te llamas quizás... Gurriato Bisoñete?

El troll pegó un brinco y se puso a bailar, dando gritos de alborozo. Tanith aprovechó para acercarse un poco más.

–¡Ni Gurriato ni Bisoñete! –exclamó el troll entre grandes carcajadas.

–Uf, parece que se está poniendo fea la cosa –dijo Tanith, adoptando cara de preocupación.

–¡Una más y a mi panza!

–¿Y te has comido así a mucha gente?

–Sí, me los como, ñam ñam.

–Te los zampas de un bocado, ¿no es eso? Ellos chillan e intentan escapar...

–¡Pero yo los atrapo! Suenan las doce y me pongo grande y fuerrrte, ¡y me los zampo a todos toditos! Se mueven, se retuercen, ¡me hacen cosquillitas en la panza!

–Uf, entonces más me vale aprovechar mi última oportunidad –dijo Tanith–. Veamos. ¿Te llamas... Rumpelstinskin?

El troll se echó a reír con tantas ganas que se cayó de culo.

–¡No, no! –consiguió decir entre risotada y risotada–. ¡Todos dicen lo mismo y todos fallan!

Tanith se acercó un paso más y la sonrisa desapareció de su cara. La hoja de su espada resplandeció cuando la sacó de su gabán, pero el troll reaccionó a tiempo y se echó al suelo para esquivarla.

Tanith soltó una maldición y volvió a atacar, pero el troll se agachó y pasó corriendo junto a sus piernas; cuando acababa de sobrepasarla, Tanith se dio la vuelta en redondo y le soltó una patada que lo derribó. El troll se puso en pie rápidamente y la miró, siseando y escupiendo en su dirección. Tanith se acercó lentamente y, cuando estaba a punto de llegar a su altura, un clamor resonante inundó el tibio aire nocturno. Era el Big Ben. Y estaba dando las doce.

Tanith arremetió espada en ristre, pero era demasiado tarde. El troll brincó hacia atrás con un gruñido de alegría y empezó a crecer rápidamente.

–Porras –susurró Tanith.

Los miembros del troll comenzaron a llenarse de músculos, tan abultados que parecía como si la piel fuera a estallar bajo su presión. Tanith volvió a embestir, pero el troll se apartó de un salto y cuando volvió a posar los pies en el suelo ya era tan alto como ella. Sin embargo, no se detuvo ahí: su pecho y su cuello siguieron ensanchándose, mientras gruñía con tono cada vez más grave y amenazador. Solo cuando sus huesos empezaron a crujir dejó de crecer el troll, y para entonces ya era dos veces más alto que Tanith.

Ella empezó a dar vueltas alrededor del monstruo, con la espada caída junto al costado. Su plan original no incluía enfrentarse a un troll hecho y derecho.

–Eres una tramposa –dijo el troll. Ahora su voz era un profundo gruñido gutural.

–Y tú eres un troll muy travieso –repuso ella.

–Te voy a comer. Te voy a zampar de un bocado, sí señora.

Tanith le dedicó una sonrisa fugaz.

–Acércate e inténtalo si te atreves.

El troll rugió y se abalanzó sobre ella. A pesar de su tamaño era muy rápido, pero Tanith estaba preparada y se hizo a un lado. Justo cuando el troll pasó junto a ella, le lanzó una estocada que rasgó el muslo del monstruo; él siseó de dolor y lanzó su enorme puño hacia atrás, golpeándola en la espalda. Tanith cayó al suelo y el troll se dio la vuelta en redondo, dispuesto a aplastarla con el puño; pero ella rodó sobre sí misma, se irguió apoyándose en una rodilla y levantó la espada justo a tiempo para herirle en el brazo.

El troll trastabilló y Tanith aprovechó para levantarse.

–Te voy a masticar –gruñó el troll–, te voy a hacer pedacitos, sí señora.

–El juego pierde la gracia cuando tu contrincante sabe defenderse, ¿verdad, troll?

–Es mi juego, mío –siseó el troll–. Mi puente, mío.

Tanith sonrió.

–Pero estas son mis reglas. Mías.

El troll volvió a rugir y la embistió, pero Tanith aguantó a pie firme. Con un mandoble le cercenó los dedos de la garra izquierda, y el troll retrocedió aullando de dolor. Tanith saltó sobre él, le plantó los pies en el pecho y lanzó un mandoble con todas sus fuerzas; la hoja de la espada resplandeció a la luz de las farolas mientras atravesaba limpiamente el cuello del monstruo, cortándole la cabeza. El cuerpo del troll se tambaleó pesadamente y Tanith se dio impulso hacia atrás para apartarse. Un segundo más tarde, el enorme cuerpo tropezó con el pretil, se inclinó hacia atrás y cayó en el río.

Tanith se agachó para recoger la cabeza, y estaba acercándose al pretil cuando oyó un ruido de pisadas. Se dio la vuelta y vio un hombre; aunque era la primera vez que lo veía, lo reconoció al instante. Era alto, calvo, tenía la cara llena de arrugas y sus ojos eran de un azul resplandeciente, el azul más pálido que Tanith había visto jamás. Se apellidaba Bliss.

El hombre señaló la cabeza que tenía Tanith en la mano.

–Te has arriesgado mucho.

–No es la primera vez que mato un troll –respondió la chica en tono respetuoso.

–Me refiero al riesgo de ser vista.

–Tenía que hacerlo. Este troll ha matado a mucha gente inocente.

–Pero eso es lo que hacen los trolls, ¿no crees? No puedes culparle por hacer lo que la naturaleza ha dispuesto que hiciera.

Tanith no supo qué decir. El señor Bliss sonrió.

–No es mi intención amonestarte –dijo–. Tu acción ha sido noble y altruista, y eso es digno de admiración.

–Gracias.

–No obstante, he de decir que me tienes desconcertado. Hace varios años que observo tus progresos, y es raro encontrar un mago que se centre tanto en el enfrentamiento físico como tú lo has hecho, incluso entre los adeptos como tú. Y sin embargo, no pareces buscar poder.

–Solo quiero ayudar a la gente.

–Sí, eso es lo que me desconcierta.

–Mi madre me contaba historias de la guerra cuando era pequeña –repuso Tanith–. Tengo entendido que también usted llevó a cabo muchas acciones altruistas por aquel entonces.

El señor Bliss volvió a sonreír amablemente.

–En las guerras no existen los actos heroicos. Son simplemente cosas que hay que hacer; las historias de héroes se inventan más tarde. Pero, en cualquier caso, no estoy aquí para filosofar –dijo, clavando en Tanith sus azulísimos ojos–. Se está gestando una tormenta, señorita Low. Se aproximan acontecimientos que amenazan con volver las tornas del poder en este mundo, y eso me ha hecho abandonar mi retiro y venir aquí a buscarla. Necesito a alguien con sus capacidades y su perspectiva de la vida.

–No estoy segura de entenderlo, señor Bliss.

–Nefarian Serpine está a punto de romper la tregua. Si fracaso en mi empeño, volveremos a entrar en guerra. Necesito su colaboración, señorita Low.

–Será un honor ayudarle.

–Tenemos mucho que aprender el uno del otro –respondió Bliss haciendo una leve reverencia–. Emprenda camino hacia Irlanda, señorita Low, y pronto volveré a ponerme en contacto con usted.

Tanith asintió y se quedó mirando cómo Bliss se alejaba. Luego tiró al Támesis la cabeza del troll, escondió la espada bajo el abrigo y echó a andar en dirección opuesta.

10

LA CHICA DE NEGRO

A la mañana siguiente, una música ensordecedora despertó a Stephanie. Su padre había tratado de sintonizar una emisora de noticias en el equipo de música y había roto el botón del volumen en el intento; ahora, en vez de una sosegada locutora hablando sobre el estado del tráfico, lo que se oía era *La cabalgata de las valquirias* a todo volumen. El mando a distancia del equipo había desaparecido tras el respaldo del sofá hacía ya tiempo, y el padre de Stephanie no tenía ni idea de cómo apagar el equipo sin él. La música hacía retumbar el suelo y las paredes de la casa; era imposible escapar de ella. Cuando su madre cortó por lo sano desenchufando el equipo, Stephanie ya estaba totalmente despejada.

La madre de Stephanie se asomó a su cuarto para despedirse y salió de la casa junto a su marido. Stephanie se enfundó unos vaqueros y una camiseta y, mientras esperaba la llegada de Skulduggery, se puso a pensar qué nombre podría adoptar. Skulduggery le había explicado que la adopción de un nuevo nombre establecía una barrera alrededor del antiguo; así, si Stephanie elegía llamarse, por ejemplo, «Cristal Rotundo» –algo que no tenía ninguna intención de hacer–, el nombre «Stephanie Edgley» quedaría instantáneamente protegido ante cualquier hechizo de control. Sin embargo, mientras siguiera disponiendo únicamente del nombre que le habían puesto sus padres, sería vulnerable.

Stephanie pensó que, si había de elegir un nuevo nombre, tendría que ser algo que no le avergonzara en el futuro. Debía ser algo con clase y que, además, le hiciera sentirse cómoda. Skulduggery le había hablado de gente que elegía nombres como Sónico o Fénix, y de lo mal que podían llegar a quedar aquellos nombres «molones». Le contó que, en cierta ocasión, le habían presentado a una señora gordita y desaliñada que sonreía mostrando unos dientes llenos de trocitos de espinaca, y le habían dicho que se llamaba Centella. Aquel nombre no le pegaba nada, y lo mismo le pasaba al hombre bajito y gordo que había decidido llamarse Sónico.

Entonces sonaron unos golpecitos en la ventana. Stephanie levantó la vista, vio a Skulduggery encaramado en el alféizar y se levantó para abrirle.

–Pensaba que las chicas erais ordenadas –dijo el detective examinando la habitación.

Stephanie empujó con el pie unas bragas para ocultarlas bajo la cama, haciéndose la sorda.

–¿Estás cómodo?

–He estado subido en peores tejados, puedes creerme.

–Mis padres están en el trabajo, ¿sabes? Podrías haber entrado por la puerta.

–Las puertas son para gente sin imaginación.

–¿Estás seguro de que no te ha visto nadie? Solo me falta que pase por aquí algún vecino y te vea encaramado a mi ventana.

–No te preocupes, he tenido mucho cuidado. Mira, te he traído esto –dijo Skulduggery dándole un trozo de tiza.

–Ah, muchas gracias –dijo Stephanie, perpleja.

–Acércate al espejo.

–¿Cómo?

–Que te acerques al espejo de tu cuarto y dibujes en él este símbolo.

Skulduggery le dio una pequeña tarjeta en la que había dibujado un ojo atravesado por una línea serpenteante.

–¿Para qué sirve esto?

–Te va a ayudar, ya lo verás. Venga, dibújalo.

Stephanie se acercó al espejo de la cómoda frunciendo el ceño.

–No, ese no vale –dijo Skulduggery–. Tiene que ser de cuerpo entero. ¿No hay ninguno en tu cuarto?

–Sí, tengo uno aquí –respondió Stephanie, abriendo la puerta de su armario.

Dibujó en el espejo el símbolo de la tarjeta con el trocito de tiza, aunque no tenía ni idea de por qué lo estaba haciendo. Cuando acabó, se acercó a Skulduggery para devolverle la tiza y la tarjeta; él se las guardó en el bolsillo, le dio las gracias y se quedó mirando el espejo.

–Habla, figura; siente, figura; piensa, figura; sé, figura –Skulduggery se volvió hacia Stephanie–. ¿Puedes borrar el símbolo con la mano, por favor?

–¿Pero qué pasa? ¿Qué has hecho? ¿Me has embrujado el espejo?

–Sí. Y ahora, ¿puedes borrar el símbolo?

–¿Pero para qué rayos sirve? –preguntó una vez más Stephanie, mientras limpiaba las marcas de tiza con la manga.

–Ya lo verás. ¿Llevas reloj?

–No, se me estropeó hace poco. Fui a nadar y no me lo quité. Pensé que era sumergible.

–¿Y lo era?

–Evidentemente, no. ¿Para qué quieres saber la hora?

–No me interesa la hora. Toca el espejo, anda.

Stephanie entrecerró los ojos.

–¿Para qué?

–Tú tócalo.

Stephanie titubeó un segundo más, pero decidió hacerle caso. Extendió el brazo y tocó levemente el espejo con las yemas de los dedos; luego apartó la mano, pero su reflejo no lo hizo. Stephanie se quedó mirando asombrada cómo el reflejo pestañeaba como si acabara de salir de un trance, dejaba caer el brazo y miraba a su alrededor. Entonces, muy lentamente, salió del espejo.

–Madre mía… –dijo Stephanie, retrocediendo–. Madre mía… –repitió, sin saber qué más decir.

Skulduggery la miraba divertido desde la ventana.

–Te sustituirá en casa mientras tú no estés; así no se darán cuenta de tu falta.

Stephanie no podía apartar los ojos del reflejo.

–¡Soy yo, repetida!

–Para nada. Solo es una copia de tu figura, una imagen: camina como tú, habla como tú y se comporta como tú. En principio, debería ser suficiente para engañar a tus padres o a cualquier conocido con el que se tope. Cuando vuelvas, se meterá de nuevo en el espejo y te transmitirá todos los recuerdos que haya almacenado mientras tú estés fuera.

–Entonces, ¿podré estar en dos sitios a la vez?

–Exacto. Tu imagen no puede pasar mucho rato con gente que te conozca bien porque empezarían a darse cuenta de que pasa algo raro y, evidentemente, nunca engañaría a un mago; pero para lo que tú necesitas ahora mismo, es perfecta.

–Mola –dijo Stephanie, examinando su imagen más de cerca–. Di algo.

El reflejo le devolvió la mirada.

–¿Qué quieres que diga?

Stephanie se echo a reír y luego se tapó la mano con la boca.

–¡Suenas exactamente igual que yo! –dijo entre los dedos.

–Claro.

–¿Cuál es tu nombre?

–Me llamo Stephanie.

–¿Pero no tienes un nombre que sea solo tuyo?

Skulduggery negó con la cabeza.

–Recuerda que no es una persona de verdad, Stephanie. No tiene pensamientos ni sentimientos propios; son todos copias de los tuyos. Es tu imagen, nada más. Y, por cierto, debes tener en cuenta algunas instrucciones de funcionamiento: tu imagen siempre llevará puesta la ropa que tú lleves cuando lo hagas aparecer, así que no te pongas nada que lleve un texto o logotipo, porque aparecerá del revés en ella. Ten cuidado con el reloj y los anillos o pulseras, porque tu imagen los llevará en la mano opuesta. Aparte de eso, no hay mucho más que decir.

–Mola.

–Venga, tenemos que marcharnos.

Stephanie se volvió y escrutó a Skulduggery con el ceño fruncido.

–¿Estás seguro de que nadie se dará cuenta?

–No te preocupes. Tu imagen procurará mantenerse alejada de la gente y evitará mantener conversaciones largas. Y aunque tus padres la acorralaran y la acribillaran a preguntas, lo único que sacarían en claro es que estás un poco rara.

Stephanie se mordió el labio y luego se encogió de hombros.

–Bueno, supongo que es bastante improbable que se den cuenta de que no es más que mi reflejo.

–Llevo siglos moviéndome en el terreno de lo improbable, ¿sabes? Bueno, ¿podemos marcharnos ya?

–Sí, vámonos.

–¿Quieres que salgamos por la puerta, o por la ventana?

–Las puertas son para gente sin imaginación –dijo Stephanie con una sonrisa.

Se encaramó en el alféizar y volvió la cabeza para echar un último vistazo a su imagen: estaba de pie en mitad de la habitación, completamente inmóvil.

–Adiós –le dijo.

–Adiós –respondió la imagen, ensayando una sonrisa que resultó más bien inquietante.

Skulduggery cogió a Stephanie a cuestas y saltó, desplazando el aire bajo ellos para amortiguar la caída. Aterrizaron suavemente y lograron llegar hasta el final de la calle sin que los viera ningún vecino; pero cuando llegaron al embarcadero, Stephanie se quedó helada y paró en seco.

–¿Ser puede saber qué es ese trasto? –le dijo a Skulduggery, que seguía caminando tranquilamente.

–Es mi coche –contestó el esqueleto, apoyándose en él con los brazos cruzados. La brisa marina le alborotó las greñas que asomaban bajo el ala de su sombrero.

Stephanie miró alternativamente al coche y a Skulduggery.

–¿Qué ha pasado con el Bentley? –preguntó.

Skulduggery la observó con la cabeza ladeada.

–Es posible que no te dieras cuenta, pero estaba ligerísimamente abollado.

–¿Y dónde está ahora?

–En el taller.

–Estupendo. Sí, me parece estupendo que el Bentley esté en el taller. Pero sigo teniendo la misma duda que al principio: ¿se puede saber qué rayos es eso?

El coche contra el que se apoyaba Skulduggery era un utilitario amarillo chillón con los asientos de color verde fosforito.

–Es mi coche de repuesto –dijo el esqueleto, muy satisfecho de sí mismo.

–¡Es horrible!

–A decir verdad, me da exactamente igual.

–¡Claro, porque vas disfrazado! ¡Nadie se va a dar cuenta de que eres tú el que va montado en ese cacharro!

–Bueno, puede que tengas parte de razón…

–¿Y cuándo estará listo el Bentley?

–Eso es lo bueno que tiene vivir en un mundo lleno de magia y prodigios: hasta la reparación más complicada lleva menos de una semana.

Stephanie lo fulminó con la mirada.

–¿Una… semana?

–Bueno, tal vez menos. Puede que tarden seis días, incluso cinco. No sé, a lo mejor no les lleva más de cuatro... Puedo llamar al taller y decirles que estoy dispuesto a pagar el extra de urgencia…

Stephanie seguía mirándolo con la misma expresión.

–… Tal vez esté listo pasado mañana… –remató Skulduggery, en voz cada vez más baja.

Stephanie agachó la cabeza, derrotada.

–¿De verdad tenemos que ir por ahí montados en esta tartana?

–Tómatelo como una aventura más –exclamó Skulduggery alegremente.

–¿Y si no lo hago, qué?

–Pues si no lo haces, vas a deprimirte una barbaridad. Confía en mí, Stephanie. ¡Venga, móntate de una vez!

Skulduggery entró en el coche de un salto; Stephanie, por su parte, fue arrastrando los pies hacia la puerta del copiloto y se dejó caer en el asiento. Mientras recorrían las calles de Haggard, Stephanie trató de encogerse todo lo posible, muerta de vergüenza. En cierto momento miró hacia atrás: en el asiento trasero había un paquete envuelto en papel marrón y atado con una cuerda, y a su lado reposaba una bolsa de lona negra.

–¿Qué es eso, Skulduggery? ¿Son las herramientas para colarnos en la Cripta? ¿Es ahí donde vamos?

–La respuesta a tu primera pregunta es que sí: esa bolsa contiene todo lo necesario para un buen robo con escalo. Y la respuesta a la segunda pregunta es que no. Antes de introducirte en el apasionante mundo de la delincuencia, voy a presentarte a los Magos Mayores.

–Lo de la delincuencia suena bastante más apetecible.

–Y lo es, aunque no creas que apruebo ningún tipo de delito... salvo cuando soy yo quien los comete, claro.

–Por supuesto. Y entonces, ¿por qué no nos ponemos manos a la obra ahora mismo? ¿Para qué tenemos que ir a ver a esos Magos Mayores?

–Parece que ha llegado a sus oídos que estoy exponiendo a una inocente jovencita a todo tipo de peligros, y quieren echarme un sermón.

–Pues diles que no se metan donde no les importa.

–Bueno, me encanta que tengas tanto cuajo...

–¿Tanto qué?

–... pero me temo que no te va a servir de mucho con los Magos Mayores. Una cosa que debes recordar cuando hables con ellos es que son...

–Ya, son magos muuuy ancianos, ¿no?

–Exactamente.

–Fíjate, lo he adivinado yo solita.

–Toda una hazaña, querida.

–¿Y por qué tienes que ir a darles explicaciones? ¿Es que trabajas para ellos?

–En cierto modo, sí. En nuestro mundo, los Mayores dictan las leyes y hay gente que las impone; pero no somos muchos los que nos dedicamos a investigar los delitos contra esas leyes. No creas que pasan muchas cosas: solo algún asesinato, algún robo que otro, dos o tres secuestros al año... En fin, lo normal. Y, aunque yo trabajo por libre, la verdad es que son los Mayores quienes me proporcionan casi todos mis casos... y mis ingresos.

–De modo que, si te quieren regañar...

–... tendré que aguantar la regañina.

–¿Y por qué tengo que ir yo también? ¿No soy yo la pobre niñita inocente a la que estás echando a perder?

–Ese es el quid de la cuestión: no quiero que te vean como una niñita inocente. Quiero que comprueben lo rebelde, insubordinada y tozuda que puedes llegar a ser. Tal vez así me comprendan.

–Espera, espera... ¿saben que voy a ir contigo?

–No, pero les encantan las sorpresas. Bueno, casi siempre.

–Tal vez sea mejor que me quede esperándote en el coche.

–¿En este cacharro?

–Uf, tienes razón.

–Stephanie, los dos sabemos que están pasando cosas muy serias; pero parece como si los Mayores no quisieran admitir que su preciosa tregua corre serio peligro.

–¿Y por qué iban a creerme a mí, si no te creen a ti?

–Porque a mí me conocen demasiado. Saben bien cuál es mi pasado, y pueden pensar que me mueven intereses propios. Además, los cuentos de horror siempre dan más miedo si los cuenta una señorita.

–Yo no soy ninguna señorita.

Skulduggery se encogió de hombros.

–Ya, pero eres lo más parecido que tengo a mano.

Pero aquella no era la única sorpresa que Skulduggery le tenía preparada aquel día. En cierto momento, se metió en el aparcamiento de una gasolinera y le señaló el paquete envuelto en papel marrón.

–¿Qué es eso? –preguntó Stephanie.

–¿A ti qué te parece?

–Me parece un paquete.

–Exactamente.

–¿Pero qué tiene dentro?

–Si te lo digo, le quitaré al paquete su razón de ser.

Stephanie suspiró.

–¿Y cuál es su razón de ser, Skulduggery?

–Ocultar lo que tiene dentro para que te lleves una sorpresa al abrirlo.

–A veces me pones de los nervios –masculló ella, inclinándose hacia atrás para agarrarlo. El papel cedió bajo sus dedos–. ¿Es mi traje nuevo?

–No pienso decir ni una palabra.

–¿Ya lo ha terminado Abominable? Vaya, pensé que ni siquiera me lo haría, después de... de nuestra discusión.

Skulduggery se encogió de hombros y empezó a canturrear para sí. Stephanie volvió a suspirar, cogió el paquete, salió del coche, entró en la gasolinera y se dirigió a los servicios. Una vez encerrada en el de señoras, desató la cuerda del paquete y abrió el envoltorio. Efectivamente, era su traje. Era del negro más negro que había visto en su vida, y estaba hecho de una tela diferente a todas las que Stephanie conocía.

Se cambió rápidamente, notando lo bien que se le ajustaban las prendas, y se acercó al espejo para verse. Los pantalones y la blusa –una prenda larga y sin mangas, cerrada por delante con unos pasadores plateados– le quedaban estupendamente, y las botas se le ajustaban a los pies como si llevara años poniéndoselas. Pero lo que completaba verdaderamente el conjunto era la chaqueta. Era larga, casi como un gabán, y le sentaba como un guante; su tela era tan negra que casi brillaba. Stephanie pensó dejar su ropa vieja en el servicio, pero enseguida desechó la idea, envolvió las prendas con el papel marrón y salió de la gasolinera.

–¡Sorpresa! –exclamó Skulduggery cuando la vio entrar de nuevo en el coche–. ¡Era el traje!

–Skulduggery, estás como una cabra.

Veinte minutos más tarde los dos entraban en el Museo de Cera. Era un edificio viejo y destartalado, y la calle en la que estaba hacía juego con su aspecto. Stephanie se quedó callada mientras Skulduggery pagaba las entradas y echaba a andar por las oscuras salas del museo, entre maniquíes de personajes reales e imaginarios. Había visitado aquel museo un par de veces en excursiones del colegio, pero no entendía para qué había querido ir Skulduggery. Los dos remolonearon en una sala para desprenderse de un grupo de turistas que iba justo delante de ellos, y cuando se quedaron solos, Stephanie se decidió a hablar:

–¿Qué estamos haciendo aquí?

–Visitar el Santuario de los Mayores –contestó Skulduggery.

–¿Es que los Mayores son figuras de cera?

–Me encanta venir a este museo –dijo Skulduggery por toda respuesta, quitándose las gafas de sol–. Me permite relajarme.

El detective se quitó el sombrero, la peluca y la bufanda. Stephanie miró alrededor con nerviosismo.

–¿No te da miedo que te vea alguien?

–En absoluto.

–Bueno, ¿y por qué no vamos de una vez a ver a los Mayores?

–Magnífica idea.

Skulduggery se acercó a la pared de la sala y empezó a recorrerla con los dedos.

–¿Dónde estará? –masculló–. Estos idiotas no hacen más que cambiarlo de sitio...

El grupo de turistas volvió a aparecer por el otro lado de la sala y Stephanie se abalanzó para ocultar a Skulduggery. Pero era demasiado tarde: ya lo habían visto. Un niñito americano se aparto del grupo y fue directo hacia Skulduggery, que se había quedado totalmente inmóvil.

–¿Y este quién es? –preguntó el niño frunciendo el ceño.

Stephanie titubeó. Todos los miembros del grupo la estaban mirando, incluido el guía turístico.

–Pues es... –dijo, exprimiéndose el cerebro en busca de una explicación convincente– ... Sammy el Esqueleto, el peor detective del mundo.

–Nunca había oído hablar de él –dijo el niño, tocando el brazo de Skulduggery. Luego se encogió de hombros y se acercó a otra figura, mientras el grupo proseguía su visita. Cuando se perdieron de vista, Skulduggery volvió la cabeza para mirar a Stephanie.

–¿Cómo que «el peor detective del mundo»?

Stephanie se encogió de hombros procurando contener la risa; Skulduggery soltó un gruñido socarrón y luego volvió a acercarse a la pared. Tras palparla un poco más, pareció encontrar el punto que estaba buscando y apretó con los dedos. Un trozo de pared se deslizó a un lado, revelando un pasadizo secreto.

–¡Ahí va! –exclamó Stephanie–. ¡Así que el Santuario está aquí! Cuando era más pequeña vine un par de veces, y ni siquiera se me ocurrió sospechar...

–Que bajo tus pies se extendía un mundo lleno de magia y prodigios, ¿no es eso?

–Exacto.

Skulduggery la miró con la cabeza inclinada.

–Será mejor que te vayas acostumbrando a esa sensación, querida.

El detective entró en el pasadizo e indicó a Stephanie que lo siguiera. En cuanto pasaron, la pared volvió a cerrarse a sus espaldas. Ante sí tenían una escalera descendente, iluminada por antorchas que titilaban en sus soportes, y cuanto más avanzaban más brillante se hacía la luz.

Al bajar el último escalón se encontraron en el resplandeciente vestíbulo del Santuario. Todas las superficies eran de mármol pulido y madera barnizada, y Stephanie pensó que, si no hubiera sido por la falta de ventanas, podría haber sido perfectamente la sede de una empresa de alta tecnología. En la pared de enfrente hacían guardia dos hombres con las manos agarradas tras la espalda. Iban vestidos con largas túnicas de color gris, y llevaban unos cascos con visera que les ocultaban el rostro. Tenían amarradas a la espalda una especie de guadañas, con una hoja curva de aspecto temible sujeta a un astil de un metro y medio.

Entre ellos apareció un hombre menudo vestido de traje, que se acercó a Skulduggery y Stephanie.

–Llegas temprano, detective –dijo mirando a Skulduggery–. El Consejo aún no se ha reunido. Podéis quedaros en la sala de espera, si así lo deseáis.

–La verdad es que preferiría enseñarle un poco todo esto a nuestra invitada, si no tienes ningún inconveniente.

El hombre pestañeó, confundido.

–Me temo que el acceso a nuestras instalaciones está estrictamente limitado, como bien sabes.

–Solo quisiera mostrarle el Depósito –dijo Skulduggery–. En realidad, lo que quiero es enseñarle el Libro.

–En ese caso, podéis ir. Aunque, en mi calidad de administrador del Santuario, tendré que acompañaros.

–Eso se da por supuesto.

El administrador hizo una leve reverencia, dio la vuelta en redondo y les indicó que lo siguieran por uno de los pasillos. Mientras caminaban pasaron junto a más hombres vestidos de gris; aunque Stephanie empezaba a acostumbrarse a tratar con gente que no tenía cara ni expresión, había algo en aquellos hombres que la ponía nerviosa. Por mucho que Skulduggery fuera un esqueleto, era inconfundiblemente humano; sin embargo, aquellos personajes, aunque no eran más que hombres con las caras ocultas, resultaban mucho más siniestros que él.

–¿Quiénes son estos tipos? –le preguntó a Skulduggery en un susurro.

–Se llaman Hendedores –bisbiseó Skulduggery–. Son una combinación de guardas de seguridad, policía y ejército. Unos tipos peligrosos, puedes creerlo; es toda una suerte que estén de nuestro lado.

Stephanie procuró no mirarlos mientras avanzaba por los pasillos.

–¿Dónde vamos? –preguntó, intentando cambiar de tema.

–Quiero enseñarte el Libro de los Nombres –respondió Skulduggery–. Hay quien dice que es obra de los Antiguos, pero la verdad es que nadie sabe quién lo creó ni cómo. Contiene los nombres de todas las personas vivas que hay en la Tierra: el nombre que les ponen, el nombre que adoptan, si es que adoptan alguno, y su nombre verdadero. Cada vez que nace un niño, en las páginas del Libro aparece un nombre nuevo. Y cada vez que muere alguien, su nombre se borra.

Stephanie lo miró asombrada.

–Entonces, mi nombre verdadero estará en el Libro, ¿no?

–Claro. Y el mío, y el de todo el mundo.

–¿Y eso no es peligroso? Si alguien se apoderara de él, podría hacerse el amo del universo –Stephanie se quedó callada unos segundos–. La verdad es que me siento un poco ridícula diciendo estas cosas.

El administrador volvió la cabeza para mirarla, sin dejar de andar.

–Ni siquiera los Mayores están autorizados a abrirlo –dijo–, porque el poder del libro es de tal magnitud que podría corromper a cualquiera. Sin embargo, hasta ahora han sido incapaces de encontrar el modo de destruirlo: no se rompe ni se quema, y nada de lo que le han hecho parece haberle afectado. Si las leyendas que atribuyen su creación a los Antiguos son ciertas, sería lógico pensar que solo los Antiguos pueden destruirlo. En cualquier caso, los Mayores se han hecho cargo de protegerlo y mantenerlo lejos de miradas indiscretas.

El administrador se detuvo frente a una puerta de dos hojas, hizo un aspaviento y las pesadas puertas giraron sobre sus goznes. Frente a ellos se extendía el Depósito, una enorme sala salpicada de columnas de mármol que albergaba algunos de los artefactos más extraños e inusuales del mundo. Los tres fueron pasando junto a hileras y más hileras de estanterías y vitrinas, en las que reposaban objetos tan estrambóticos que resultaba casi imposible describirlos. El administrador les señaló uno de los más raros: era una caja bidimensional que contenía maravillas capaces de saciar hasta a las personas más acostumbradas a los prodigios, pero que solo existía si se miraba desde un ángulo determinado. Al llegar al centro de la sala, sin embargo, a Stephanie le sorprendió el contraste con el abigarramiento del resto: estaba totalmente vacío, salvo por un pedestal en el que reposaba un libro.

–¿Es ese el Libro de los Nombres?

–Sí, muchacha, ese es –respondió el administrador.

–Pensé que sería más grande.

–Tiene el tamaño adecuado. Ni más, ni menos.

–¿Y no importa que esté así, al alcance de todo el mundo?

–No es tan vulnerable como podrías pensar. Cuando lo trajeron aquí, los Mayores dedicaron algún tiempo a pensar en las medidas de seguridad más adecuadas. Protegerlo totalmente parecía imposible: al fin y al cabo, los guardas son vulnerables, las cerraduras se pueden abrir, los escudos se pueden penetrar...

–¿Y entonces decidieron dejarlo ahí, sin más?

–En realidad, diseñaron el más ingenioso de los métodos. Se basa en la fuerza de voluntad.

–¿Cómo?

–El Libro está protegido por la voluntad de los Mayores.

Stephanie miró al administrador, incrédula: aquello parecía una broma.

–Puedes comprobarlo por ti misma –dijo él–. Coge el Libro.

–¿Yo?

–Sí, tú. Nadie te hará daño.

Stephanie miró a Skulduggery de reojo. Él no le hizo ningún gesto, así que decidió volverse hacia el Libro y echar a andar.

Mientras caminaba iba recorriendo la sala con los ojos. Se le ocurrió pensar que podía haber alguna trampilla y de inmediato miró al suelo. ¿Qué forma tendría la fuerza de voluntad? Tuviera la forma que tuviera, esperaba que no fuera nada doloroso, como una bala o algo así. Empezó a enfadarse solo de pensar en lo que estaba haciendo; parecía absurdo meterse de cabeza en una trampa por su propio pie. ¿Y para qué? ¿Para demostrar una afirmación que ni siquiera había hecho ella? ¡Pero si ella no albergaba ningún deseo de coger el libro! No, aquello era totalmente absurdo.

Volvió la mirada atrás y vio que el administrador la observaba plácidamente. Era obvio que estaba esperando a que la trampa funcionara, a que apareciera lo que sin duda tenía que aparecer ante ella para impedirle coger su querido libro. Stephanie se detuvo. Pues si tanto quería aquel libro el administrador, que lo cogiera él solito. Se dio la vuelta en redondo y volvió al punto de partida. El administrador se quedó mirándola.

–No lo has cogido –dijo.

Stephanie hizo un esfuerzo por contestarle educadamente.

–Pues no. Pero si usted lo dice, me creeré que está bien protegido.

–Sin embargo, cuando empezaste a caminar querías cogerlo, ¿verdad?

–Sí, supongo que sí.

–¿Y por qué no lo hiciste?

–Cambié de opinión.

–Dejaste de querer cogerlo, ¿no es eso?

–Sí, claro. ¿Y qué?

–En eso consiste la voluntad de los Mayores. Por muchas ganas que tengas de apoderarte de ese Libro, cuanto más te acerques a él, menos querrás cogerlo. Da igual que lo quieras coger para ti, porque te han ordenado que lo cojas o porque te va la vida en ello. Con cada paso que des hacia el Libro, tu indiferencia hacia él aumentará, seas quien seas y tengas los poderes que tengas. Ni siquiera Meritorius pudo llegar hasta él cuando se lo propuso.

Stephanie se quedó mirándolo mientras trataba de asimilar sus palabras.

–Es impresionante –dijo al cabo, sin poderlo evitar.

–Sí, ¿verdad? –contestó el administrador, ladeando un poco la cabeza como si hubiera oído algo–. El Consejo ya está listo para recibiros. Pasad por aquí, si sois tan amables.

Skulduggery y Stephanie entraron tras él en una sala ovalada con una gran puerta en el extremo opuesto. La sala estaba iluminada por un foco cenital que dejaba las paredes en penumbra.

–Los Mayores os recibirán en un momento –dijo el administrador, alejándose con paso quedo.

–Siempre hacen lo mismo –dijo Skulduggery cuando se fue–. Les gusta hacer esperar a la gente.

–Sí, el director de mi instituto hace lo mismo. Yo creo que es una forma de darse importancia.

–¿Y funciona?

–No. Solo logra parecer impuntual.

La puerta que había al otro lado de la sala se abrió para dar paso a un hombre mayor. Su pelo y su barba, que llevaba cortos y muy cuidados, eran totalmente blancos, y era muy alto, más aún que Skulduggery. Llevaba un traje de color granito; mientras le miraba caminar, Stephanie se dio cuenta de que a su derecha se movían unas sombras extrañas que parecían cambiar y estirarse a su paso. Poco a poco, de las esquinas de la sala fueron saliendo otros retazos de sombra que se unieron a la masa principal. De pronto, la sombra se elevó del suelo y pareció solidificarse en una figura vestida de negro: era una mujer entrada en años, que siguió caminando junto al anciano. A medida que se fueron acercando a Stephanie y Skulduggery, su paso se hizo más lento. Entonces una tercera persona se materializó al otro lado del hombre alto. Parecía algo más joven que los otros dos y llevaba un traje azul celeste, con la chaqueta a punto de reventar por su notable panza.

Stephanie y los Magos Mayores se miraron de hito en hito.

–Skulduggery –dijo el hombre alto con voz profunda y resonante–, se diría que los problemas te pisan los talones. ¿No crees?

–Bueno, yo no lo describiría así –respondió Skulduggery–. Es más bien como si los problemas se acomodaran ante mí y esperaran mi llegada.

El hombre alto sacudió la cabeza.

–¿Es esta tu nueva socia?

–Efectivamente, esta es.

–¿No ha adoptado ningún nombre?

–No.

–Bueno, algo es algo –dijo el hombre alto, dirigiendo la mirada a Stephanie–. Joven, me llamo Eachan Meritorius y soy el

Gran Mago de este Consejo. Junto a mí están Morwenna Crow y Sagacius Tome. Dime, el hecho de que no hayas adoptado ningún nombre, ¿significa que no vas a intervenir en nuestros asuntos mucho tiempo más?

–No estoy segura, la verdad –dijo Stephanie, con la boca seca.

–¿Lo ven? –intervino Skulduggery–. Es de lo más rebelde.

–Has atravesado situaciones muy arriesgadas –siguió diciendo Meritorius–. ¿No preferirías volver a la seguridad de tu vida normal?

–¿Qué seguridad?

–También es insubordinada... –dijo Skulduggery.

Stephanie retomó el hilo antes de que el hombre alto pudiera seguir hablando:

–Lo que quiero decir es que, en mi vida normal, mañana mismo podría atropellarme un coche. También es posible que me atraquen esta misma noche, o que caiga enferma dentro de una semana... Nadie está seguro en ningún sitio, en realidad.

Meritorius la miró levantando una ceja.

–No digo que no sea cierto, pero en tu vida normal no tendrías que vértelas con magos que intentan asesinarte.

Los tres Mayores la observaron, aguardando con interés su respuesta.

–Sí, tal vez –admitió ella–. Pero no creo que me fuera posible olvidar todo esto sin más.

Skulduggery sacudió la cabeza con gesto de desesperación:

–... Y terca como una mula.

Morwenna Crow tomó la palabra.

–Detective, no es la primera vez que apelas al Consejo para tratar de una supuesta amenaza a la tregua.

–En efecto.

–Y sin embargo, nunca has sido capaz de aportar prueba alguna.

–La chica que veis junto a vosotros es la prueba viviente de ello. La han atacado dos veces, y en ambas ocasiones su atacante buscaba una llave.

–¿Qué llave? –preguntó Sagacius Tome.

Skulduggery titubeó.

–¿Señor Pleasant? –insistió Tome.

–Estoy convencido de que el atacante estaba a las órdenes de Serpine.

–¿Qué llave, detective?

–Si Serpine está ordenando a sus hombres que ataquen a civiles, se trata de una clara violación de la tregua, y el Consejo tiene que...

–Señor Pleasant, ¿qué supone usted que abre esa llave?

Stephanie miró de reojo el rostro impenetrable de Skulduggery y creyó detectar una creciente frustración en sus gestos.

–En mi opinión, Serpine desea esa llave para llegar hasta el Cetro de los Antiguos –dijo al fin el detective.

–Nunca sé cuándo estás de broma y cuándo no, Skulduggery –dijo Meritorius esbozando una sonrisa.

–Ya, me lo dice mucha gente.

–¿Acaso no sabes que el Cetro es una leyenda?

–Sí, soy consciente de que esa es la opinión más generalizada. Pero también sé que Serpine ha intentado averiguar cosas sobre él, y creo que tal vez Gordon Edgley lo tuviera en su poder.

–Nefarian Serpine es ahora nuestro aliado, detective –dijo Sagacius Tome–. Vivimos en tiempos de paz.

–Vivimos en tiempos de miedo –repuso Skulduggery–, y parece como si el miedo a trastornar el orden establecido nos impidiera hacer las preguntas que deberíamos estar haciendo.

–Skulduggery –intervino Meritorius–, todos sabemos lo que hizo Serpine en el pasado. Todos conocemos las atrocidades que cometió en nombre de su señor Mevolent, y también para conseguir sus propios fines. Pero mientras la tregua siga en pie, no podemos hacer nada contra él si no tenemos un motivo firme.

–Ha ordenado a uno de sus hombres que atacara a mi socia.

–No tienes pruebas de eso.

–¡Ha asesinado a Gordon Edgley!

–Tampoco hay nada que lo pruebe.

–¡Está intentando hacerse con el Cetro!

–Sí, con un cetro que ni siquiera existe –remató Meritorius sacudiendo tristemente la cabeza–. Lo siento mucho, Skulduggery. No podemos hacer nada.

–En cuanto a la chica –añadió Morwenna–, teníamos la esperanza de que no se viera demasiado implicada en todo este asunto.

–No va a decirle nada a nadie –dijo Skulduggery, casi en un susurro.

–Tal vez, pero si avanza un paso más en nuestro mundo, tal vez le sea imposible salir de él. Queremos que lo pienses muy detenidamente, detective. Que seas consciente de lo que eso significa.

Skulduggery asintió sin decir nada.

–Gracias por presentaros ante nosotros –dijo Meritorius–. Podéis marcharos.

Skulduggery se dio la vuelta y salió de la sala seguido de Stephanie. El administrador se acercó a ellos con premura para mostrarles el camino.

–No hace falta, sé salir solo –gruñó Skulduggery, y el hombrecillo retrocedió.

Stephanie y Skulduggery recorrieron el camino de vuelta pasando ante los Hendedores, que seguían tan inmóviles como las figuras de cera del museo, y llegaron a la escalera. Al llegar arriba Skulduggery volvió a ataviarse con su disfraz; luego los dos atravesaron el museo, salieron a la calle, y casi habían llegado al coche amarillo cuando Skulduggery se detuvo y volvió la cabeza.

–¿Qué pasa? –preguntó Stephanie.

Skulduggery no contestó y Stephanie miró alrededor, llena de aprensión. En apariencia estaban en una calle normal, llena de transeúntes normales que hacían cosas normales. Bueno, la calzada tenía algún que otro socavón y le gente iba más bien desaliñada, pero por lo demás no había nada especialmente raro. Y entonces lo vio: era un hombre alto, calvo y robusto, de edad indefinida. Se acercaba hacia ellos tranquilamente, como si tuviera todo el tiempo del mundo, y Stephanie se quedó junto a Skulduggery esperando a que llegara a su altura.

–Buenos días, Pleasant –dijo el hombre cuando estuvo frente a ellos.

–Buenos días, Bliss –respondió Skulduggery.

Stephanie observó al hombre: parecía irradiar poder. Él movió la cabeza y clavó en Stephanie sus pálidos ojos azules.

–Tú debes de ser la chica que está llamando la atención de todo el mundo.

Stephanie se quedó callada. No sabía qué decir, y aunque lo hubiera sabido, le habría fallado la voz al decirlo. Había algo en el señor Bliss que le daba ganas de acurrucarse y romper a llorar.

–Cuánto tiempo sin verte, Bliss –dijo Skulduggery–. Oí decir que te habías retirado.

Stephanie pensó que la mirada del señor Bliss estaba llena de paz, pero no era una paz reconfortante. No era una paz que la hiciera sentirse segura y arropada; era otro tipo de paz, una paz que parecía prometer el fin del dolor, el fin del placer, el fin de todo. Mirar al señor Bliss era como mirar al vacío, un vacío sin principio ni fin. Era como caer en el olvido.

–Lo Mayores me han pedido que vuelva –dijo Bliss–. Parece que la situación se está poniendo un tanto turbia, después de todo.

–¿Cómo es eso?

–Los dos hombres que estaban encargados de vigilar a Serpine aparecieron muertos hace unos días. Está tramando algo, algo de lo que no quiere que se enteren los Mayores.

Skulduggery se quedó mirándolo sin decir nada.

–¿Por qué no me ha dicho nada de esto Meritorius? –preguntó al fin.

–La tregua está prendida con alfileres, Pleasant. Cualquier trastorno, por mínimo que sea, puede echarla a perder; y tú eres conocido por tu afición a causar trastornos. Los Mayores pensaron que mi intervención sería suficiente para disuadir a Serpine de su empeño, pero temo que han infravalorado su ambición. Aun así, siguen empeñados en que una nueva guerra no beneficiaría a nadie. Y además, se niegan a creer en la existencia del Cetro de los Antiguos.

–¿Tú sí crees que existe? –preguntó Skulduggery, con un imperceptible temblor en la voz.

–Sí, claro. No sé si tendrá todos los poderes que las leyendas le atribuyen, pero no me cabe duda de su existencia material. Fue descubierto recientemente, en unas excavaciones arqueológicas. Tengo entendido que Gordon Edgley llevaba buscándolo algún tiempo, como parte de sus investigaciones para escribir un libro sobre los Sin Rostro, y creo que pagó una sustanciosa suma para hacerse con él. Me imagino que verificaría su autenticidad, y una vez verificada, se daría cuenta de que no podía quedarse con él ni dárselo a nadie. Gordon Edgley podía tener muchos defectos, pero era un buen hombre; debió de pensar que si el Cetro tenía el potencial destructivo del que todos hemos oído hablar, era un objeto demasiado peligroso para que nadie lo poseyera.

–¿Sabes qué pudo hacer con él? –dijo Stephanie, recuperando la voz al fin.

–No.

–¿Pero de verdad crees que Serpine está dispuesto a declarar la guerra? –preguntó Skulduggery.

Bliss asintió con la cabeza.

–Sí; creo que, para él, la tregua ya no tiene ninguna utilidad. Supongo que lleva esperando algún tiempo a que llegue el momento adecuado para acumular poder, descubrir los secretos que le faltan e invitar a los Sin Rostro a que vuelvan a este mundo.

–¿Cree en los Sin Rostro, señor Bliss? –preguntó Stephanie.

–Sí. Me enseñaron a creer en ellos de niño y nunca he dejado de hacerlo. Hay quien se ríe de ellos, hay quien toma sus leyendas como fábulas moralizantes, hay quien se las cuenta a sus hijos antes de dormir. Pero yo creo en ellos. Creo que, en el pasado, los seres humanos estuvieron dominados por unos seres tan maléficos que hasta sus propias sombras huían de ellos. Y creo que han estado todo este tiempo esperando el momento de volver para castigarnos por nuestras transgresiones.

Skulduggery ladeó la cabeza y observó a Bliss con gesto crítico.

–Si les dijeras estas cosas a los Mayores, seguro que te harían caso.

–No. Están atados de pies y manos por sus propias normas. He reunido toda la información que me ha sido posible, y acabo de transmitírsela a la única persona que tal vez sepa qué hacer con ella. Ahora todo depende de ti, Pleasant.

–Si trabajaras con nosotros todo sería más fácil –dijo Skulduggery.

El señor Bliss esbozó una leve sonrisa.

–Si tengo que intervenir, lo haré –repuso, dándose la vuelta y echando a andar.

Stephanie y Skulduggery se quedaron mirándolo un momento y luego se montaron en el coche amarillo. Skulduggery arrancó, y ya llevaba conduciendo un rato cuando Stephanie se decidió a hablar.

–Da un poco de miedo.

–Sí, es que casi nunca sonríe. Bliss es la persona con más fuerza física que hay sobre la faz de la Tierra. Su fuerza sobrepasa todas las leyendas.

–O sea, que realmente hay que tenerle miedo, ¿no?

–Pues sí, bastante.

Skulduggery siguió conduciendo en silencio. Stephanie dejó pasar un par de minutos antes de hablar de nuevo.

–¿En qué piensas?

–En un montón de cositas ingeniosas –respondió Skulduggery encogiéndose de hombros.

–Entonces, ¿estás seguro de que el Cetro es real?

–Tiene toda la pinta de serlo.

–Pues te debes de haber quedado de piedra, ¿no? ¡Mira que descubrir de repente que los dioses existen!

–Ah, pero eso no es seguro. Aun cuando el Cetro fuera real, su verdadera historia podría haberse mezclado con leyendas. El hecho de que exista no implica necesariamente que los Antiguos lo usaran para expulsar a los Sin Rostro.

–Qué curioso, nunca hubiera pensado que un esqueleto viviente pudiera ser tan escéptico. Bueno, entonces, ¿qué hacemos ahora?

Skulduggery hizo una pausa y luego se puso a hablar animadamente:

–Veamos: hay que averiguar lo que necesitamos. Tenemos que averiguar lo que necesitamos y cómo conseguirlo, y también lo que necesitamos conseguir para conseguir lo que necesitamos.

–Creo que lo he pillado... –dijo Stephanie lentamente. El coche pasó sobre un bache y pegó un bote–. Huy, no. Se me ha vuelto a ir de la cabeza.

–Necesitamos que los Mayores se pongan en acción, y para eso necesitamos alguna prueba de que Serpine ha roto la tregua. Necesitamos encontrar el Cetro, y también averiguar cómo destruirlo.

–Vale, entendido. ¿Por dónde empezamos?

–Por la prueba. La conseguiremos cuando encontremos el Cetro.

–¿Y cómo lo vamos a encontrar?

–Encontrando la llave.

–¿Y cómo vamos a destruirlo?

–Ajá –dijo Skulduggery–, para averiguar eso nos va a hacer falta cometer un pequeño delito.

–¡Por fin! –exclamó Stephanie con una sonrisa–. Creí que nunca empezaríamos a delinquir.

11

EL PEQUEÑO DELITO

SKULDUGGERY y Stephanie observaron desde el coche cómo los dos vampiros subían la escalinata y entraban en el Museo Municipal, enfundados en sus monos azules. Iban charlando, y tenían un aspecto de lo menos intimidatorio. Unos minutos más tarde los trabajadores del museo y los guardas del turno de día empezaron a abandonar el edificio. Cuando salieron todos, Skulduggery estiró el brazo hacia atrás y cogió la bolsa negra.

–¿Vamos a entrar ya? –preguntó Stephanie mirando al cielo–. Aún es de día.

–Sí, y precisamente por eso no podemos esperar. Dentro de veinte minutos, en ese museo habrá dos vampiros hechos y derechos. Me gustaría entrar, averiguar cómo podemos destruir el Cetro y salir antes de que eso ocurra.

–Ah, me parece una buena idea.

–No es buena: es buenísima.

Los dos salieron del horrendo coche amarillo, cruzaron la calle, entraron en el jardín del museo y atravesaron el césped hasta llegar a un árbol alto que había en la parte de atrás. Tras mirar a todas partes para asegurarse de que no los veía nadie, Skulduggery se echó la bolsa al hombro y empezó a trepar. Stephanie saltó hasta agarrar una rama baja y trepó tras él. Llevaba años sin hacerlo, pero siempre le había resultado tan fácil trepar a los árboles como caerse de ellos. El árbol tenía las ramas largas y gruesas; algunas de ellas llegaban muy cerca del tejado del museo, cuya parte central estaba recorrida por una hilera de claraboyas que se elevaban sobre las tejas. Stephanie se encaramó en una rama y observó con curiosidad el espacio que quedaba entre el árbol y el tejado. Parecía demasiado ancho para saltar.

–¿Estás seguro de que quieres ir solo? –preguntó.

–Sí. Necesito que te quedes aquí fuera por si algo sale terriblemente mal.

–¿Qué puede salir terriblemente mal?

–No sé, unas quince o dieciséis cosas que no me voy a poner a enumerar ahora.

–No sabes cuánto me reconforta oírte –masculló Stephanie.

Skulduggery maniobró cautelosamente para ponerse en pie sobre la rama más larga y empezó a recorrerla agachado; parecía increíble que pudiera conservar el equilibrio. Sin embargo, el tejado seguía estando demasiado lejos. De improviso, Skulduggery se abalanzó hacia delante dando un salto y extendió los brazos ante sí para provocar una tremenda ráfaga de aire que lo llevó en volandas hasta lo más alto del tejado.

Stephanie se prometió a sí misma que algún día conseguiría aprender a hacer aquello.

–El museo está equipado con los más modernos sistemas de seguridad –dijo Skulduggery abriendo la bolsa negra–. Pero las alarmas de las salas exteriores nunca se conectan para que puedan pasar los vampiros, así que cuando llegue a la sala central, todo debería ir viento en popa, como aquel que dice.

–¿Quién es el que lo dice?

–Pues no sé. Algún marino, supongo.

Skulduggery metió la mano en la bolsa, sacó un arnés de escalada y se lo puso.

–¿Qué te estaba diciendo?

–Ni idea.

–Ah, sí, te estaba explicando mi astuto plan. Tengo que llegar hasta un cuadro de control que hay en la pared de la derecha. Desde ahí puedo desconectar todas las alarmas. No puedo pisar el suelo porque tiene sensores, así que tendré que arreglármelas para hacerlo suspendido; pero eso no debería suponer ningún problema para alguien tan ágil y habilidoso como yo.

–Tienes un alto concepto de ti mismo, ¿verdad?

–Altísimo.

Skulduggery ató un fino cable alrededor de un conducto de ventilación que sobresalía del tejado, aseguró el otro extremo al arnés con un nudo corredizo y se acercó a una de las claraboyas. Stephanie frunció el ceño.

–¿Piensas bajar por ahí?

–Sí, eso va a ser lo más divertido de todo.

–Vale, pero tendrás que abrir la claraboya, ¿no? ¿Eso no va a hacer que salte alguna alarma?

–Sí, bueno, una pequeñita –respondió Skulduggery muy seguro de sí.

Stephanie lo miró boquiabierta.

–¡Pero es que todo el mundo va a enterarse, aunque sea pequeñita!

–No te preocupes. Es una alarmita de nada, ni siquiera hace ruido. Solo dispara un piloto en la comisaría del barrio. Bueno, más bien lo disparaba. Da la casualidad de que, antes de recogerte esta mañana, pasé junto a la comisaría justo en el momento en que su caja de transformadores sufría un cortocircuito. Parece que su interior se llenó misteriosamente de agua. Creo que los policías estaban asombrados; desde luego, tenían cara de estarlo...

–¿Y todo tu plan depende de que no hayan logrado reparar la avería aún?

–Sí, más bien –dijo Skulduggery tras pensárselo dos segundos–. Pero seguro que sale bien.

El detective observó durante un momento el sol poniente y luego se volvió hacia Stephanie.

–Si oyes gritos, serán míos –le dijo.

Skulduggery pasó la mano sobre la claraboya y la cerradura se rompió. Luego cogió el mando del arnés, abrió una de las hojas y se metió por el agujero. Stephanie observó cómo desaparecía y enseguida empezó a oír el leve siseo del arnés deslizándose por el cable.

Se apoyó contra el tronco del árbol y se dispuso a observar por si veía algo... raro. Stephanie frunció el ceño al pensar aquello, porque ya no estaba nada segura de qué era «raro» y qué no lo era, y justo en ese momento oyó un ruido rasposo. Levantó la vista buscando el origen del ruido.

La lazada de cable que había atado Skulduggery alrededor del conducto de ventilación se estaba deslizando hacia arriba.

Stephanie vio horrorizada cómo se acercaba cada vez más al borde del tubo. Se acordó de los sensores del suelo y pensó que, si Skulduggery se caía, haría saltar todas las alarmas y los vampiros tardarían bien poco en encontrarlo. Y aunque no tenía ni una gota de sangre, Stephanie estaba segura de que los vampiros encontrarían otras formas de castigar su osadía.

El cable subió un poco más y Stephanie pensó que no tenía opción. Se encaramó a la rama desde la que había saltado Skulduggery y empezó a deslizarse a gatas. La madera crujió bajo su peso y Stephanie hizo un esfuerzo por no sentirse gorda, recordando que Skulduggery no tenía más que huesos.

Ante ella se abría el abismo. Era un abismo abismal, un señor abismo.

Stephanie sacudió la cabeza pensando que no iba a ser capaz. Así era imposible llegar al tejado. Si hubiera podido coger carrerilla, aun podría habérselo planteado; pero saltar desde el borde de una rama que cedía bajo su peso... no, no podía ser. Stephanie cerró los ojos, esforzándose por desterrar aquellos pensamientos de su mente. No tenía otra opción; no tenía sentido preguntarse si podía o quería saltar. Skulduggery necesitaba su ayuda, y la necesitaba en aquel preciso instante; lo único que cabía preguntarse era qué haría una vez que hubiera saltado, porque tenía que hacerlo.

Y lo hizo.

Saltó estirándose cuanto pudo, viendo de reojo cómo se movía el suelo allá abajo, y cuando estaba a punto de alcanzar el alero empezó a caer. Su mano derecha tocó el canalón y se cerró en torno a él, lo que cortó bruscamente la caída haciendo que Stephanie se estrellara contra el muro. El golpe estuvo a punto de obligarle a soltar la mano, pero enseguida encontró un asidero para la mano izquierda y pudo estabilizarse. Más tranquila, empezó a izarse a pulso hasta que logró pasar un brazo sobre el alero, y entonces se alzó apoyándose en el codo. Ya estaba, lo había conseguido.

El cable volvió a deslizarse. Estaba casi al final del conducto; un centímetro más y Skulduggery estaría perdido. Stephanie se abalanzó sobre el tubo y tiró del cable para bajarlo, pero no pudo. Se puso en pie y trató de hacerlo retroceder presionando con la bota; el cable no se movió ni un milímetro. Miró a su alrededor en busca de algo que le sirviera de ayuda, vio la bolsa y la abrió sin perder un segundo. Solo contenía otro trozo de cable.

Stephanie lo agarró y se puso de rodillas para engancharlo a la lazada que estaba a punto de salirse del tubo. Su padre le había enseñado a hacer todo tipo de nudos cuando era pequeña, y aunque ya no se acordaba de sus nombres, sabía perfectamente cuál era el más adecuado para aquella ocasión.

Después de atar el nuevo trozo de cable a la lazada, miró a su alrededor en busca de algún asidero al que amarrar el otro extremo. Frente a ella había otra claraboya; Stephanie se levantó de un salto, enroscó el cable alrededor de su base de cemento y lo acabó de atar justo en el momento en que la primera lazada se salía del conducto de ventilación. El cable quedó flojo durante una fracción de segundo y luego se tensó con un chasquido, pero aguantó sin romperse.

Stephanie volvió a la claraboya por la que había entrado Skulduggery y miró hacia abajo. Su amigo estaba suspendido en el aire, intentando mantenerse en posición horizontal para no tocar el suelo tras la repentina caída. Conservaba en la mano el mando del arnés, pero no podía manejarlo porque tenía que estirar los brazos para equilibrarse.

Stephanie vio sobre el tejado otro mando que también parecía estar conectado al arnés. Lo agarró, apretó un botón que ponía ARRIBA y Skulduggery empezó a subir con un suave zumbido.

Cuando había subido lo suficiente para no correr peligro, levantó la cabeza, vio a Stephanie y la saludó con la mano. Ya tenía las manos libres, así que agarró el mando y maniobró hasta situarse junto al cuadro de control que había en la pared. Bajó unos cuantos interruptores, apretó el mando a distancia y se posó en el suelo con delicadeza. No saltó ninguna alarma.

Skulduggery se desabrochó el arnés, levantó la cabeza, miró a Stephanie por un momento y le indicó con la mano que bajara. Stephanie sonrió de oreja a oreja y apretó su mando a distancia para que el arnés subiera. Cuando llegó arriba se lo abrochó, metió las piernas en el agujero de la claraboya y empezó a descender. Al llegar al suelo Skulduggery le ayudó a quitárselo.

–Supongo que un poco de ayuda no me vendría mal, al fin y al cabo –susurró. Stephanie le dedicó otra sonrisa.

Por dentro el museo era despejado y espacioso, y sus paredes estaban interrumpidas aquí y allá por grandes paneles de cristal. La sala central estaba llena de cuadros y esculturas, dispuestas cuidadosamente de forma que no diera la impresión de estar ni muy llena, ni muy vacía. Se acercaron a la gran puerta de la sala y escucharon con atención. Skulduggery abrió una de sus hojas, asomó la cabeza para inspeccionar y luego le indicó a Stephanie con un cabeceo que lo siguiera. Los dos salieron sigilosamente cerrando la puerta a sus espaldas y empezaron a recorrer los blancos pasillos, doblando esquinas y atravesando arcadas. Stephanie se dio cuenta de que Skulduggery miraba al exterior cada vez que pasaban junto a una ventana: se estaba haciendo de noche.

Por fin llegaron a un pequeño vestíbulo alejado de los pasillos principales. En él se abría una puerta de madera maciza, reforzada con una cuadrícula de tiras de metal atornilladas. Skulduggery le pidió a Stephanie en un susurro que vigilara y se acercó a la puerta mientras se sacaba algo del bolsillo.

Stephanie se agazapó y escrutó las sombras del pasillo, que cada vez eran más espesas. Volvió la cabeza: Skulduggery estaba manipulando la cerradura. Stephanie miró la ventana que tenía justo al lado. El sol ya se había puesto.

Entonces oyó pasos y retrocedió un poco. El hombre del mono azul acababa de aparecer por la esquina del pasillo de enfrente. Caminaba tranquilamente, como un guarda de seguridad normal y corriente en un centro comercial cualquiera. Parecía distraído, aburrido, despreocupado. Stephanie notó que Skulduggery se colocaba tras ella, pero no dijo nada.

De pronto, el hombre se llevó la mano al vientre y se dobló como abrumado por algún dolor. Stephanie pensó que le habría gustado estar más cerca, porque si le salían colmillos apenas iba a poder verlo desde donde estaba. El hombre se irguió y enderezó la espalda, y los crujidos de sus huesos al recolocarse resonaron en el pasillo. Y entonces levantó una mano, se agarró el pelo y empezó a tirar.

Stephanie reprimió un respingo. El vampiro acababa de quitarse la piel, el pelo y la ropa de un solo tirón, y lo que había debajo era un ser pálido y calvo con grandes ojos negros que se deshacía de los restos de su funda humana con movimientos felinos. No hacía falta acercarse para verle los colmillos –eran enormes y amarillentos, con los filos irregulares–, y Stephanie se alegró de estar a cierta distancia. Aquel vampiro no se parecía nada a los que había visto en la tele. Los vampiros de las películas eran hombres atractivos, ataviados con levita y gafas de sol; los de verdad eran animales.

La mano de Skulduggery se posó en su hombro y tiró suavemente para hacerla retroceder un poquito. Justo entonces el vampiro miró en su dirección, y luego se dio la vuelta y se alejó por el pasillo en busca de alguna presa.

Stephanie siguió a Skulduggery hasta la puerta y entró tras él. En cuanto cerraron la puerta, Skulduggery se irguió y empezó a hablar en tono normal; Stephanie, sin embargo, no se atrevió a hacer ningún ruido. El detective indicó a Stephanie que lo siguiera por unas escaleras descendentes, iluminando los escalones con una llama que hizo aparecer en la palma de su mano. Cuanto más bajaban, más frío hacía. Por fin llegaron a un pasillo de aspecto vetusto y lleno de puertas, y caminaron hasta llegar a una que tenía grabados un escudo y un oso; parecía un emblema heráldico. Skulduggery alzó las manos, agachó la cabeza y se quedó inmóvil durante casi un minuto. La cerradura se abrió con un chasquido y pudieron entrar.

12
VAMPIROS

SKULDUGGERY chasqueó los dedos y las velas que había repartidas por la estancia se encendieron. Estaba todo lleno de cosas: enormes pilas de libros, artefactos raros, esculturas, cuadros, grabados... incluso había una armadura junto a una de las paredes.

–¿Todo esto tiene que ver con el Cetro? –susurró Stephanie.

–Más bien con los Antiguos, en general –respondió Skulduggery–, pero seguro que hay algo relacionado con el Cetro por alguna parte. La verdad es que no esperaba encontrar tantos trastos. Por cierto, no hace falta que hables tan bajito.

–Es que en el piso de arriba hay dos vampiros.

–Estas cámaras están selladas. Antes rompí el sello de cierre, pero el sello de sonido sigue intacto. ¿Sabes que hay que romper los sellos de cierre cada vez que quieres entrar en un sitio, y luego hay que volver a ponerlos al salir? No me explico por qué no instalarán una cerradura en condiciones; te aseguro que a mí, al menos, me impediría el paso mucho más que un sello. Bueno, hasta que me decidiera a derribar la puerta, claro.

–¿Qué son los sellos de sonido? –dijo Stephanie sin dejar de susurrar.

–¿Que qué son? Mira, si una puerta tiene uno de esos sellos, podrías gritar con todas tus fuerzas y no te oirían aunque tuvieran una oreja pegada a la madera.

–Ah, bueno –respondió Stephanie, aunque siguió hablando en voz más bien baja.

Los dos emprendieron la búsqueda. Algunos de los libros narraban los mitos de los Antiguos; otros describían sus leyendas desde un punto de vista más descriptivo y analítico, y había bastantes escritos en una lengua que Stephanie no entendía. Algunos tenían las páginas en blanco, pero Skulduggery parecía capaz de leerlos, porque le dijo a Stephanie que solo contenían datos sin importancia.

Stephanie empezó a examinar un montón de cuadros enmarcados que había junto a una pared. Muchos de ellos mostraban a distintos personajes que enarbolaban el Cetro en actitud heroica. Cuando ya había examinado casi la mitad, el montón se derrumbó y Stephanie se agachó para recoger los cuadros caídos; entonces se fijó en uno que había quedado justo delante de ella. Era el cuadro que aparecía reproducido en el libro de Skulduggery, el que mostraba a un hombre que alargaba una mano para agarrar el Cetro mientras se protegía de su resplandor con la otra. Pero lo que Stephanie tenía ante sí era la escena completa, no el pequeño rectángulo del libro. Skulduggery se volvió para mirarla mientras ella empezaba a colocar los cuadros tal como los había encontrado. Cuando acabó se acercó a la armadura, que tenía el escudo y el oso grabados en el peto.

–¿Esto es un emblema heráldico? –preguntó.

–¿Cómo dices? –respondió Skulduggery levantando la vista–. Ah, sí. Como no podemos conservar nuestros apellidos, nos servimos de los emblemas heráldicos para no perder la línea familiar.

–Y tú, ¿no tienes emblema?

Skulduggery se quedó callado un momento.

–Sí, tuve uno. Pero ya no lo uso.

–¿Por qué no?

–Decidí abandonarlo.

–¿Por qué?

–Eres una chica muy preguntona, ¿no te parece?

–Cuando sea mayor quiero trabajar de detective, como tú.

Skulduggery levantó la mirada, vio que Stephanie lo observaba sonriente y se echó a reír.

–Ten cuidado, Stephanie. Puede que el oficio de detective te parezca divertido, pero te aseguro que me ha hecho pasar las de Caín.

–¿Que te ha hecho pasar qué?

–Es una vieja expresión. Significa que me ha metido en muchos problemas.

–Y entonces, ¿por qué no dices que te ha metido en problemas y ya está? ¿Por qué tienes que usar todo el rato palabras que no entiendo?

–Deberías leer más.

–Leo de sobra. Lo que debería hacer es salir más.

Skulduggery levantó una cajita para exponerla a la luz de las velas y empezó a examinarla por todos los lados.

–¿Qué es eso? –preguntó Stephanie.

–Una caja rompecabezas.

–¿Y no podrías jugar a los rompecabezas más tarde?

–Los rompecabezas están hechos para que alguien los resuelva. Es su *raison d'être*.

–¿Su qué?

–Su *raison d'être*. «Razón de ser», en francés.

–Y dale. ¿Es que no puedes decir simplemente «razón de ser»? ¿Por qué tienes que complicar tanto las cosas?

–Lo que quiero decir es que dejar un rompecabezas sin resolver es como dejar una canción sin cantar. Es condenarlo a la inexistencia.

–Mira, todos los días mi padre intenta resolver el crucigrama que viene en el periódico. Lo empieza, y al cabo de un rato acaba inventándose palabras absurdas para rellenar las casillas en blanco hasta que se cansa y lo deja. Si dejas en paz esa caja y me ayudas a buscar, prometo darte todos los periódicos viejos que haya tirados por mi casa.

–Es que no quiero buscar más.

Stephanie se quedó mirándolo asombrada.

–Y luego dicen que los jóvenes somos poco constantes.

–¿No has visto nada extraño en el cuadro que estabas mirando antes?

–¿En cuál? Miré un montón.

–El del hombre que quiere agarrar el Cetro.

–¿Qué pasa con ese cuadro?

–¿No viste nada fuera de lo normal en él?

Stephanie volvió a acercarse al montón y fue retirando los cuadros de uno en uno hasta llegar al cuadro en cuestión.

–¿Bueno, qué? ¿Qué tiene de raro?

–Descríbemelo.

Stephanie apartó las demás pinturas para verlo con más claridad.

–A ver... Hay un hombre que quiere coger el Cetro, y el Cetro resplandece. Ya está.

–¿No ves nada extraño en el hombre?

–Pues no, la verdad –dijo Stephanie, frunciendo el ceño en un esfuerzo por concentrarse–. Bueno, tal vez...

–¿Tal vez qué?

–El Cetro brilla tanto que el hombre se protege del resplandor con una mano, pero al mismo tiempo tiene los ojos muy abiertos.

–¿Y qué?

–Pues que si el Cetro brillara tantísimo, debería tenerlos entrecerrados. Aunque esto no es más que un cuadro, claro.

–¿No hay nada más que te choque?

Stephanie escrutó la escena.

–Sí, las sombras.

–¿Qué pasa con ellas?

–Que tiene dos.

–¿Y qué? Recuerda que el Cetro es mágico. Tal vez su luz produzca dos sombras en vez de una por alguna extraña razón mágica.

–Pero es que no las produce la luz del Cetro. Tienen un ángulo distinto.

–Y entonces, ¿qué puede causarlas?

–Alguna otra luz. Dos luces, para ser exactos.

–¿Y cuál es la principal fuente de luz que tenemos en el mundo?

–El sol, ¿no?

–Y si es el sol, ¿qué hora puede ser en la pintura?

–Bueno, la sombra que hay a sus pies indica que es mediodía, porque el sol está en el cenit. Sin embargo, si hacemos caso a la sombra que hay a sus espaldas, es por la mañana o por la tarde.

–Elige: ¿por la mañana, o por la tarde?

–¿Y yo qué sé? El sol está tras él, así que podría ser por la mañana.

–De modo que el cuadro que tienes en las manos retrata a un hombre que trata de agarrar el Cetro y lo ve todo, en un momento que es tanto pasado como presente, ¿no es eso?

–Sí, supongo que sí. ¿Y esto qué tiene que ver con la caja rompecabezas?

–¿Quién lo pintó?

Stephanie se fijó en la esquina inferior derecha.

–No hay ningún nombre. Solo hay un emblema, un leopardo con dos espadas cruzadas.

Skulduggery levantó la caja rompecabezas para mostrarle el adorno que tenía labrado en la base: era un leopardo con dos espadas cruzadas.

–Bueno –dijo Stephanie poniéndose en pie–, basta ya de adivinanzas.

–Ese cuadro nos dice que su pintor, o la familia del pintor, nos puede revelar algo del pasado; a eso en mi profesión se le llama «pista». Las pistas forman parte de los misterios, y los misterios son rompecabezas. Y en las manos tengo una caja rompecabezas.

Skulduggery recorrió con los dedos la superficie de la caja y ladeó la cabeza con aire de concentración. Rodeó la caja con ambas manos y apretó sus costados, rotándolos sutilmente hasta que algo hizo un pequeño chasquido. Sonó un ruidito, como si se hubiera puesto en marcha un mecanismo, y la tapa de la caja se abrió mostrando una especie de diamante azul.

–Vaya, vaya –dijo Skulduggery.

Stephanie se acercó para mirarlo de cerca. El diamante era algo más grande que una pelota de golf.

–¿Qué es?

–Es una Piedra Eco –respondió Skulduggery–. Es difícil encontrarlas. Normalmente las usan personas moribundas: las ponen junto a su cama durante tres noches seguidas, y de esa forma la piedra queda impregnada de su personalidad y sus recuerdos. Se suelen entregar a los seres queridos para consolarlos, o para que les hagan preguntas que puedan haber quedado sin contestar; en fin, ese tipo de cosas.

–¿Cómo funcionan?

–No estoy seguro, la verdad. Es la primera vez que tengo una en las manos –Skulduggery apretó la Piedra Eco con la yema del dedo y esta empezó a brillar. El esqueleto ladeó de nuevo la cabeza, muy satisfecho consigo mismo–. ¿Has visto? Soy un genio, no lo puedo negar.

–¡Pero si solo la has tocado!

–Ya, pero ha sido un toque genial.

Stephanie suspiró.

Así pasaron varios segundos hasta que, de pronto, un anciano apareció frente a ellos. Stephanie retrocedió.

–No te asustes, muchacha –dijo el anciano. Iba vestido con una túnica, y en sus ojos brillaba una expresión amable–. No voy a hacerte ningún daño. He venido para contestar a tus preguntas y darte toda la información que precises para tu... –la voz del hombre se apagó. Había visto a Skulduggery–. ¡Vaya, qué extraño! Veo que es usted un esqueleto.

–En efecto.

–Es la primera vez en mi vida que veo... Aunque ya no estoy vivo, claro... ¡En cualquier caso, un esqueleto viviente y además parlante es algo que no se ve todos los días!

–Sí, soy un tipo muy especial –dijo Skulduggery–. Y usted, ¿quién es?

–Me llamo Oisin, y estoy aquí para contestar a todas vuestras preguntas.

–Me parece estupendo, porque necesitamos unas cuantas respuestas.

–¿Y cómo dice usted que se las arregló?

–¿Qué?

–Para convertirse en esqueleto, digo. Jamás había oído hablar de nada parecido.

–Bueno, es una larga historia.

Oisin sacudió la mano para cambiar de tema.

–Ah, pues no me la cuente. Las Piedras Eco solo funcionan un rato, luego tienen que reposar para cargarse de nuevo. No dispongo de mucho tiempo para contestar a sus preguntas.

–Bien, pues vamos a ello.

–Sí, vamos. De todas formas... ¿le dolió mucho quedarse sin carne?

–Esto... señor Oisin, no quisiera ser maleducado, ¿pero no debería usted responder preguntas, en vez de hacerlas?

Oisin se echó a reír.

–Sí, he de admitir que la curiosidad me puede a veces –dijo–. Pero, por otra parte, no hay quien conozca como yo las historias de los Antiguos, así que puede decirse que soy un portavoz bastante adecuado. Mejor que el resto de mis colegas, creedme. En fin, antes de empezar, ¿podríais decirme en qué siglo estamos?

–En el veintiuno –respondió Stephanie.

–¿El veintiuno? –repitió Oisin, alborozado–. ¡Vaya, vaya! Así que este es el aspecto que tiene el futuro, ¿eh? Pues no sé, me parece un poco... oscuro y desordenado. Siempre pensé que tendría más luz, ¿sabéis? Bueno, ¿y qué le ha pasado al mundo en todos estos siglos?

–¿Quiere... quiere que le contemos todo lo que ha ocurrido desde que se murió?

–Hombre, todo no. Solo los acontecimientos más destacados. Por cierto, ¿en qué idioma estoy hablando?

–En inglés –respondió Stephanie perpleja.

–¡Ah, qué bien! ¡En inglés! Nunca había hablado en ingles. ¿Qué tal suena?

–No sé... bien, supongo. ¿Es que la Piedra traduce todo lo que decimos?

–Sí, todo. La verdad es que me habría venido de perlas en mis viajes... ¡Habría dejado impresionadas a todas las señoritas! –Oisin soltó una risilla, pero se interrumpió enseguida–. Aunque nunca viajé muy lejos; bueno, la verdad es que nunca viajé. No me fío de los barcos, ¿sabéis? Si la naturaleza hubiera querido que viajáramos por el agua, nos habría provisto de aletas.

–¿Podríamos preguntarle una cosa? –dijo Skulduggery–. No quisiera ser descortés, pero si la Piedra se apaga antes de que tengamos tiempo de preguntar lo que necesitamos saber...

El anciano dio una palmada y se frotó las manos.

–¡Pues claro, muchacho! ¡Venga esa pregunta!

–¿Sabe usted mucho sobre los Antiguos?

–Sí, mucho. De hecho, mi oficio consiste en reunir documentos que dan fe de su existencia. Es un gran honor, aunque me deja muy poco tiempo para viajar. La verdad es que tampoco lo haría aunque pudiera, pero es agradable saber que se puede elegir, ¿no creéis?

–Sí, claro... En fin, nos gustaría que nos hablara del Cetro. Quisiéramos saber hasta dónde llega su poder.

Oisin asintió.

–Los Antiguos crearon el Cetro para destruir, y eso es lo que hace. No hay nada que no perezca ante su resplandor.

–¿No hay ninguna defensa posible ante él?

Oisin negó con la cabeza.

–Su poder no se detiene ante escudos, hechizos ni barreras. No hay nada que detenga el Cetro, y tampoco hay nada que lo destruya.

–¿Y de dónde saca su fuerza? –preguntó Stephanie.

–De una gema negra que tiene engastada en la empuñadura. Esa gema es capaz de canalizar toda la energía que recibe.

–Y la gema, ¿se puede destruir?

–Me lo he preguntado más de una vez, la verdad –dijo Oisin enarcando las cejas–. Sé más sobre ese Cetro de lo que ha sabido nadie desde la época de los Antiguos; más que cualquiera de mis colegas, desde luego. Y, si bien no hay ningún documento que hable de un punto vulnerable en él, algunas traducciones de textos sugieren que la gema puede destruirse desde dentro.

–¿Cómo? –preguntó Stephanie.

–Pues la verdad es que no lo sé.

–¿Quién hizo el Cetro? –dijo Skulduggery.

Oisin se enderezó y comenzó a recitar muy ufano:

–«Los Antiguos crearon el Cetro para disponer de un arma con la que expulsar a sus dioses. Durante un año entero se afanaron en la oscuridad, ocultos del mundo, para que los dioses no vieran lo que estaban creando» –Oisin volvió a su postura normal y les sonrió–. Es una cita de uno de los primeros textos que encontré. Mis colegas estaban muertos de envidia por mi hallazgo; tal vez fuera por eso por lo que no querían dejarme ser el portavoz.

Stephanie frunció el ceño.

–¿Es que no era usted el que tenía que estar en la Piedra Eco?

–Lo sometimos a votación, y yo me voté a mí mismo. Fue el único voto que recibí; pura envidia, estoy seguro. Todos decían que hablo mucho, que pierdo el tiempo. Así que robé la Piedra y me fui por ahí con ella unos cuantos días, para impregnarla con mi consciencia. Cuando volví, ya no pudieron hacer nada. Y aquí estoy... –Oisin sonrió, y de pronto su cuerpo se volvió casi transparente–. Ah, parece que se me acaba el tiempo –dijo, dejando de sonreír–. Si tenéis alguna pregunta más...

–¿Quién creó la gema negra? –preguntó Skulduggery rápidamente.

–Seguiré citando el texto que descubrí, si no os importa: «Los Sin Rostro crearon la gema, y la gema cantaba para ellos cada vez que un enemigo se aproximaba. Pero cuando se acercaron los Antiguos la gema calló y no cantó para los Sin Rostro, y así los Sin Rostro no supieron de su desaparición.»

–De modo que su sistema de seguridad tenía un punto débil –dijo Stephanie.

–Sí, eso parece –respondió Oisin. Su figura palideció aún más; el anciano levantó una mano y miró a través de ella–. Esto está empezando a ponerme nervioso.

–El Cetro ha vuelto a aparecer –dijo Skulduggery.

Oisin levantó la cabeza rápidamente.

–¿Qué?

–Lo encontraron hace poco, pero luego alguien volvió a esconderlo. Tenemos que averiguar dónde está.

–Vaya, vaya –exclamó Oisin–. Si se apodera de él alguien con malas intenciones...

–Será horrible, lo sabemos. Oisin, ¿cómo podríamos encontrarlo?

La imagen del anciano se borró durante un instante y luego reapareció con un parpadeo.

–Ni idea, muchacho. ¿Quién lo ha escondido?

–Mi tío –dijo Stephanie–. Se dio cuenta de que tenía demasiado poder para que nadie lo poseyera.

–Por lo que dices, debe de ser un hombre sabio. En mi opinión, un hombre verdaderamente sabio devolvería el Cetro al lugar en el que lo halló. Y si no fuera posible, lo llevaría a algún lugar parecido...

Skulduggery se enderezó de improviso.

–¡Ya sé! –exclamó.

En la cara de Oisin volvió a aparecer una sonrisa.

–¿Os he sido de ayuda?

–Sí, Oisin. Ya sé dónde está. Te lo agradezco mucho.

Oisin asintió con aire satisfecho.

–Sabía que sería capaz de hacerlo. Sabía que podía contestar a vuestras preguntas sin charlar demasiado. Ya se lo dije a mis colegas justo antes de la votación: «Mirad», les dije, «soy perfectamente capaz de...»

Oisin se desvaneció y la Piedra Eco dejó de brillar.

Stephanie miró a Skulduggery.

–¿Y bien?

–Estoy seguro de que Gordon siguió el ejemplo del último Antiguo y metió el Cetro en las entrañas de la Tierra. Tiene que estar en las cuevas.

–¿Qué cuevas?

–Bajo la casa de Gordon hay una maraña de cuevas y pasadizos que se extiende varios kilómetros a la redonda. Es una trampa mortal incluso para el más poderoso de los magos.

–¿Por qué?

–En esas cuevas viven seres que se alimentan de magia. No hay en el mundo un escondite más seguro para el Cetro; hubiera debido ocurrírseme antes.

Así que bajo la casa de Gordon se extendía un mundo de magia y prodigios del que Stephanie jamás había sabido nada. Poco a poco se iba dando cuenta de lo cerca que había estado de la magia hasta entonces; de hecho, la hubiera descubierto sin dificultad si hubiera sabido dónde mirar. Era una sensación extraña. Pero, como le había dicho Skulduggery al entrar en el Santuario, más le valía irse acostumbrando a ella.

Skulduggery cerró la mano en torno a la caja rompecabezas y la tapa volvió a su sitio, ocultando la Piedra Eco de nuevo.

–Tal vez Oisin pueda darnos más información útil –dijo Stephanie–. ¿Cuánto tarda la Piedra en cargarse?

–Como un año.

Stephanie parpadeó.

–Ah, vale... Bueno, tal vez sea un poco tarde para entonces, ¿no? En fin, aun así, seguro que puede servir de ayuda a mucha gente. Cualquiera que esté interesado en... en estudiar la historia, cualquier historiador de esos, estaría encantado de hablar con él, ¿no crees?

–Sí, pero es que no podemos decirle a nadie que lo hemos encontrado.

–¿No puedes contárselo a Abominable? Estoy segura de que nos perdonaría que nos hayamos colado en su cámara si le dijéramos lo que hemos descubierto.

–No creo, Stephanie. Mira, en esta cámara están guardadas las posesiones de su familia, ¿sabes? Es sagrada. Colarse aquí es algo imperdonable.

–¿Qué? ¡Pero si dijiste que era una especie de almacén! No me habías dicho nada de que fuera un sitio sagrado.

–Ahora tal vez empieces a comprender por qué me resulta tan difícil conservar a mis amigos.

Skulduggery volvió a dejar la caja donde la había encontrado. Stephanie seguía mirándolo pasmada.

–¿Hemos hecho algo irreverente? –preguntó–. ¿Es como si nos hubiéramos puesto a bailar sobre la tumba de alguien, o algo así?

–Es un poquito peor que eso –admitió Skulduggery–. Es como si hubiéramos abierto la tumba, hubiéramos sacado a su ocupante, le hubiéramos desvalijado y luego hubiéramos bailado encima. Yo diría que «irreverente» es un poco suave.

–Tienes razón, Skulduggery –repuso Stephanie mientras los dos echaban a andar–. Estoy empezando a comprender por qué te resulta tan difícil conservar a tus amigos.

Skulduggery hizo un aspaviento y todas las velas de la estancia titilaron hasta apagarse. Stephanie abrió la puerta y asomó la cabeza: el pasillo estaba vacío y silencioso. Salió de la cámara, y Skulduggery la siguió y cerró la puerta.

Recorrieron sigilosamente el pasillo, subieron la escalera y salieron por la puerta de madera y metal. Luego fueron desandando el camino que habían seguido aquella tarde. Lo peor era doblar las esquinas de los pasillos, porque cada vez que lo hacían esperaban darse de bruces con un vampiro. Cuando ya estaban cerca de la sala central, Skulduggery levantó una mano.

Frente a ellos, agazapado en medio del pasillo, estaba uno de los vampiros.

Stephanie se quedó sin aliento. La criatura estaba de espaldas y no parecía haberlos visto, así que retrocedieron lentamente sin hacer ruido. Estaban doblando la esquina cuando Stephanie vio algo con el rabillo del ojo que le hizo aferrar el brazo de Skulduggery.

El segundo vampiro se acercaba a ellos desde el otro lado.

Sin saber qué hacer, se ocultaron tras una columna; estaban atrapados. Enfrente de ellos había un corredor que conducía a otra sección del museo, pero Stephanie pensó que aun cuando lograran cruzar el pasillo sin ser vistos, no les serviría de nada huir por allí. Su única vía de escape era el arnés que seguía colgado en la sala central; pero las posibilidades de llegar hasta a él sin que los vampiros los despedazaran parecían disminuir cada segundo que pasaba. Skulduggery tenía su magia y su pistola, pero Stephanie sabía que no sería capaz de mantener a raya mucho rato a una criatura de aquellas, y mucho menos a dos.

Entonces Skulduggery se volvió hacia ella. Levantó el dedo índice, señaló a Stephanie y luego al suelo: «quédate aquí». Luego se apuntó a sí mismo y al corredor de enfrente: «yo me voy».

Stephanie abrió mucho los ojos y empezó a negar con la cabeza, pero ahora el dedo estaba en vertical frente a la boca de Skulduggery, apoyado contra los dientes: «cállate». Stephanie no quería, no estaba en absoluto de acuerdo, pero también sabía que no quedaba otra opción.

Skulduggery le entregó la pistola, se despidió de ella con un brusco cabeceo y luego salió disparado hacia el corredor.

El vampiro que venía de detrás lo vio y echó a correr de inmediato. El de delante se dio la vuelta y saltó como impulsado por un resorte, y Stephanie se ocultó lo mejor que pudo tras la columna cuando pasó frente a ella para unirse a la caza del intruso.

Stephanie salió de su escondite y echó a correr hacia la sala central, sintiendo el sorprendente peso de la pistola en la mano. Sus pisadas resonaban en los oscuros pasillos, pero ya le daba igual; lo único que podía pensar era que tenía que salir de allí de inmediato. Doblaba las esquinas sin dudar, consciente de que el peligro estaba a sus espaldas, y cada vez que lo hacía se permitía mirar hacia atrás.

Solo veía pasillos vacíos; aún no había nada persiguiéndola. Aún.

Ya casi había llegado a la sala central: unos cuantos giros más y entraría en ella. Guardó la pistola en un bolsillo interior del gabán, pensando que, cuando llegara, necesitaría ambas manos para abrocharse el arnés. Dobló la siguiente esquina y patinó hasta detenerse.

No, no, no podía ser.

Stephanie se quedó mirando la pared que había frente a ella con los ojos desorbitados. Aquella pared no pintaba nada allí.

Debía de haberse equivocado. Se había equivocado de pasillo en aquel museo de las narices, y ahora no sabía dónde estaba. Se había perdido.

Dio la vuelta en redondo y salió de aquel callejón sin salida, aguantando las ganas de gritar de rabia. Fue deshaciendo el camino que había recorrido, atisbando por todas las arcadas y puertas que encontraba para tratar de distinguir alguna referencia que le sirviera de ayuda. En la penumbra todos los pasillos parecían iguales. ¿Por qué no había ningún cartel? ¿Qué clase de museo era aquel, sin carteles indicadores?

A cierta distancia vio un pasillo que cruzaba en perpendicular el que estaba recorriendo. ¿Sería por allí? Stephanie rememoró el camino que habían seguido desde la sala principal hasta la puerta de madera y hierro, y luego intentó imaginarlo a la inversa. ¿Habrían torcido en aquel punto? Se maldijo por no haber prestado más atención, por haberse dejado llevar por Skulduggery. Sí, debían de haber venido por aquel pasillo. Todos los que quedaban a sus espaldas parecían desembocar en la pared de antes, así que no había otra opción: tenía que ser por allí.

Estaba a diez pasos del nuevo pasillo cuando apareció un vampiro al otro lado. Antes de que Stephanie tuviera tiempo de agazaparse, la criatura clavó los ojos en ella.

Stephanie estaba a diez pasos del pasillo, y el vampiro a unos treinta. Pensó que no podía retroceder; si lo hacía, quedaría acorralada. Tenía que avanzar, no había más remedio.

Sin pensárselo más, salió disparada hacia el pasillo; el vampiro tardó una fracción de segundo en imitarla y se acercó a grandes saltos. Estaba mucho más lejos del pasillo que ella, pero a aquel paso llegaría antes. Se abalanzaron el uno sobre el otro, y cuando el vampiro saltó para apresarla, Stephanie se tiró al suelo y dejó que el impulso la hiciera resbalar, sintiendo cómo su atacante pasaba sobre su cabeza. Logró ponerse en pie sin frenar y entró en el pasillo perpendicular haciendo un regate. Lo había conseguido.

Algo más allá vio una estatua que le sonaba: por fin había encontrado el camino correcto. Solo tenía que dar unos cuantos giros más y estaría en la sala central.

A sus espaldas resonaban los veloces pasos del vampiro. Le estaba comiendo terreno, porque Stephanie tenía que frenar en cada esquina, mientras que el vampiro rebotaba contra la pared de enfrente y salía disparado en diagonal hacia la nueva dirección.

Cada vez lo tenía más cerca.

Stephanie se abalanzó por la puerta de la sala central y vio a Skulduggery de frente, en pleno salto para atacar al vampiro que la perseguía. Los dos cayeron agarrados al suelo.

–¡Sal de aquí ahora mismo! –gritó Skulduggery, sacudiéndose al vampiro de encima con una patada.

Stephanie agarró el arnés, apretó el botón de subida y el arnés empezó a elevarse tan bruscamente que a punto estuvo de arrancarle los brazos de cuajo. La subida fue demasiado rápida para darle tiempo a agarrarse bien, y cuando el arnés llegó hasta el tope, se le escapó de entre los dedos. Stephanie logró aferrarse al borde de la claraboya con una mano, intentando desesperadamente controlar el balanceo de su cuerpo.

Consiguió agarrarse también con la otra mano y se elevó a pulso, apretando los dientes por el esfuerzo. Al fin sacó la cabeza y pudo respirar el tibio aire nocturno; pasó un brazo por el borde de la claraboya, se aupó y cayó sobre el tejado intentando recobrar el aliento Sin detenerse ni un momento, volvió a acercarse a la claraboya, se asomó y vio cómo saltaba el vampiro.

Stephanie pegó un chillido y cayó de espaldas, mientras el vampiro atravesaba la hoja de la claraboya que había quedado cerrada y aterrizaba en cuclillas, envuelto en una lluvia de cristales. Stephanie aún no había tenido tiempo de levantarse del todo cuando el vampiro se abalanzó sobre ella.

Stephanie se acurrucó en un intento de protegerse, notando cómo las garras de la criatura recorrían la espalda de su gabán; no lograron rasgar la tela, pero el zarpazo fue tan fuerte que volvió a derribarla sobre el tejado. El vampiro aterrizó al otro lado y giró sobre sí mismo enseñando los dientes. De los colmillos le goteaba saliva. Stephanie y él se miraron de hito en hito.

Durante un instante se quedaron los dos inmóviles, y luego Stephanie se puso a gatas lentamente. El vampiro siseó sin dejar de mirarla a los ojos. Stephanie plantó los pies en el tejado hasta quedar agachada, dándose cuenta de que el vampiro atacaría en cuanto hiciera algún movimiento brusco. Recordó la pistola que tenía en el bolsillo, pero no hizo ademán de cogerla.

Se incorporó con mucha lentitud, manteniendo los ojos bien abiertos para no pestañear y procurando no hacer nada que pudiera desencadenar el ataque. Enderezó las piernas sin incorporarse del todo y dio un cauteloso paso hacia la izquierda. El vampiro la imitó.

Sus ojos de alimaña expresaban claramente el deseo de destrozarla, de aniquilarla por completo. Stephanie hizo un esfuerzo por mantener la calma.

–Tranquilo, bonito –dijo suavemente. El vampiro lanzó un zarpazo al aire y sus garras entrechocaron con un suave chasquido. Hacía un momento no habían logrado traspasar el gabán de Stephanie, aunque el zarpazo había sido tan fuerte que un dolor punzante le recorría la espalda. Si no hubiera sido por la tela de la que estaba hecho su traje, aquel golpe la habría matado.

El vampiro se acercó. Stephanie hizo ademán de retroceder, pero en cuanto movió un pie, el vampiro se agazapó preparándose para saltar y Stephanie tuvo que quedarse inmóvil de nuevo. Si la atacaba desde aquella distancia, estaría encima de ella antes de que pudiera darse cuenta de lo que estaba pasando. El monstruo siguió aproximándose lentamente, acorralando a su presa.

De pronto estalló otra claraboya y todo empezó a moverse muy deprisa.

El primer vampiro dejó de mirarla a los ojos y saltó sobre ella, pero Stephanie ya había empezado a moverse y las garras de la criatura solo hendieron el aire. El otro vampiro acababa de aterrizar en el tejado y se acercaba a toda máquina, así que Stephanie cogió carrerilla y saltó del tejado.

Sus piernas chocaron con las ramas del árbol y de repente se encontró cayendo boca abajo entre el follaje. Fue rebotando de una rama a otra, girando sobre sí misma a cada nuevo choque y gritando sin poder contenerse. Una de las ramas le golpeó las costillas dejándola sin resuello, pero no detuvo su caída. De pronto, Stephanie dejó de encontrar obstáculos y por un instante no sintió más que el roce del aire que salía a su encuentro, hasta que el suelo se abalanzó sobre ella golpeándole la espalda.

Stephanie se quedó tumbada en la hierba, intentado recobrar el aliento. Miró hacia arriba y vio el árbol, el museo, el cielo... y algo que bajaba. Eran dos bultos, dos figuras que se dejaban caer desde el alero del edificio, justo sobre su cabeza. Los vampiros aterrizaron y se abalanzaron sobre ella.

Entonces la ventana que había a su izquierda pareció reventar desde dentro, y Skulduggery salió despedido entre los penetrantes pitidos de la alarma. Al aterrizar extendió una mano haciendo temblar el aire que tenía delante, y uno de los vampiros salió despedido hacia atrás. El otro siguió corriendo sin detenerse; Skulduggery le lanzó una llamarada, pero el vampiro saltó sobre ella y aterrizó golpeando con los pies el pecho de Skulduggery. Los dos cayeron al suelo, y en ese momento el cuerpo de Stephanie empezó a obedecerla de nuevo. Se levantó, aún sin aliento. El vampiro lanzó un zarpazo que rasgó la camisa de Skulduggery, y el detective soltó un grito de dolor.

Stephanie rodeó el cuello del vampiro con los brazos y tiró de él con todas sus fuerzas. La criatura siseó y se llevó las manos a la espalda para atraparla, pero Stephanie se apartó antes de que la alcanzara. Skulduggery aprovechó para sentarse y apoyó una mano contra el torso del vampiro; este salió disparado como si le hubiera golpeado una bala de cañón, golpeó la pared del edificio con un crujido siniestro y cayó al suelo convertido en un guiñapo. Entonces Stephanie agarró a Skulduggery del brazo para ayudarle a incorporarse y los dos echaron a correr hacia el coche.

13

LA MANO ROJA

QUÉ tal te encuentras?

Stephanie se encogió de hombros y el movimiento estuvo a punto de arrancarle un quejido. Le dolía todo el cuerpo.

–Bien –dijo.

Skulduggery la miró de reojo sin dejar de conducir.

–¿Te duele algo? ¿Tienes alguna herida?

–No, solo algún que otro moratón. Estoy bien, en serio. No te preocupes por mí.

–Stephanie, acabas de caer desde lo alto de un edificio.

–Sí, pero las ramas han amortiguado la caída. Todas y cada una de ellas.

–¿Y no te han hecho daño?

–Hombre, digamos que hubiera preferido que estuvieran almohadilladas...

–Has estado a punto de no contarlo, ¿sabes?

–Sí, pero estoy viva.

–Ya, pero podrías no estarlo.

–Sí, pero lo estoy.

–Vale, eso no te lo puedo negar, pero también es cierto que te has salvado por los pelos. Este asunto ya me ha hecho perder a un amigo muy querido, y no quisiera por nada del mundo perder a otra.

Stephanie lo miró.

–¿Me estás queriendo decir que sentirías mucho mi muerte?

–Bueno, tanto como mucho...

–Pues si me enseñas algo de magia, tal vez no me haga tanto daño la próxima vez que nos metamos en una de estas.

–Acabas de decir que no te habías hecho daño.

–¿Estás de broma? He caído desde lo alto de un edificio, ¡por supuesto que me he hecho daño!

–Stephanie...

–Dime, Skulduggery.

–A veces te pones verdaderamente apestosa.

–Sí, ya lo sé. Bueno, ¿dónde vamos?

–Vamos a ver si podemos encontrar la puerta de las cuevas, y luego pensaremos en cómo encontrar la llave que la abre.

Media hora más tarde estaban frente a la casa de Gordon. Stephanie salió del coche lo mejor que pudo y siguió a Skulduggery, que ya estaba pasando por la puerta de entrada.

El sótano estaba frío y oscuro, y la solitaria bombilla que pendía del techo plagado de telarañas no servía de gran ayuda. El suelo estaba invadido de trastos y chatarra que se habían ido acumulando a lo largo de los años, y de vez en cuando se oía un rebullir de ratas en los rincones más oscuros. A Stephanie no le daban mucho miedo las ratas, pero aun así procuró mantenerse en la zona iluminada.

Skulduggery no tenía tantos reparos, y se puso a examinar las paredes escrutándolas cuidadosamente palmo a palmo. De cuando en cuando daba golpecitos con los nudillos, murmuraba para sí y seguía con su inspección.

–¿Crees que esto es como la entrada del Santuario? –preguntó Stephanie–. ¿Estás buscando algún pasadizo secreto?

–Me parece que ves demasiadas películas de casas encantadas.

–Pero estás buscando un pasadizo, ¿no?

–Bueno, sí –admitió Skulduggery–. Pero es una mera coincidencia.

Stephanie se subió un poco la manga derecha, vio que tenía una fea magulladura y volvió a taparse el brazo antes de que Skulduggery la viera.

–¿Crees que fue Gordon quien construyó el pasadizo?

–No, estaba incluido en los planos originales de la casa. Hace unos cuantos siglos, en esta casa vivió un mago.

–¿Y fue él quien construyó el pasadizo que lleva a las cuevas? ¿No dijiste antes que esas cuevas son una trampa mortal para los magos?

–Sí, eso dije.

–Y entonces, ¿para qué quería hacerse un atajo? ¿Tan tonto era?

–No, era simplemente malvado. Le gustaba meter a sus enemigos en las cuevas para que las criaturas de dentro dieran buena cuenta de ellos.

–Ah, qué historia tan encantadora. Ahora entiendo por qué mi tío compró esta casa.

–Ya ves.

Stephanie se acercó un poco: Skulduggery se había quedado inmóvil, con una mano posada en la pared. La movió levemente y Stephanie distinguió una leve hendidura que resultaba invisible a primera vista.

–¿Has encontrado la cerradura?

–Sí. Es una de esas cerraduras a la vieja usanza; para abrirla no basta con un hechizo, hace falta la llave. ¡Maldita sea!

–¿Y no puedes romperla?

–Sí, podría, pero entonces dejaría de funcionar y no podríamos abrir la puerta.

–Me refiero a si puedes desmontarla y abrir la puerta por el agujero.

–Eso funcionaría si la puerta estuviera en el mismo lugar que la cerradura, pero normalmente las cosas no son tan sencillas.

–Bueno, pues entonces habrá que encontrar la llave.

–Sí, habrá que encontrarla.

–No creo que sea una de las que hay en los llaveros de Gordon, ¿verdad?

–Me extrañaría mucho. La llave que necesitamos no es nada convencional.

–Entonces, ¿tendremos que resolver un rompecabezas para conseguirla?

–Tal vez. Quién sabe...

Stephanie gimió.

–¿Pero por qué no hay nada sencillo aquí?

–Todos los problemas tienen soluciones sencillas. El misterio reside en la distancia que media entre el problema y la solución.

Se dirigieron a las escaleras, apagaron la luz y salieron de la mohosa oscuridad del sótano. Al entrar en la sala de estar vieron un hombre vestido con un traje de aspecto anticuado, casi victoriano, que se daba la vuelta para recibirlos.

El desconocido tenía el pelo negro y los labios finos, y su mano derecha, que parecía desollada, brillaba sanguinolenta. Antes de que Stephanie pudiera sentir sorpresa siquiera, vio cómo Skulduggery se sacaba la pistola del bolsillo y empezaba a disparar. El extraño se hizo a un lado agitando la mano derecha.

Stephanie no pudo distinguir qué hacía exactamente, pero debió de funcionar, porque no le alcanzó ni una bala.

–¡Corre! –gritó Skulduggery, pegándole un empellón que la sacó de la estancia.

Stephanie trastabilló, viendo por el rabillo del ojo que algo se movía a su lado, y al darse la vuelta vio que otro hombre se abalanzaba sobre ella. Tenía un aspecto extraño; su piel y su rostro resultaban irreales, como si estuvieran hechos de papel. Stephanie intentó darle un puñetazo, pero era como golpear una bolsa llena de aire. Sin embargo, cuando el hombre la golpeó a su vez, lo hizo con un puño sólido que se estrelló contra la cara de Stephanie. Se tambaleó mientras aquel ser trataba de agarrarla, pero en ese momento Skulduggery apareció y lo lanzó al otro lado del pasillo.

Por la puerta de entrada aparecieron tres más. Stephanie echó a correr por las escaleras mientras Skulduggery le cubría la retirada. Cuando estaba a medio camino, se dio la vuelta y vio que el hombre del traje anticuado acababa de aparecer en la entrada. Gritó para avisar a Skulduggery y él se dio la vuelta, pero era demasiado tarde: de la mano izquierda del hombre había empezado a manar un vapor purpúreo que fluyó hacia Skulduggery, lo envolvió y siguió fluyendo hasta alcanzar de nuevo la mano del hombre. Skulduggery cayó de rodillas intentando levantar la pistola, y acabó por aterrizar cuan largo era.

–Lleváoslo –dijo el extraño, haciendo desaparecer la niebla púrpura. Tres hombres de papel agarraron a Skulduggery, que estaba inconsciente, y lo arrastraron hacia la salida.

El extraño se volvió hacia el único esbirro que quedaba en la entrada.

–Mata a la chica –le ordenó, y luego se dio la vuelta y salió de la casa.

Stephanie llegó al piso de arriba de dos zancadas, oyendo las pisadas de aquel ser en los primeros escalones. Se metió de cabeza en el oscuro estudio de Gordon, lo cerró de un portazo y empujó hacia un lado la estantería que había junto a la puerta, derribándola y llenando el suelo de libros.

La puerta se abrió un par de centímetros y se topó con la estantería. El hombre de papel empezó a aporrearla con fuerza.

Stephanie se acercó a la ventana, la abrió y miró hacia abajo; aunque hubiera logrado aterrizar sin romperse las piernas, habría caído ante las narices del hombre de la mano roja. Retrocedió, buscando con la vista algo que pudiera servirle de arma.

Los empellones del ser de papel empezaron a mover la estantería, y la puerta se abrió un poco. Stephanie se metió bajo el escritorio y se quedó allí agazapada. Los porrazos continuaron, y cuando Stephanie asomó la cabeza vio que el ser había logrado meter un brazo entre la puerta y el marco y estaba tanteando la pared. Luego aparecieron el hombro y la cabeza, y Stephanie volvió a ocultarse.

Con un último empellón, el ser acabó de abrir la puerta y pasó sobre la estantería. Stephanie esperó un poco, se asomó conteniendo la respiración y vio cómo el hombre de papel se acercaba a la ventana, apoyaba las manos en el alféizar y sacaba el torso.

Stephanie se puso en pie de un salto y se abalanzó sobre él. El ser la oyó e intentó dar la vuelta, pero antes de que pudiera hacerlo, Stephanie cargó sobre él. Las pesadas manos del ser de papel resbalaron hasta quedar suspendidas en el aire, arrastrando a su dueño tras ellas. Stephanie se agachó, le agarró una pierna y empujó para acabar de tirarlo. El ser intentó darse la vuelta para aferrarse de nuevo al alféizar; pero era demasiado tarde, y cayó con un crujir de papel arrugado.

El extraño de la mano roja levantó la cara y fulminó a Stephanie con la mirada. Luego movió la mano y de ella salió un reguero de niebla púrpura; Stephanie logró apartarse justo antes de que la ventana estallara. Los fragmentos de cristal le golpearon la espalda, pero no traspasaron su gabán.

Se quedó inmóvil en el suelo protegiéndose la cabeza con las manos y enseguida oyó el ruido de un coche que arrancaba. Entonces se levantó, esparciendo una lluvia de cristales y trozos de madera astillada, y llegó a la ventana justo a tiempo de ver cómo un coche gris salía por la verja. El hombre de la mano roja debía de haberla dado por muerta.

Stephanie se sacó del bolsillo una tarjeta arrugada, se acercó al teléfono y marcó el número que había escrito en ella. Apenas habían comenzado los pitidos cuando alguien contestó.

–Necesito ayuda –dijo Stephanie sin más preámbulos–. Han atrapado a Skulduggery.

–Dime dónde estás –respondió China Sorrows–. Enviaré a alguien para que te recoja.

14

MAGIA ELEMENTAL

CHINA Sorrows la miraba sin mover un músculo. Estaba sentada, con las piernas cruzadas y las manos sobre los brazos del sillón. Los ruidos nocturnos de la ciudad no penetraban en su casa; a Stephanie le dio la sensación de que estaban completamente solas, como si solo quedaran ellas dos sobre la faz de la Tierra. Se quedó mirando a China, esperando su reacción.

El piso era enorme y quedaba justo enfrente de la biblioteca. Al llegar, hacía ya un rato, Stephanie había subido las escaleras de dos en dos y había entrado allí por indicación del hombre de la pajarita, que era quien había ido a recogerla. No quería perder ni un segundo: Skulduggery estaba en peligro, y había que rescatarlo cuanto antes. Ya.

China se decidió a hablar por fin.

–¿Cómo puedes saber que era Serpine?

–¿Qué? –exclamó Stephanie, exasperada–. ¡Pues claro que era Serpine! ¿Quién iba a ser, si no?

China encogió delicadamente sus delicados hombros.

–Tenemos que asegurarnos de que era él y no otro.

–¡Estoy totalmente segura!

China la observó y Stephanie bajó la vista, avergonzándose de ser tan impaciente. Sentía un gran dolor tanto físico como mental; pero estaba segura de que todo se arreglaría, porque había llegado a un lugar seguro y China se ocuparía de todo. Esperaría a que tomara una decisión, por mucho tiempo que le llevara; porque si China lo decía, seguro que Skulduggery estaba perfectamente. Y aunque no estuviera bien, tampoco era para tanto. China sabía qué era lo mejor para todos, y si decidía que había que esperar, esperaría felizmente junto a ella.

«No», pensó Stephanie de pronto. «Me está hechizando, no es normal que yo piense estas cosas». Levantó la mirada con esfuerzo y vio que en los ojos de China aparecía un leve brillo de sorpresa.

–¿Qué piensas hacer? –preguntó Stephanie.

China se puso en pie con un grácil movimiento.

–No te preocupes, querida, yo me ocuparé de todo –dijo–. Y tú deberías irte a casa; tienes un aspecto espantoso.

–Prefiero quedarme –respondió Stephanie, sintiendo cómo la sangre se le agolpaba en las mejillas.

–Tal vez nos lleve algún tiempo ultimar nuestros planes. ¿Estás segura de que no prefieres esperar en un entorno más familiar?

A Stephanie no le gustaba llevarle la contraria a China, pero no se iba a marchar a su casa mientras Skulduggery estuviera en peligro.

– Prefiero quedarme –repitió suavemente.

–Muy bien –repuso China con una leve sonrisa–. Ahora debo marcharme, pero volveré en cuanto tenga alguna noticia.

–¿Puedo ir contigo?

–Me temo que no, niña.

Stephanie asintió, procurando que no se notara lo decepcionada que estaba.

China salió del edificio acompañada del hombre de la pajarita. Stephanie se quedó un rato esperando en su casa, pero aunque ya eran las tres de la mañana, no lograba relajarse. En el piso no había televisión, y el único libro escrito en una lengua que podía entender era una libreta de direcciones encuadernada en cuero que había sobre una mesita.

Salió de la casa y entró en la biblioteca. Junto a la entrada había un hombre con una máscara de porcelana blanca enfrascado en la lectura. Stephanie recorrió lentamente las hileras de estanterías, leyendo los títulos que había en los lomos de los libros para entretenerse. Se le ocurrió que tal vez pudiera encontrar alguno que le enseñara alguna cosa útil; así no estaría tan indefensa la siguiente vez que se enfrentara a Serpine, o a cualquier otro enemigo. Si tuviera aunque solo fuera un poco de poder, podría ayudar a Skulduggery.

Recorrió una hilera hasta el final y luego otra, internándose cada vez más en aquel laberinto. Por más que lo intentaba, no lograba averiguar cómo estaban organizados los libros; no estaban ordenados alfabéticamente por título o autor, ni siquiera estaban agrupados por temas. Parecían estar dispuestos totalmente al azar.

–Pareces perdida.

Stephanie se dio la vuelta y vio que su interlocutora era una chica que colocaba un libro en su sitio. Su pelo rubio estaba alborotado y era bastante guapa, aunque su mirada resultaba un tanto dura. Iba vestida con una túnica sin mangas que dejaba ver sus nervudos brazos. Por el acento, parecía ser de Inglaterra.

–Estoy buscando un libro –dijo Stephanie con voz vacilante.

–Pues te encuentras en el sitio adecuado.

–¿Sabes si hay por aquí algún libro que hable de magia?

–Todos los libros de esta biblioteca tratan de ello –repuso la chica rubia.

–Me refiero a algún manual para aprender magia. Necesito aprender algo, lo que sea.

–¿No has encontrado a nadie que quiera enseñarte?

–Todavía no. Y no sé cómo están ordenados los libros aquí.

La chica rubia examinó detenidamente a Stephanie antes de seguir hablando.

–Me llamo Tanith Low –dijo.

–Ah, encantada. Me temo que no puedo decirte mi nombre. No te lo tomes a mal.

–No te preocupes. Mira, los libros están ordenados según su nivel de conocimientos. Estos de aquí son muy difíciles para una novata, pero dos hileras más allá puede que encuentres lo que andas buscando.

Stephanie le agradeció el consejo y Tanith echó a andar, desapareciendo en el laberinto de estanterías. Al llegar al pasillo que le había indicado, Stephanie empezó a revisar los títulos de los libros. *Guía introductoria para la caza de monstruos*; *Doctrinas mágicas*; *Historia de la magia hasta hoy*; *Los tres nombres...* Stephanie agarró este último y empezó a hojearlo. Llegó al capítulo dedicado a los «Nombres de Adopción», que ocupaba unas doscientas páginas, y repasó los encabezamientos de las distintas secciones. Pasó las páginas saltándose párrafos enteros, en busca de algo que le llamara la atención. Lo más útil que encontró fue un consejo: «*El nombre que adoptes debe ajustarse a ti, debe definirte y debe resultarte familiar de antemano*».

Stephanie devolvió el libro a la estantería, pensando que menos daba una piedra, y siguió repasando los lomos de los libros. No tardó mucho en encontrar lo que buscaba: era un libro titulado *Magia elemental.* Lo agarró, lo abrió por la primera página y empezó a leer. Era exactamente lo que andaba buscando. Miró a su alrededor en busca de una silla y cuando la encontró, se sentó con las piernas dobladas sobre el asiento y emprendió la lectura

Su teléfono móvil estaba en equilibrio sobre el brazo de la silla. Stephanie apretó el puño derecho, intentando imaginarse que el espacio que quedaba entre ella y el teléfono estaba compuesto por una serie de elementos conectados entre sí. Si movía el primero, este movería al segundo y este al tercero, y así hasta llegar al teléfono. Se concentró, abrió la mano lentamente y extendió los dedos como había visto hacer a Skulduggery.

Nada.

Stephanie cerró el puño y lo intentó otra vez: el teléfono siguió inmóvil, igual que las cincuenta veces que lo había intentado anteriormente.

–¿Qué tal te va?

Stephanie levantó los ojos para mirar a Tanith Low.

–Has elegido un objeto demasiado pesado para empezar –dijo Tanith–. ¿Por qué no lo intentas con un clip?

–Porque no tengo ninguno –respondió Stephanie.

Tanith le cogió el libro del regazo y lo colocó abierto sobre el brazo de la silla.

–Usa esto –dijo.

–El libro pesa todavía más que el teléfono –dijo Stephanie frunciendo el ceño.

–No me refiero al libro. Intenta mover la página.

–Ah, vale.

Stephanie volvió a concentrarse, flexionó los dedos y luego abrió la mano. La página siguió en su sitio sin estremecerse siquiera.

–Hace falta tiempo –dijo Tanith–. Y paciencia.

–No tengo tiempo –respondió Stephanie con rabia–, y nunca he sido especialmente paciente.

Tanith se encogió de hombros.

–También es posible que no puedas hacer magia –dijo–. Una cosa es saber que existe, y otra es ser capaz de hacerla.

–Sí, ya veo.

–Te has hecho un señor moratón.

Stephanie se miró el brazo: la manga del gabán se le había subido inadvertidamente.

–Sí, tuve un problemilla –dijo.

–Y que lo digas. ¿Le diste su merecido?

–La verdad es que no –admitió Stephanie–. Aunque la mayor parte de los moratones me los hizo un árbol, así que...

–Hasta ahora me he enfrentado a adversarios de todo tipo –dijo Tanith–, pero nunca me ha atacado un árbol. Eres una chica muy valiente.

–Gracias.

Tanith se metió la mano en el bolsillo y sacó un trozo de piedra porosa y amarillenta.

–Cuando puedas, prepárate un baño y disuelve esto en el agua. En unos minutos, los moratones desaparecerán.

Stephanie cogió el regalo.

–Gracias –dijo.

Tanith se encogió de hombros.

–No quisiera asustarte –dijo–, pero no me parece el mejor momento para empezar a aprender magia. Están pasando cosas muy extrañas.

Stephanie se quedó callada. No sabía nada de Tanith, e ignoraba cuántos bandos podía haber en el conflicto que se avecinaba. No pensaba confiarse a una desconocida.

–Gracias por la piedra –dijo simplemente.

–No me las des –respondió Tanith–. Las guerreras tenemos que ayudarnos entre nosotras.

Stephanie entrevió una figura que pasaba tras las estanterías: era el hombre de la pajarita. China debía de estar de vuelta.

–Tengo que irme –dijo, levantándose de la silla.

Cuando entró en el apartamento vio que China la esperaba, de espaldas a la puerta.

–¿Se lo has dicho a los Mayores? –preguntó Stephanie cuando llegó a su lado.

–Les he mandado recado –contestó China sin volverse.

–¿Que les has mandado recado? ¿Así, sin más?

–No te atrevas a poner en duda mis actos, niña.

Stephanie la fulminó con la mirada.

–Preferiría que dejaras de llamarme «niña».

China se dio la vuelta.

–Y yo preferiría que adoptaras un nombre; así no me vería obligada a llamarte así.

–¿Es que no vamos a rescatar a Skulduggery?

–¿A rescatarlo? –dijo China con una suave carcajada–. Sí, claro, podemos montar en nuestros caballos y salir en su busca entre toques de clarín y flamantes estandartes. ¿Crees que es así como funcionan las cosas?

–Skulduggery me ha rescatado en más de una ocasión.

–Sí, ya no quedan caballeros como él. ¿No crees?

–No basta con «mandar recado», China. Tienes que hablar con Meritorius. Dile que sin Skulduggery no podremos conseguir el Cetro, dile que Serpine destruirá el mundo si no lo detenemos, ¡dile lo que te dé la gana, pero arréglatelas para que los Mayores nos ayuden!

–¿Y entonces, qué? Los Mayores ponen a sus Hendedores en acción, convocan a sus aliados y vamos todos alegremente a hacer la guerra, ¿no es eso? Niña, tú no tienes ni idea de lo que es la guerra. Crees que es algo grande y heroico, el enfrentamiento del bien contra el mal. Pero no es así. La guerra es un asunto delicado. Requiere precisión y calma.

–No tenemos tiempo para la calma.

–Eso no es verdad. No disponemos de mucho tiempo, pero tenemos algo.

–Entonces, ¿estás esperando? ¿A qué?

–No puedo dejar que estalle el caos a mi alrededor sin estar bien preparada. Siempre he preferido coleccionar y observar a participar directamente; debo confirmar que mis recursos y mi postura están bien seguros antes de que las incertidumbres de la guerra nos engullan.

–¿Y Skulduggery, qué? ¡Cuando decidas que es el momento adecuado para decirle a todo el mundo que Serpine es el malo de la película, puede que Skulduggery esté muerto!

Por el rostro de China cruzó una sombra apenas perceptible.

–En todos los conflictos hay alguna baja.

Stephanie sintió que el odio la invadía. Sin decir nada, se dio la vuelta y se dirigió a la puerta.

–¿Dónde vas, niña?

–¡Voy a hacer lo que tienes miedo de hacer tú misma!

–No, no vas a hacerlo.

La puerta se cerró de golpe antes de que Stephanie pudiera alcanzarla, y ella giró sobre sus talones. China avanzaba hacia ella, con una expresión de calma total en su delicado rostro.

–No tienes derecho a meternos a todos en una guerra –dijo China suavemente–. ¿Quién eres tú para decidir cuándo hemos de entablar la lucha? ¿Quién eres tú para decidir cuándo debemos morir?

–Solo quiero ayudar a mi amigo –dijo Stephanie dando un paso atrás.

–Skulduggery no es tu amigo.

–No sabes de qué estás hablando –respondió Stephanie entrecerrando los ojos.

–Y tú no sabes de quién estás hablando, niña. En el interior de Skulduggery hay una furia que ni siquiera te imaginas. Su odio es de tal intensidad que no creo que puedas ni soñarlo. Ahora mismo, Skulduggery está en el lugar en el que más desea estar.

–Estás loca.

–¿No te ha contado cómo murió?

–Sí –dijo Stephanie–. Lo mató un siervo de Mevolent.

–Lo mató Nefarian Serpine –dijo China–. Pero antes lo torturó para divertirse, lo puso en ridículo y lo despojó de todos sus poderes. Y luego lo señaló con el dedo. ¿Sabías que a Serpine solo le hace falta señalar a alguien con esa mano roja que tiene para matarlo? Te apunta con el dedo, y estás muerto.

Stephanie recordó las palabras que le había dicho Skulduggery: «la más atroz de las muertes». En aquel momento no se había dado cuenta de que lo decía por propia experiencia.

–¿Y qué me quieres decir con esto? –dijo en tono desafiante.

–Cuando Skulduggery volvió, reemprendió la lucha con un solo propósito. Su obsesión no era derrotar a las fuerzas del mal, sino vengarse del lacayo de Mevolent. Entonces Mevolent fue derrotado, pero justo cuando Skulduggery estaba a punto de obtener su venganza...

–Se firmó la tregua –dijo Stephanie lentamente.

–Sí, y de pronto su enemigo se convirtió en un ciudadano respetable. Skulduggery ha pasado largo tiempo acariciando ideas de venganza, y ten por seguro que pondrá en riesgo todo lo que tenga a su alcance con tal de hacerlas realidad.

–Me da lo mismo, China. Skulduggery ha sido el único que se ha molestado en investigar el asesinato de mi tío, el único de todos vosotros al que parece preocuparle verdaderamente lo que está pasando, el único que me ha salvado la vida.

–Sí, pero también la ha puesto en peligro. Cada cosa buena que ha hecho por ti ha quedado anulada por otra mala. No le debes nada, niña.

–No pienso abandonarlo.

–No tienes elección.

–¿Cómo vas a impedirme que le ayude? –preguntó Stephanie en tono retador.

–Simplemente voy a pedirte que te quedes aquí sin hacer nada.

–La respuesta es «no».

–Mi querida Stephanie...

Stephanie se quedó helada.

–Siempre he sabido tu nombre, niña –dijo China, observándola–. Tu tío hablaba mucho de ti.

Stephanie se abalanzó hacia la puerta, pero no pudo llegar a ella.

–Stephanie –dijo China suavemente. Stephanie notó cómo sus brazos caían lacios junto a sus costados y se dio la vuelta–. No le cuentes esto a nadie.

Stephanie notó cómo las palabras entraban dentro de ella y supo que iba a obedecer por mucho que la enfureciera. No podía hacer otra cosa. Asintió con la cabeza, sintiendo cómo las lágrimas le anegaban los ojos, y China respondió esbozando su exquisita sonrisa.

15

LA SALA DE TORTURA

LA luna estaba alta en el cielo y las estrellas titilaban. Era una noche preciosa para el dolor.

Serpine descendió a las frías y húmedas profundidades de su fortaleza y avanzó a grandes zancadas por los corredores de piedra, con una sonrisa asomándole al rostro. Al fin llegó a una puerta de madera y se detuvo con la mano posada sobre la falleba: quería saborear aquel delicioso momento.

Al cabo de un minuto, Serpine levantó la falleba y entró.

–Bien, bien, aquí estamos de nuevo –dijo al entrar en la sala.

Skulduggery Pleasant levantó la cabeza, la única parte del cuerpo que podía mover: Serpine había lanzado un hechizo inmovilizante sobre los grilletes que lo mantenían sujeto a la silla. Sin poder moverse ni lanzar hechizos, el detective observó cómo su captor cerraba la puerta. Serpine se dio la vuelta y siguió hablando:

–La vida es cíclica, ¿no crees, Skulduggery? Estamos predestinados a repetirnos una y otra vez. Una vez más, tu vida depende de que me apiade de ti; pero me temo que sigo siendo tan despiadado como la vez anterior.

–Y también tan charlatán –dijo el detective–. Pensé que ya te habrías cansado de lanzar discursos como los malos de las películas, Nefarian.

Serpine sonrió y se acomodó en una silla de madera. Estaban en una sala pequeña con paredes de piedra, iluminada por una solitaria bombilla que pendía del techo.

–Eso de ser un ciudadano respetable no iba conmigo. Pero a ti no hace falta que te lo diga, ¿verdad? Les avisaste de ello una y otra vez, y no te hicieron caso. Pobre Skulduggery, debe de ser muy desagradable que los Mayores no te tomen en serio.

–Creo que es porque siempre estoy sonriendo.

–Sí, tal vez sea por eso. Ay, Skulduggery, Skulduggery, ¿qué voy a hacer contigo?

–Podrías desatarme, por ejemplo.

Serpine se echó a reír.

–Tal vez más tarde. Si lo hago ahora, puede que empecemos a pelearnos.

–Déjame que te haga una pregunta, Serpine. Supongamos por un momento que el mundo es tal como tú lo ves, que todo está desquiciado y los Sin Rostro existen de verdad. Cuando los hagas venir, ¿qué esperas de ellos? ¿Que te den una palmadita en la cabeza?

–La forma en que mis amos y señores decidan recompensar mis servicios depende solo de ellos. No oso aventurar ninguna suposición.

–La puerta está cerrada, Nefarian. Solo estamos tú y yo, charlando tranquilamente. Dime, ¿qué esperas sacar en limpio?

Serpine se inclinó hacia delante.

–La satisfacción de estar junto a ellos cuando arrasen el mundo para expurgar la mancha impura que es la Humanidad. Y cuando todo acabe, me extasiaré contemplando su terrible gloria.

Skulduggery asintió.

–Ya. La verdad es que no he entendido nada.

Serpine soltó una carcajada.

–Vas a caer, Nefarian –continuó Skulduggery.

–¡No me digas!

–Vas a pegarte un buen porrazo, y yo estaré ahí para verlo. De hecho, seré yo quien te empuje.

–No sé si tus palabras son las más adecuadas para un hombre que está atado a una silla, a merced de su enemigo. ¿O ya no eres un hombre? ¿Qué eres ahora, una cosa? ¿Un fenómeno, quizás?

–Van a venir a por ti.

–¿Ah, sí? ¿Quiénes, Meritorius y su pandilla? Por favor, Skulduggery, no seas ingenuo. Están demasiado ocupados intentando no ofenderme innecesariamente.

–Ya no. Puede que estén ahora mismo en el umbral del castillo, preparándose para entrar.

Serpine se levantó y caminó hasta situarse detrás de su prisionero.

–Me da en la nariz que no van a ser capaces de reunir su ejército con demasiada rapidez. Los Mayores nunca han sido especialmente eficientes... No, mi viejo enemigo, creo que por el momento estamos tú y yo solos. Y tú tienes algo que me interesa.

–¿Un estilo impecable, quizás?

–La llave –dijo Serpine, volviendo a colocarse frente al detective.

–No sé de qué me hablas.

Serpine había empezado a mover suavemente su mano izquierda, como un director de orquesta.

–Está claro que no me vas a proporcionar voluntariamente la información que necesito, así que tal vez haya que recurrir un poquito a la tortura.

–¡Hombre, como en los viejos tiempos! –contestó el detective.

–Sí, recuerdo aquellos sombríos días de otoño durante los que me entretuve cortándote en trocitos, haciéndote chillar a voluntad...

–Un espectáculo adecuado para toda la familia, ¿verdad?

–Tal vez pienses que mis posibilidades han quedado muy mermadas en lo que a tortura se refiere, dado que ya no tienes piel que cortar. Sin embargo, durante este tiempo he aprendido algunos truquitos que quizás te gusten.

Serpine empezó a mover los dedos como si se despidiera, apuntando a la silla en la que había estado sentado. Con un siniestro crujido, la madera empezó a hincharse y contraerse alternativamente como si respirara. Skulduggery se quedó mirándola sin poder evitarlo.

–Si puedo hacerle esto a la madera de la silla –dijo Serpine, saboreando aquel momento–, piensa lo que podría hacer con tus huesos.

De pronto el crujido aumentó de volumen y la silla se hizo pedazos. Serpine se acuclilló delante del detective.

–¿Y bien, Skulduggery, dónde está ahora tu viejo aire desafiante? ¿Dónde han quedado tus pullas y tus bravatas, tus heroicas frases hechas? ¿No vas a decirme que «me emplee a fondo»?

–No, la verdad es que iba a pedirte que me tortures con cuidado. Hoy estoy un poco sensible, ¿sabes?

Serpine se puso en pie, abrió la mano izquierda y la puso frente a la cara de Skulduggery.

–Esta es tu última oportunidad. Dime dónde está la llave, detective.

–Vale.

Serpine enarcó una ceja.

–¿De verdad?

–No, era una broma. Empléate a fondo, anda.

Entonces Serpine se echó a reír, movió los dedos y Skulduggery empezó a gritar.

16

LO QUE ENCIERRA UN NOMBRE

STEPHANIE sumergió el codo en el lavabo de la biblioteca. Lo había llenado de agua, había echado en ella un trozo de la piedra que Tanith Low le había dado y la piedra se había disuelto, llenando el agua de burbujas y el aire de un olor acre. Fuera lo que fuera aquella sustancia, funcionaba, porque los moratones de Stephanie comenzaron a desvanecerse.

Stephanie se secó con una toalla inmaculada, quitó el tapón del lavabo y se recostó contra la pared.

Aunque su cuerpo estaba cansado, su mente no dejaba de dar vueltas espoleada por la ira. Seguía furiosa consigo misma por no haber sido capaz de desobedecer a China. Y además, ¿cómo podía China hacerle aquello, cómo podía dejar a Skulduggery abandonado a su suerte? Skulduggery confiaba en ella...

«No, eso no es verdad», pensó Stephanie. Skulduggery no se fiaba de China. Había sido la propia Stephanie quien había acudido a China antes de molestarse en buscar a los Mayores o a Abominable, y tal vez fuera demasiado tarde para remediarlo. Y todo por su culpa.

Stephanie recordó que Tanith Low la había llamado «guerrera» y esbozó una sonrisa amarga. No sabía por qué lo habría dicho Tanith; pero fuera por lo que fuera, se había equivocado. No había nada de guerrero en ella. Se metía de cabeza en todo tipo de problemas sin pensárselo dos veces, sin detenerse a reflexionar ni un segundo. Y no era por valentía o heroicidad, sino por pura estupidez. Porque no quería quedarse atrás, porque no quería esperar. Iba dando bandazos sin plan ni táctica preconcebida, y así le iba: pasaba las de Caín.

De pronto Stephanie lo vio claro. Abrió los ojos de par en par y enderezó la espalda, sintiendo cómo la energía volvía a fluir por sus miembros.

El hechizo con el que China la había aprisionado acababa de romperse.

Tenía que encontrar a Abominable cuanto antes. Como no se acordaba de dónde estaba su sastrería, necesitaba la dirección para llegar hasta allí, y solo se le ocurría una forma de conseguirla. Salió del servicio y recorrió la biblioteca, comprobando que ya había amanecido. Luego atravesó el rellano y llamó a la puerta del piso de China. No obtuvo respuesta, así que volvió a llamar.

China no estaba. Stephanie examinó la puerta: parecía perfectamente normal. Tampoco recordaba haber visto nada raro al otro lado, ningún cerrojo o cadena de seguridad. Podía estar sellada con magia, y si lo estaba ya podía olvidarse de abrirla, pero no le parecía que lo estuviera. Skulduggery le había dicho que aquel tipo de hechizo tenía que renovarse cada vez que se cerraba la puerta, y a Stephanie no le parecía que China estuviera dispuesta a perder el tiempo en aquellas cosas.

Dio un paso atrás. Era una puerta normal y corriente, más bien endeble. Sabía que podía hacerlo: era alta y fuerte, y aquella puerta era lo único que se interponía entre ella y la persona que podía ayudarla a salvar a Skulduggery. Tenía mucha potencia en las piernas; llevaba años nadando, y eso le había desarrollado los músculos. Sus piernas eran fuertes, la puerta era frágil. Podía hacerlo, tenía que hacerlo. Tenía que salvar a su amigo.

Su bota se estrelló contra la puerta. Pegó una patada, otra, otra más. Sus piernas eran fuertes. No podía fracasar, y la desesperación le daba nuevas fuerzas. La puerta era endeble, y acabó por ceder.

Stephanie entró corriendo y fue derecha a la mesita en la que había visto la libreta de direcciones. Estaba vacía. ¿Dónde estaría la libreta?

Miró a su alrededor. China la había cambiado de sitio. ¿Por qué? ¿Dónde la habría metido? ¿Habría adivinado que Stephanie entraría a buscarla? No, era imposible que se lo hubiera imaginado. Entonces debía de haberla cambiado de sitio por alguna otra razón, por algún motivo perfectamente normal. La había guardado... ¡Claro, debía de haberla guardado en su sitio!

¿Cuál sería el sitio más lógico para guardar una libreta de direcciones?

Stephanie se acercó al escritorio y empezó a revolver en los cajones. Papeles, cartas... ni rastro de la libreta. Se incorporó y recorrió la estancia con la mirada, consciente de que China podía aparecer en cualquier momento. Examinó las estanterías: nada. ¿Dónde podía estar?

Entró en el dormitorio y vio de inmediato la libreta, que estaba sobre la mesilla. La agarró sin perder ni un segundo, buscó la página de la «B» y recorrió los nombres con el dedo. Allí estaba: Sastrería Bespoke. Memorizó la dirección, volvió a dejar la libreta en la mesilla y se dio la vuelta para marcharse.

–Hola, querida –dijo China acercándose a ella. Stephanie retrocedió con desconfianza–. Acabo de ver lo de fuera. ¿Es que no te gustaba mi pobre puerta? En fin, ¿has roto algo más aquí dentro? ¿Algún florero, una taza, quizás?

–No, solo la puerta.

–Bueno, supongo que tendré que agradecerte que no te hayas ensañado. ¿Y bien? ¿Encontraste lo que buscabas, niña?

Stephanie apretó los puños.

–No me llames así.

China se echó a reír.

–Querida, cuando me miras con esa cara llegas a darme miedo.

–¿Has hecho algo para ayudar a Skulduggery, o sigues demasiado ocupada ayudándote a ti misma?

–Es curiosa la lealtad que inspira nuestro querido señor Pleasant, ¿no crees? –dijo China enarcando una ceja–. Todos los que lo conocen le cobran afecto y quieren luchar junto a él. Tendrías que haber estado aquí durante la guerra; era algo digno de verse.

–La verdad es que no logro entender cómo has podido traicionarlo así.

Por primera vez desde que la conocía, Stephanie vio un brillo acerado en los ojos de China.

–Yo no lo he traicionado, niña. Tal vez le haya fallado, pero no lo he traicionado. Para traicionar a alguien tienes que hacer algo contra él, y yo me he limitado a no hacer nada.

–Viene a ser lo mismo.

–Veo que no te interesan las sutilezas semánticas –dijo China, volviendo a sonreír–. No, claro que no. Eres una chica muy sincera, ¿verdad?

–Me voy –dijo Stephanie, echando a andar hacia la puerta.

–Sincera, pero no especialmente inteligente. Stephanie, sé buena y detente ahora mismo, ¿quieres?

Stephanie se quedó inmóvil.

–Admiro tu valentía, niña, te lo digo de corazón. Pero tal como están las cosas, montar una operación de rescate para liberar a Skulduggery es demasiado arriesgado. Tenemos mucho que perder. Y ahora ve a sentarte a aquel rincón como una buena chica, anda.

Stephanie asintió y siguió avanzando hacia la puerta.

–¡Detente! –exclamó China–. He dicho que vayas al rincón.

Stephanie agarró el picaporte y volvió la cabeza. China la miraba con el ceño fruncido.

–No lo comprendo –dijo China–. ¿Cómo puedes hacerlo? ¡Stephanie, contesta!

–No me llamo Stephanie –repuso Stephanie–. Y si quieres retenerme en tu casa será mejor que me mates, porque no pienso quedarme.

El rostro de China volvió a adoptar su expresión plácida de costumbre.

–No tengo ninguna intención de matarte, querida –dijo, esbozando una sonrisa–. Así que por fin has elegido un nombre.

–Efectivamente. Y me marcho ahora mismo.

–Bueno, puede que tengas alguna posibilidad de salvarle, al fin y al cabo. Antes de irte, ¿me harás el honor de presentarte?

–Cómo no –dijo Stephanie, volviéndose para salir del piso–. Me llamo Valquiria Caín.

Abominable abrió la puerta, vio a Stephanie y la saludó con un cabeceo.

–Siento lo de ayer –dijo–. He estado pensando, y me he dado cuenta de que no tengo ningún derecho a decirte lo que puedes y no puedes hacer; pero créeme si te digo que lo hice por tu...

–Tienen a Skulduggery –lo interrumpió Stephanie.

–¿Qué?

–Lo ha atrapado Serpine. Apareció ayer con unos cuantos hombres de papel, nos atacó y se llevó a Skulduggery. Hay que decírselo a los Mayores.

Abominable esbozó una sonrisa tentativa para ver si Stephanie se la devolvía y admitía que le estaba gastando una broma pesada. Stephanie no se la devolvió.

–Sé que piensas que no debería meterme en este lío –dijo Stephanie–. No me importa: es tu opinión, y yo la acepto. Pero vamos a olvidarnos de las opiniones para concentrarnos en los hechos. Y los hechos son estos: Serpine tiene prisionero a Skulduggery. Ha roto la tregua. Cree que el Cetro existe, y ha demostrado que está dispuesto a matar para hacerse con él. Hay que detenerlo, y para ello necesito tu ayuda.

–¿Pero tú lo has visto? ¿Has visto cómo Serpine se llevaba a Skulduggery?

–Estaba allí.

–Bueno, tal vez no fuera tan mala idea que decidieras acompañar a Skulduggery, al fin y al cabo.

Abominable fue a buscar su coche, y mientras se dirigían hacia el Santuario a toda velocidad Stephanie le fue explicando detalladamente lo que había pasado. El coche tenía los cristales tintados, pero aun así Abominable se había tapado el rostro con una bufanda y un sombrero calado hasta las cejas.

El Museo de Cera estaba aún cerrado, así que se colaron por la puerta trasera y recorrieron a toda prisa las salas en penumbra.

Al llegar al pasillo que daba acceso al Santuario, Abominable palpó la pared hasta encontrar el mecanismo de apertura, lo apretó y la pared se deslizó hacia un lado. Stephanie se abalanzó por la abertura, bajó las escaleras de dos en dos y entró en el vestíbulo del Santuario casi trotando, y el administrador salió enseguida a su encuentro con cara de indignación.

–Lo siento –dijo–, pero me temo que no están ustedes citados.

–Queremos ver a Meritorius.

–No se debe molestar innecesariamente a los Mayores. Debo solicitarles que abandonen el Santuario de inmediato.

–Se trata de una emergencia –dijo Abominable, llegando a su altura. El administrador negó con la cabeza.

–Si desean hablar con los Mayores, deberán solicitar audiencia por los canales de costumbre –dijo.

Stephanie ya había tenido bastante, así que lo apartó a un lado y echó a andar a grandes zancadas hacia el pasillo central. De pronto vio una ráfaga gris por el rabillo del ojo; un instante después, frente a ella había un Hendedor que le apuntaba directamente al cuello con su guadaña.

Se quedó helada; a su alrededor empezaron a acrecentarse los movimientos y las voces, pero Stephanie y el Hendedor parecían estar petrificados. Oyó cómo Abominable amenazaba al administrador y a los Hendedores; oyó cómo el administrador protestaba y conminaba a Abominable a marcharse. Abominable alzaba cada vez más la voz y pronto empezó a gritarle furioso al Hendedor que bajara la guadaña, pero el Hendedor siguió inmóvil y silencioso como una estatua. Stephanie podía ver su propia imagen reflejada en la visera de su casco. No se atrevía a mover ni un músculo.

En vista de que la situación estaba a punto de estallar –y del serio peligro que habría corrido en ese caso la cabeza de Stephanie–, el administrador cedió y aceptó preguntarle a Meritorius si estaría dispuesto a recibirlos. Miró al Hendedor, indicándole con un movimiento de cabeza que se retirara; el Hendedor retrocedió y volvió a enfundar la guadaña en la vaina que pendía de su espalda, con un solo movimiento que podría haber sido un paso de baile.

Stephanie reculó lentamente con la mirada clavada en él. Pero el Hendedor estaba impertérrito, como si no hubiera pasado nada.

Abominable y ella se quedaron en el vestíbulo mientras el administrador se alejaba a paso rápido, y no tardaron mucho en oír unas zancadas que se acercaban. Eachan Meritorius entró en la estancia y miró a Abominable con expresión levemente sorprendida.

–Bienvenido, señor Bespoke –dijo acercándose a él–. Últimamente, los acontecimientos no dejan de sorprenderme...

–Bienhallado, Gran Mago –dijo Abominable mientras se daban la mano–. Tengo entendido que ya conoce a Valquiria Caín.

–Ah, de modo que has adoptado un nombre por fin –dijo Meritorius con una mirada de desaprobación–. Espero que el señor Pleasant sepa lo que hace.

–Skulduggery está prisionero –barbotó Stephanie–. Ha sido Serpine.

–Por favor, no empecemos con lo mismo de siempre.

–Es cierto –intervino Abominable.

–¿Has visto cómo ocurría?

Abominable titubeó.

–Bueno, en realidad no lo he visto directamente, pero...

Meritorius suspiró.

–Skulduggery Pleasant es un detective excepcional, y nos ha servido de gran ayuda en muchas ocasiones. Pero en lo tocante a

Nefarian Serpine, me temo que Skulduggery pierde su acostumbrada imparcialidad.

–¡Pero es que Serpine lo tiene prisionero! –insistió Stephanie.

–Muchacha, me caes bien, y entiendo que Skulduggery te haya cogido cariño. Posees una sinceridad casi temible, y esa es una cualidad digna de admiración. Sin embargo, no estás familiarizada con nuestra cultura y costumbres, y solo conoces una versión muy sesgada de nuestra historia. Serpine ya no es el siniestro personaje que fue en su día.

–Yo estaba allí –dijo Stephanie, esforzándose por mantener la calma–. Serpine vino con unos cuantos hombres de papel y se llevó a Skulduggery.

Meritorius se quedó pensativo unos segundos.

–¿Hombres de papel, dices?

–Bueno, eso parecían.

Meritorius asintió lentamente.

–Claro, Hombres Huecos. Son los esbirros de Serpine, unos seres terribles rellenos de odio y pestilencia.

–¿Me creéis ahora? ¡Tenemos que rescatarlo!.

–Gran Mago –dijo Abominable–, mi amigo está en peligro. Sé que no deseas que esto ocurra, pero lo cierto es que la tregua se ha roto. Serpine y los magos que decidan ponerse de su lado van a acumular poder tan rápido como puedan. Los Mayores deben actuar sin tardanza.

–¿Basándonos en qué? –preguntó Meritorius. ¿En la palabra de una muchacha a la que apenas conozco?

–No estoy mintiendo –afirmó Stephanie.

–Pero tal vez estés equivocada.

–No lo estoy. Serpine quiere el Cetro, y piensa que Skulduggery puede llevarlo hasta él.

–El Cetro no existe más que en las leyendas, por lo que…

–El Cetro existe de verdad –le interrumpió Stephanie–. Y también es verdad que Serpine desea conseguirlo, y que mató a los dos hombres que lo vigilaban para que no lo supierais hasta que ya no pudiera hacerse nada para remediarlo.

Meritorius titubeó.

–Señorita Caín, si está usted equivocada y atacamos a Serpine ahora, podemos provocar el estallido de una guerra para la que no estamos preparados.

–Lo siento –repuso Stephanie con voz suave, notando la aprensión que brillaba en la mirada del Gran Mago–. Créame que lo siento, pero la guerra ya ha estallado.

El clip reposaba inmóvil en la mesa. Stephanie se concentró, flexionó los dedos y luego abrió de golpe la mano, intentando convencerse de que el aire no era más que una serie de elementos conectados entre sí. El clip no se movió. Stephanie le dio un golpecito con el dedo para asegurarse de que no se había quedado enganchado a algún saliente imperceptible; acababa de comprobar que no era así cuando Abominable entró en la estancia.

–Nos vamos ya –dijo–. ¿Estás segura de que quieres venir?

–Totalmente –respondió Stephanie, guardándose el clip en un bolsillo. Luego señaló la puerta por la que había entrado Abominable–. ¿Qué hay ahí fuera? ¿Un batallón de Hendedores?

–No exactamente.

–¿Cuántos vienen, entonces?

Abominable la miró a los ojos.

–Dos –dijo al fin.

–¿Dos? Tienen un ejército de Hendedores a su servicio, ¿y nos conceden dos?

–Resultaría muy sospechoso que nos acompañaran más –explicó Abominable–. Meritorius tiene que ponerse en contacto con Morwenna Crow y Sagacius Tome para convencerlos de que es necesario entrar en acción. Hasta que lo haga, nuestra misión de rescate es estrictamente extraoficial.

–Por favor, confírmame que son tan buenos guerreros como me dijo Skulduggery.

–Sus uniformes y guadañas son capaces de rechazar casi todos los ataques mágicos, y pocos guerreros son tan letales como ellos en la lucha cuerpo a cuerpo.

–¿Cómo que «cuerpo a cuerpo»? –exclamó Stephanie frunciendo el ceño–. ¿Y qué pasa con las bolas de fuego y esas cosas? ¿Qué son los Hendedores, adeptos o elementales?

Abominable carraspeó.

–Pues ni lo uno ni lo otro, la verdad. La magia puede corromper a algunas personas y los Hendedores deben tener una imagen de imparcialidad absoluta, de modo que...

–¿Me estás diciendo que no tienen nada de magia? ¿Nada de nada?

–Bueno, algo tienen, pero solo sirve para mejorar su habilidad como combatientes. Son muy fuertes y extremadamente rápidos.

–¿Y cómo piensan arreglárselas con eso? ¿Van a ponerse a correr alrededor de Serpine hasta que se maree y caiga redondo?

–Si todo sale según nuestros planes, Serpine ni siquiera se enterará de que estamos allí.

–¿Qué oportunidades tenemos de que eso ocurra?

Abominable la miró, y por un momento pareció muy seguro de sí mismo. Pero solo por un momento.

–No muchas –admitió al fin, apartando la mirada.

–Exacto.

–Pero Bliss se ha ofrecido a ayudarnos –dijo Abominable, animándose de nuevo.

–¿Va a acompañarnos? –preguntó Stephanie, sin saber si le gustaba mucho la idea.

–No, él no. Pero va a mandar a alguien para que nos ayude. Seremos cinco, el número ideal para pasar desapercibidos, agarrar a Skulduggery y salir pitando. Va a ser pan comido.

La puerta se abrió y Meritorius apareció en el umbral.

–Vuestro vehículo está fuera –dijo.

Abominable y Stephanie subieron tras él las escaleras del Santuario y salieron del Museo de Cera por la puerta de atrás, junto a la que había una furgoneta aparcada. En cuanto Meritorius pisó la calle, dos Hendedores salieron de entre las sombras y se montaron en la furgoneta, sacando las guadañas de sus vainas antes de subir. Stephanie deseó que no hubiera muchos socavones por el camino, porque corría peligro de acabar convertida en un pincho moruno antes de llegar siquiera al castillo de Serpine.

Entonces salió a su encuentro otra persona. Stephanie la reconoció: era la chica de con la que había hablado en la biblioteca de China.

–Esta es Tanith Low –dijo Meritorius–. Tanith, estos son Abominable Bespoke y Valquiria Caín.

–Ya nos conocemos –dijo Tanith, saludando a Stephanie con un cabeceo. De la cintura le pendía una espada metida en una funda de esmalte negro, llena de muescas y rasguños.

–¿Te envía Bliss? –preguntó Abominable.

–Sí. Dice que tal vez pueda serviros de ayuda.

–Todo un elogio, viniendo de él.

–El señor Bliss desea que este asunto se resuelva lo antes posible –repuso Tanith–. Hasta que lo consigamos, estoy a vuestra disposición.

–Bien, pues manos a la obra.

Tanith se subió a la furgoneta seguida de Abominable, quien se puso al volante.

–Buena suerte –le dijo Meritorius a Stephanie antes de que montara.

–Gracias.

Meritorius se encogió de hombros.

–Vas a necesitarla.

17

ESTUPENDO RESCATE, SÍ SEÑOR

LOS miembros del equipo de rescate salieron de la furgoneta y se alinearon en el arcén, observando el muro que circundaba los terrenos de Serpine. Era unas tres veces más alto que Stephanie; al otro lado se extendía una zona boscosa, y más allá estaba al castillo.

Stephanie pensó de pronto que si su misión fracasaba, sería el fin de todo. Serpine conseguiría el Cetro y los Sin Rostro volverían al mundo. El destino de la Tierra entera dependía de un esqueleto y de las cinco personas que se disponían a rescatarlo.

–¿Qué haremos si tenemos que enfrentarnos a Serpine? –preguntó, procurando que su voz no trasluciera el miedo que sentía. Tenía que ser fuerte; no quería que sus compañeros pensaran que era una simple mocosa de doce años–. Al fin y al cabo, no es seguro que logremos entrar y salir sin que nadie se dé cuenta, ¿verdad? ¿Tenemos algún plan por si nos vemos obligados a enfrentarnos a él?

–Algún plan... –dijo Abominable con expresión pensativa–. Pues no, la verdad es que no.

–Yo intentaré matarlo con mi espada –dijo Tanith, deseosa de ayudar.

–Vale –repuso Stephanie–. Magnífica idea. ¿Y qué pasa con sus hombres? ¿No creéis que estarán esperándonos?

–Serpine conoce la calma con la que los Mayores suelen deliberar antes de llegar a ninguna conclusión –dijo Tanith–. Estoy segura de que no se espera nada tan precipitado e imprudente como lo que vamos a hacer.

–Así aprenderá a no subestimar a los estúpidos como nosotros –añadió Abominable.

–De acuerdo –dijo Stephanie–. Solo quería asegurarme de que lo tenemos todo previsto. ¿Qué, empezamos?

Sin decir una palabra, los Hendedores cogieron carrerilla, saltaron limpiamente el muro y desaparecieron.

–Chulitos... –masculló Abominable. Luego puso los brazos en cruz y los bajó, manteniéndolos estirados; una ráfaga de viento surgió de la nada y lo elevó hasta que pudo agarrar la parte superior del muro.

–¿Te ayudo? –preguntó Tanith volviéndose hacia Stephanie.

–Si no te importa...

Tanith se puso en cuclillas y entrelazó los dedos formando un soporte. Stephanie apoyó en él un pie, contó hasta tres y se impulsó hacia arriba ayudada por Tanith. Alcanzó la parte superior del muro sin problemas; Tanith tenía mucha fuerza, más de lo que parecía. Abominable la ayudó a encaramarse, y luego bajó y se quedó esperándola. Stephanie agarró el borde del muro, fue descendiendo hasta tener los brazos totalmente estirados y se dejó caer. Sus botas tocaron el suelo enseguida, aplastando un lecho de hojas y ramitas secas. Un segundo más tarde, Tanith aterrizaba a su lado.

El bosquecillo era muy espeso, y a medida que se internaban en él, el ambiente se iba oscureciendo. El sol poniente penetraba a duras penas entre el follaje, y empezó a refrescar tanto que Stephanie agradeció llevar puesto su gabán. Los Hendedores avanzaban sin hacer ningún ruido. En el bosquecillo reinaba un silencio absoluto, tan absoluto que no era natural. No cantaba ningún pájaro, no se oía ni un rumor entre la maleza. Resultaba sobrecogedor.

Por fin llegaron al límite del bosque y se agazaparon: frente a ellos se alzaba la parte trasera de la fortaleza. A un lado se abría una puerta, frente a la cual montaba guardia una patrulla de Hombres Huecos.

–Lo que faltaba –masculló Abominable–. ¿Cómo rayos vamos a pasar sin que nos vean?

–Tenemos que distraerlos –dijo Tanith.

–¿Se te ocurre algo?

Tanith se volvió hacia los Hendedores sin decir nada y Abominable comprendió de inmediato lo que estaba pensando.

–¡Pero no van a poder hacerles frente! –protestó.

–No nos queda otro remedio –respondió Tanith, con voz átona pero firme.

Los Hendedores inclinaron la cabeza hacia Tanith y asintieron. Luego se escabulleron entre la maleza y se perdieron de vista. Stephanie se quedó esperando con Tanith y Abominable.

–No resistirán mucho rato –dijo Abominable.

–Será suficiente para que nos colemos sin ser vistos –repuso Tanith.

–No me refería a eso. Acabas de enviarlos a una muerte cierta.

–Ellos tienen que hacer su trabajo, y nosotros el nuestro –dijo Tanith sin mirarlo–. ¿Quieres salvar a tu amigo, o no?

Abominable no contestó.

–Eh, mirad –susurró Stephanie.

Los Hombres Huecos habían empezado a correr y pronto no quedó ninguno en la explanada.

–¡Vamos! –exclamó Tanith.

Salieron del bosque y echaron a correr a toda velocidad hacia el castillo. Stephanie miró hacia la derecha mientras corría y vio a lo lejos a los dos Hendedores, que aguardaban espalda con espalda el ataque del corro de Hombres Huecos que se estrechaba en torno a ellos.

Por fin llegaron al castillo. Tanith se acercó a la puerta, colocó la palma de la mano sobre la cerradura y giró la muñeca; la cerradura crujió, rompiéndose por dentro, y la puerta cedió ante Tanith. Los tres entraron sigilosamente y entornaron la puerta a sus espaldas.

Avanzaron, procurando no internarse demasiado en el frío corazón de la fortaleza. Al fin encontraron una escalera que bajaba y emprendieron el descenso; Tanith encabezaba el grupo, con la espada en la mano derecha y la vaina en la izquierda. A pocos pasos de ella iba Stephanie, seguida de Abominable.

Después de mucho bajar llegaron a los sótanos, o más bien a las mazmorras. Al doblar una esquina, Tanith se detuvo y alzó una mano. Los tres observaron inmóviles al Hombre Hueco que caminaba pesadamente a cierta distancia y reemprendieron la marcha en cuanto se perdió de vista.

Algo más allá comenzaba una hilera de pesadas puertas de hierro; Tanith se acercó a la primera, apoyó la oreja y, tras escuchar unos segundos, le dio un empujón. Se oyó un gemido, pero la celda estaba vacía: habían sido las bisagras herrumbrosas.

Abominable hizo lo mismo en la puerta siguiente, revelando otra celda vacía.

Tanith y Abominable se miraron con expresión sombría, y Stephanie comprendió de inmediato lo que estaban pensando.

–Deberíamos dividirnos –susurró.

–De ninguna manera –dijeron Abominable y Tanith casi al unísono.

–Si tardamos demasiado, los Hombres Huecos volverán a montar guardia en la puerta y no podremos salir de aquí.

–Bueno, vale, pero tú vienes conmigo –susurró Abominable.

Stephanie negó con la cabeza.

–No te preocupes por mí. Pegaré la oreja a las puertas, y si oigo algo os llamaré enseguida. Si me topo con alguno de los malos, os enteraréis enseguida. No tenemos otra opción.

Tanith y Abominable la miraron con expresión de duda, pero no dijeron nada. Luego Tanith se acercó a la puerta siguiente, Abominable echó a correr hacia el fondo del pasillo y Stephanie volvió por donde habían venido. A pocos metros encontró otra hilera de puertas metálicas y fue apoyando la oreja unos segundos en cada una de ellas. Nada. Fue internándose cada vez más, dejándose llevar por los tortuosos corredores que se abrían ante ella. Pronto se dio cuenta de que respiraba por la boca, y notó en la garganta el regusto nauseabundo del aire. El piso había empezado a humedecerse, y de vez en cuando se veían charcos de agua putrefacta. Las puertas ya no eran de metal sino de madera medio podrida. Las antorchas sujetas a los muros titilaban creando sombras bailarinas en los muros.

De pronto Stephanie vio algo que se movía frente a ella, y estaba a punto de agazaparse cuando se dio cuenta de que era Abominable. Le saludó con la mano y empezó a examinar las puertas que más cerca tenía. Abominable hizo lo propio por el otro lado, y cuando estaban a punto de encontrarse, Stephanie oyó un suave silbido que salía de una celda. Frunció el ceño, tratando de recordar si Skulduggery podía silbar. Si no necesitaba tener labios para respirar o hablar, ¿por qué iba a necesitarlos para silbar? Sin embargo, a Stephanie no le sonaba la música. Le indicó a Abominable que se acercara; al llegar a la puerta, Abominable escuchó durante unos segundos y asintió con la cabeza.

–*La chica de Ipanema* –susurró–. Es Skulduggery, seguro.

Levantó tres dedos, luego dos, luego uno, y los dos se abalanzaron sobre la puerta, que se abrió sin dificultad. Skulduggery levantó la vista y dejó de silbar.

–Ah, hola –dijo–. Ya sé dónde está la llave de las cuevas.

Stephanie cerró la puerta mientras Abominable examinaba los grilletes que aprisionaban a Skulduggery.

–Son de primera calidad –dijo.

–Sí, sabía que te gustarían. El metal está reforzado por un hechizo inmovilizador.

–Bien pensado. Tardaré un momentito en abrirlas, ¿vale?

–No te preocupes, no me voy a ir a ningún sitio.

–¿Cómo estás? –preguntó Stephanie.

–Bueno, no me ha tratado mal –contestó Skulduggery meneando la cabeza–. A excepción de las torturas, claro. La verdad es que me ha dado tiempo de pensar tranquilamente, y ya sé dónde está la llave.

–Eso me pareció oírte decir antes.

Abominable se puso en pie y los grilletes cayeron al suelo. Skulduggery se levantó de la silla.

–¿Ha venido Meritorius? –preguntó.

–No, está hablando con los otros Mayores para ponerlos al corriente de todo –respondió Abominable.

–Vaya. Entonces, ¿habéis venido solos?

–Bueno, solos no. También está Tanith Low.

Skulduggery se encogió de hombros.

–Debo admitir que os las habéis apañado de maravilla hasta ahora.

–¿No le habrás dicho a Serpine dónde está la llave, verdad? –dijo Stephanie.

–No lo podría haber hecho aunque hubiera querido. Me he dado cuenta de dónde está hace solo unos minutos; la verdad es que no era tan complicado, ¿sabes? La teníamos delante de las narices.

–Ya hablaremos de eso más tarde –le interrumpió Abominable–. Ahora tenemos que marcharnos.

–¿Habrá pelea?

–Espero que no.

–Vaya. Tengo ganas de pelea.

–Bueno, si al final la hay, tal vez esto te sirva de ayuda –dijo Stephanie dándole su pistola.

–Muchas gracias; la he echado de menos. ¿Me has traído balas?

–¿Balas? Pues no...

Skulduggery respiró hondo.

–Magnífico –dijo luego, colocándose la pistola al cinto.

–¡Vámonos! –exclamó Abominable echando a andar hacia la puerta.

Los tres salieron al corredor y echaron a andar a paso ligero; al doblar una esquina, unos cuantos Hombres Huecos se detuvieron en seco frente a ellos y los observaron con mirada vacía. El tiempo pareció detenerse.

–Fabuloso rescate, sí señor –dijo Skulduggery.

Cuando los Hombres Huecos se abalanzaron sobre ellos, Skulduggery y Abominable entraron en acción. Skulduggery empezó a repartir codazos y patadas, retorciendo todas las muñecas y brazos que tenía a su alcance. Abominable danzaba como un boxeador, derribando con tremendos puñetazos a todo el que se acercaba.

Stephanie vio que algo se movía a espaldas de los silenciosos Hombres Huecos y pronto distinguió a Tanith, que se acercaba a toda velocidad. De pronto dio un giro brusco, empezó a subir por la pared y al llegar al techo siguió corriendo boca abajo. Stephanie la miró boquiabierta: no tenía ni idea de que Tanith pudiera hacer algo así.

Desde aquel punto privilegiado, Tanith se abalanzó sobre los Hombres Huecos pegando mandobles a diestro y siniestro y rebanándoles las coronillas. En unos segundos, todos los Hombres Huecos quedaron convertidos en unos guiñapos malolientes.

Tanith se dejó caer y dio la vuelta en el aire para aterrizar de pie.

–Por allí vienen más –dijo–. Tal vez sea mejor que nos marchemos –añadió, un tanto innecesariamente.

Los cuatro llegaron al final de la escalera sin encontrar más adversarios; pero cuando corrían hacia la salida, frente a ellos se abrieron dos puertas enormes de las que empezó a salir una horda de Hombres Huecos.

Skulduggery y Abominable se adelantaron chasqueando los dedos, y de sus manos cayeron sendas bolas de fuego. Stephanie vio cómo hacían aspavientos, manipulando las llamas hasta que una muralla de fuego se interpuso entre ellos cuatro y los Hombres Huecos.

Tanith se volvió para mirar a Stephanie.

–Gabán –le dijo.

–¿Qué?

Sin decir nada más, Tanith agarró el cuello del gabán de Stephanie, se lo quitó de un tirón y se cubrió la cabeza con él. Luego echó a correr hacia una ventana, saltó y la atravesó envuelta en una nube de cristales.

–Toma ya –murmuró Stephanie.

Se acercó a la ventana y se aupó para salir por el agujero. Tanith estaba poniéndose en pie al otro lado.

–Gracias –dijo Tanith devolviéndole el gabán.

–¡Cuidado, que vamos! –gritó Abominable.

Stephanie se hizo a un lado para dejar paso a Skulduggery y Abominable, que saltaban por la ventana. Abominable iba debajo y el detective parecía flotar sobre él, como una pareja de acróbatas desquiciados. Los dos cayeron a un tiempo, rodaron sobre la hierba y se pusieron en pie simultáneamente.

–Vámonos volando –dijo Skulduggery.

Mientras corrían hacia los árboles, Stephanie vio a uno de los Hendedores. A juzgar por la cantidad de jirones de papel que había esparcidos por la hierba, los dos debían de haber mostrado una feroz resistencia, pero al final los Hombres Huecos se habían impuesto por pura superioridad numérica. El Hendedor reposaba inmóvil sobre la hierba: estaba muerto, y no se veía ni rastro del otro.

Al fin llegaron al bosquecillo, pero no aminoraron el paso porque los Hombres Huecos se habían internado en la maleza tras ellos.

Abominable llegó al muro en primer lugar, extendió las manos abiertas hacia abajo y salió despedido al otro lado por una ráfaga de aire.

Tanith se limitó a seguir corriendo y, cuando parecía estar a punto de darse de bruces contra el muro, pegó un saltito y siguió corriendo en vertical.

Stephanie llegó a continuación; antes de que pudiera pedirle a Skulduggery que le diera impulso con las manos, se encontró con que su amigo le había rodeado la cintura con un brazo y se elevó junto a él, sintiendo el viento en la cara mientras pasaban sobre el muro. Aterrizaron con tal gracia y suavidad que Stephanie estuvo a punto de echarse a reír.

Los cuatro se metieron en la furgoneta. Abominable arrancó y salió a la carretera, y el castillo se fue haciendo cada vez más pequeño a sus espaldas.

18

DE NOCHE, EN EL TEJADO

POR el aire nocturno flotó una risotada, y Skulduggery se volvió hacia la dirección de la que provenía. Estaban subidos en el tejado de la sastrería de Abominable, y a sus pies Dublín titilaba preparándose para dormir. Stephanie observó a su alrededor: tejados, avenidas, callejones estrechos... Por las calles pasaban coches, y de vez en cuando algún transeúnte. Skulduggery se dio la vuelta y la miró.

–Conque Valquiria Caín, ¿eh?

–¿Te parece que suena ridículo?

–No, todo lo contrario: es perfecto. Valquirias, mujeres guerreras que guiaban hasta el paraíso a los muertos en el campo de batalla. Un tanto morboso, aunque me temo que no soy el más indicado para juzgarlo. Al fin y al cabo, estoy técnicamente muerto.

Stephanie se quedó mirándolo y dejó pasar un momento antes de seguir hablando.

–Y tú, ¿qué tal? –dijo al cabo–. ¿Te hicieron sufrir mucho las torturas?

–La verdad es que no fue nada divertido. Creo que al cabo de algunas horas, a Serpine no le cabía ya duda de que yo no conocía el paradero de la llave. Todo lo que hizo después fue por pura diversión. Por cierto, ¿te he dado las gracias por haber ido a rescatarme?

–No te preocupes, no fue nada.

–No digas bobadas. Gracias, Valquiria.

Stephanie sonrió.

–De nada.

–Tu amiga Tanith estaba un poco seria en el camino de vuelta, ¿no crees?

–Creo que se arrepiente de haber usado a los Hendedores como cebo.

–Yo habría hecho lo mismo –dijo Skulduggery–. Los Hendedores están para ese tipo de cosas. Es su trabajo.

–Sí, eso mismo dijo ella.

–Ya, pero una cosa es entenderlo y otra muy distinta aceptarlo. Hasta que Tanith no lo acepte, me temo que va a tener unas cuantas pesadillas al respecto. En cualquier caso, es una guerrera. Lo superará, seguro.

–Es una luchadora excelente.

–Desde luego.

–Si yo empezara a entrenar ahora, ¿crees que podría luchar como ella cuando llegara a su edad?

–No veo por qué no. Sesenta años de entrenamiento constante son suficientes para convertir a cualquiera en una máquina de pelear.

–¿Qué?

–¿Cómo que «qué»?

–¿Sesenta años? ¿Cuántos años tiene Tanith?

–Me juego el cuello a que tiene setenta, por lo menos.

Stephanie lo miró con la boca abierta.

–Bien –dijo cuando logró reaccionar–, ya es hora de que me expliques cómo conseguís vivir tanto tiempo.

–Dieta sana, ejercicio diario...

–Skulduggery...

–... buenos hábitos...

–¡Haz el favor!

–Bueno, vale. Es por la magia.

–¿Es que los magos sois inmortales?

–No, inmortales no. Ni mucho menos. Envejecemos, lo que pasa es que lo hacemos más lentamente que el resto de los mortales. Usar la magia con cierta regularidad rejuvenece el cuerpo, lo mantiene joven.

–Entonces, si empezara a aprender magia ahora, ¿seguiría teniendo doce años durante mucho tiempo?

–Bueno, te llevaría algún tiempo llegar al nivel que permite retardar el envejecimiento. Pero después de eso, seguirías siendo joven durante muchos años más de lo que te correspondería en buena ley. Sé que es de mala educación revelar la edad de las damas, pero China nació el mismo año que yo. ¡Aunque he de reconocer que lo lleva mucho mejor! –Skulduggery se echó a reír, pero paró al ver el rostro impasible de Stephanie–. Lo digo porque yo soy un esqueleto...

–Sí, lo había pillado.

–¿Y por qué no te ríes?

–Porque no me ha hecho gracia.

–Ah.

–Entonces, ¿qué piensas hacer con ella?

–¿Con China? Nada, Stephanie. No hizo más que lo que cabía esperar de ella. El escorpión del cuento picó a la rana porque era su naturaleza. Es imposible escapar de la propia naturaleza.

–¿Y cuál es tu naturaleza, Skulduggery?

–Extraña pregunta –respondió él, ladeando la cabeza.

–China me contó cosas acerca de ti y de Serpine. Dijo que solo buscas vengarte de él.

–Y tú te preguntas hasta dónde estoy dispuesto a llegar para conseguir esa venganza, ¿no es eso? Te preguntas qué estoy dispuesto a sacrificar con tal de hacerle pagar que me asesinara hace cientos de años.

–Sí.

Skulduggery se quedó callado un momento, se metió las manos en los bolsillos y luego empezó a hablar.

–Hay algo que ni China ni yo te hemos contado. Verás, yo no fui el único que cayó en la trampa de Serpine.

Stephanie se quedó callada, esperando a que Skulduggery continuara su relato.

–Era una trampa exquisita, algo verdaderamente astuto. Verás, Valquiria, quienes tienden trampas comparten algo con los prestidigitadores: si quieren tener éxito, deben ser capaces de desviar la atención. En toda trampa bien hecha, hay algo que absorbe la atención de la víctima mientras lo verdaderamente importante ocurre a sus espaldas. En mi caso, ni siquiera me di cuenta de que había caído en una trampa hasta el mismo final. Serpine me conocía bien, ¿sabes?, y podía prever cuál sería mi reacción ante ciertos estímulos. Por ejemplo, sabía perfectamente que, si asesinaba a mi mujer y a mi hijo ante mis ojos, echaría mano de mi daga sin sospechar siquiera que la empuñadura estaba emponzoñada.

Stephanie lo miró atónita, pero Skulduggery seguía oteando el panorama.

–Serpine sabía que en ese momento ni siquiera pensaría en recurrir a la magia –siguió diciendo Skulduggery–. Sabía que mi ira me llevaría a intentar un ataque físico, que estaría tan furioso como para tratar de matarlo con mis propias manos. En el preciso instante en que cerré los dedos en torno a la empuñadura de la daga me di cuenta de mi error. Pero ya era demasiado tarde, claro, y no pude hacer nada. No creas que me asesinó de inmediato; tardó una temporada en rematarme. Morí odiándolo, y cuando volví, aquel odio seguía conmigo –Skulduggery se volvió y miró a Stephanie–. ¿Me preguntabas cuál es mi naturaleza? Te lo diré: es algo oscuro y retorcido.

–No sé qué decir –repuso Stephanie suavemente.

–Es difícil decir algo después de oír una historia así, ¿verdad?

–Bastante.

–Sí, en el terreno de las batallitas trágicas soy insuperable.

Los dos se quedaron callados. Aunque la noche era más bien cálida, allí arriba hacía fresco. Pero a Stephanie no le importaba.

–¿Y ahora, qué? –preguntó al cabo de un rato.

–Los Mayores ya se han puesto en pie de guerra. Encontrarán vacía la fortaleza de Serpine, porque no creo que se quede a esperarlos después de esto, así que se pondrán a buscarlo de inmediato. Supongo que también empezarán a apresar a sus antiguos aliados para evitar que vuelvan a organizarse.

–¿Y qué hacemos nosotros?

–Conseguir el Cetro antes que Serpine.

–¿Dónde está la llave? –preguntó Stephanie.

Skulduggery se dio la vuelta y la miró.

–Gordon la escondió. Tu tío era un hombre muy astuto: pensaba que nadie debía poseer el Cetro, pero ocultó la llave de tal forma que, si verdaderamente necesitábamos acceder a él, si las cosas se ponían tan feas como para tener que encontrarlo, podríamos conseguirla con dos o tres deducciones detectivescas.

–Ya, ¿pero dónde está?

–¿Te acuerdas del consejo que dejó Gordon para mí en su testamento?

–Sí, decía que se avecinaba una tormenta.

–Y también decía que, a veces, la clave para llegar a buen puerto está oculta, pero otras veces se encuentra justamente ante nuestros ojos.

–¿Se refería a la llave de verdad? Entonces, ¿está ante nuestros ojos?

–Lo estaba cuando el abogado pronunció aquellas palabras en su despacho.

–¿La tiene Fedgewick?

–No, ya no. La entregó aquel mismo día.

Stephanie se devanó los sesos tratando de recordar todo lo que había pasado aquella mañana y de pronto recordó la extraña cerradura que había en el sótano de su tío. No era muy grande, desde luego no más que la mano de Skulduggery...

–¿Es el broche? –preguntó, levantando la vista.

–Exacto.

–¿Me estás diciendo que Gordon entregó a Fergus y Beryl la llave que da acceso al arma más poderosa que existe? –dijo Stephanie atónita–. ¿Por qué iba a hacer eso?

–¿Se te habría ocurrido buscarla en su casa?

Stephanie consideró su pregunta y luego empezó a sonreír.

–O sea, que Gordon dejó a Fergus y a Beryl su posesión más valiosa y ellos ni siquiera lo saben.

–Gracioso, ¿no crees?

–Desternillante.

–Bueno, pues ahora solo tenemos que ir a su casa y cogerla.

Stephanie asintió sin dejar de sonreír. De pronto, la sonrisa se borró de su cara y sacudió la cabeza enérgicamente.

–¡Yo no voy!

–Vas a tener que hacerlo.

–Ni se te ocurra.

–Solo tienes que hacerles una pequeña visita...

–¿Por qué no puedes colarte tú en su casa? Te colaste en la Cripta, ¿no?

–Eso era diferente.

–¡Sí, claro, había alarmas y vampiros por todas partes! Esto será mucho más fácil.

–Hay momentos en los que no hace falta recurrir a soluciones drásticas.

–¡Este no es uno de esos momentos!

–Valquiria...

–¡No pienso ir a visitarlos!

–No tenemos otra opción.

–¡Pero es que nunca voy a su casa! Van a sospechar algo, seguro.

–Mira, ser detective no siempre consiste en enfrentarse a torturas, intentos de asesinato y monstruos varios. A veces se pone verdaderamente desagradable.

–¡Pero es que me caen fatal! –gimió Stephanie.

–El destino del mundo tal vez dependa de que te decidas a visitar a tus tíos.

Stephanie volvió la cabeza y miró a Skulduggery por el rabillo del ojo.

–¿El destino del mundo?

–Valquiria...

–Bueno, vale. Iré.

–Así me gusta.

Stephanie se cruzó de brazos sin decir nada.

–¿Estás de morros? –le preguntó Skulduggery.

–Sí.

–Ah, vale.

19

EL EXPERIMENTO

EL Hendedor yacía sobre la mesa, sujeto con correas. Por los tubos transparentes que penetraban en su piel pasaban diversos fluidos que iban a parar a la silenciosa máquina que había tras él. La máquina extraía todo lo que no era necesario y lo sustituía por oscuridad líquida, por pócimas que mezclaban la ciencia con la magia. La anodina cara del Hendedor no mostraba expresión alguna. Había dejado de debatirse hacía más o menos una hora; el tratamiento estaba empezando a surtir efecto.

Serpine entró en la zona iluminada y los ojos del Hendedor se dirigieron hacia él. Estaban vidriosos, y en su mirada vacía ya no quedaba nada de la fiereza que Serpine había encontrado cuando los Hombres Huecos le habían quitado el casco. Daba igual que Skulduggery Pleasant hubiera escapado: Serpine había conseguido un nuevo cautivo, y sabía muy bien qué hacer con él.

Había llegado el momento. Serpine levantó la daga que tenía en la mano para que el Hendedor la viera. Ninguna reacción: ni recelo, ni miedo, ni reconocimiento siquiera. Aquel hombre, aquel soldado que había pasado toda su vida obedeciendo ciegamente a sus superiores, iba a entrar ahora en la muerte tan ciego como había vivido. «Una existencia patética», pensó Serpine. Asió la daga con ambas manos, la elevó cuanto pudo y luego la bajó con fuerza. La hoja de la daga se hundió en el pecho del Hendedor y lo mató.

Serpine sacó la daga, la limpió y la dejó a un lado. Aun cuando aquello funcionara, era evidente que hacían falta algunos cambios, modificaciones, ligeras mejoras. El Hendedor no era más que una prueba preliminar, al fin y al cabo, un mero experimento. Si salía bien, habría que concentrarse en refinar el proceso. No tardaría mucho en comprobarlo: una hora, como máximo.

Serpine esperó junto al cadáver del Hendedor. En el almacén no se oía ningún ruido. Había tenido que marcharse del castillo, pero hacía tiempo que lo tenía todo previsto. Además, no sería por mucho tiempo; en cuestión de días todos sus enemigos estarían muertos y no quedaría nadie capaz de enfrentarse a él. Entonces podría invocar de nuevo a los Sin Rostro, una hazaña que Mevolent, su antiguo señor, nunca había logrado llevar a cabo.

Serpine enarcó las cejas. ¿Habría sido un efecto óptico, o se había movido realmente el Hendedor? Lo examinó más de cerca para comprobar si el pecho se movía al ritmo de la respiración, buscando alguna señal de vida. Pero no había ninguna. Intentó tomarle el pulso, pero no tenía.

Y entonces el Hendedor abrió los ojos.

20

UNA MALDICIÓN DE FAMILIA

STEPHANIE se coló en su habitación por la ventana y vio que su imagen la esperaba a oscuras, sentada sobre la cama.

–¿Deseas reanudar tu vida? –le preguntó el reflejo.

Stephanie se limitó a asentir con la cabeza; le resultaba muy desconcertante mantener una conversación consigo misma. La imagen se levantó, caminó hasta el espejo, entró y se dio la vuelta. Stephanie tocó el cristal y todos los recuerdos que su doble había acumulado durante aquel día entraron en su mente en tropel. Se quedó mirando cómo las ropas de la imagen cambiaban hasta convertirse en las que llevaba ella puestas. Pronto no fue más que un simple reflejo.

Stephanie despertó a la mañana siguiente con la conciencia de que tenía que llevar a cabo una desagradable tarea. Ya vestida con sus vaqueros y una camiseta, consideró un momento si sería conveniente invocar de nuevo a su imagen, pero decidió no hacerlo. Aquel reflejo le ponía la carne de gallina.

Por fin se convenció de que no podía retrasar más el mal trago y se puso en camino hacia la casa de sus tíos. Al llegar llamó al timbre. El sol brillaba, los pájaros cantaban y Stephanie hizo un esfuerzo por sonreír. Sin embargo, su sonrisa no fue correspondida cuando la puerta se abrió y su prima Crystal asomó la cabeza.

–¿Qué quieres? –preguntó con expresión suspicaz.

–Nada en especial. Es que me apetecía pasarme a visitaros para ver qué tal estáis –respondió Stephanie alegremente.

–Estamos bien. Tenemos una filfa de coche y una porquería de barco. ¿Y tu casita, qué tal está?

–Crystal –dijo Stephanie–, comprendo que estés enfadada por lo de la herencia, pero la verdad es yo tampoco sé por qué Gordon me dejó todo aquello.

–Porque te pasabas la vida haciéndole la pelota –repuso Crystal en tono mordaz–. Si Carol y yo hubiéramos sabido que solo hacía falta hablar con él y reírle las gracias, lo habríamos hecho también.

–Pero si yo no sabía…

–Hiciste trampa.

–¡Eso no es verdad!

–Te aprovechaste.

–¿Yo? ¿Pero cómo podía yo saber que iba a morirse?

–Lo sabías –repuso Crystal–. Sabías que se moriría tarde o temprano, pero empezaste a trabajártelo tan pronto que no nos dejaste ninguna oportunidad a los demás.

–¿Pero a vosotros no os caía fatal?

–No hace falta que te caiga bien alguien para quedarte con sus cosas –dijo Crystal con el mismo tono mordaz de antes.

Stephanie intentó reprimir las ganas de borrar la sonrisita suficiente de Crystal de un puñetazo, y cuando estaba a punto de sucumbir a la tentación, su tía Beryl apareció en el umbral.

–Stephanie –dijo su tía, atónita–, ¿qué haces tú aquí?
–Le apetecía pasarse a visitarnos para ver qué tal estamos –respondió Crystal.
–Ah, muy amable.
Crystal aprovechó la oportunidad para marcharse de allí sin decir adiós, así que Stephanie se concentró en Beryl.
–¿No llevas puesto el broche que te regaló Gordon?
–¿Ese adefesio? No, no me lo he puesto ni me lo pienso poner. Por favor, ¡pero si ni siquiera brilla! Cuando las joyas no brillan, es evidente que son baratijas.
–Vaya, qué rabia. Sin embargo, desde donde yo estaba parecía bonito. ¿No crees que quedaría bien con los jerséis que siempre llevas?
–Ayer te vimos –dijo Beryl interrumpiéndola.
–¿Ah, sí?
–Sí. Ibas en un coche amarillo feísimo, con ese tal Skulduggery Pleasant.
El estómago de Stephanie pareció volverse del revés, pero hizo un esfuerzo por adoptar expresión de perplejidad.
–Debéis de haberos confundido –dijo, con una risita tonta–. Ayer estuve en casa todo el día.
–¡Qué bobada! Pasasteis justo a nuestro lado y te vimos claramente. Y a él también. Por cierto, iba cubierto de pies a cabeza, como en el despacho del abogado.
–Pues no era yo.
En la cara de Beryl apareció una sonrisita untuosa.
–Mentir es pecado, ¿no lo sabías?
–Sí, algo había oído...
–¡Fergus, ven! –gritó su tía dándose la vuelta.
El tío de Stephanie apareció en el umbral. Desde hacía algún tiempo se pasaba los días en casa: había sufrido una «grave caída»

en el trabajo, y había demandado a la empresa para la que trabajaba por la «debilidad permanente» que le causaban las lesiones recibidas. Sin embargo, a Stephanie no le pareció especialmente debilitado cuando se acercó a la puerta.

–Fergus, Stephanie dice que no era ella quien iba en el coche con ese tal Pleasant.

–¿Nos estás llamando mentirosos? –preguntó él con cara de malas pulgas.

–¡Qué va! –exclamó Stephanie con una risilla–. Solo digo que debisteis de confundirme con otra persona.

–Stephanie, querida, deja de hacerte la tonta –dijo Beryl en tono severo–. Sabemos perfectamente que eras tú. Y la verdad es que resulta muy triste ver a una chiquilla inocente cómo tú caer en las garras de esa gente.

–¿Qué gente?

–Esos bichos raros –dijo Fergus con una mueca de desdén–. Los conocemos de sobra. Gordon siempre estaba juntándose con ese tipo de gente, gente con... secretos.

–Además, ¿por qué se tapa la cara? –intervino Beryl–. ¿Es que tiene alguna deformidad?

–No tengo ni idea –respondió Stephanie, pugnando por ocultar su indignación.

–No se puede confiar en esa gente –afirmó Fergus–. Llevo viéndolos toda la vida, observando sus idas y venidas, pero jamás he querido tener nada que ver con ellos. Nunca se sabe quiénes son en realidad, o a qué sórdidos asuntos se dedican.

–Pues a mí ese Pleasant no me pareció mal –dijo Stephanie, procurando sonar indiferente–. De hecho, me cayó bastante bien.

Beryl sacudió la cabeza con tristeza.

–Stephanie, tú no lo entiendes porque no eres más que una niña.

–¡Pero si ni siquiera hablasteis con él! –respondió Stephanie, encrespándose.

–A los adultos no nos hace falta hablar con los demás adultos para saber si son de fiar o no. Con ver la pinta que tienen nos basta.

–Así que no os fiáis de la gente que es diferente de vosotros, ¿no es eso?

–De nosotros y de ti, querida.

–Mis padres siempre dicen que no hay que juzgar a la gente por su aspecto.

–Bueno –repuso Beryl con un mohín–, si creen que pueden permitirse vivir en la ignorancia, allá ellos.

–Mis padres no son unos ignorantes.

–No he dicho que lo fueran. Solo he dicho que viven en la ignorancia; no es lo mismo.

Stephanie había llegado al límite de su capacidad de aguante.

–Tengo ganas de hacer pis –dijo de improviso.

Beryl pestañeó, confundida.

–¿Cómo dices?

–Que tengo que hacer pis. ¿Os importa que vaya al baño?

–Bueno... supongo que...

–Gracias.

Stephanie entró en la casa pasando entre sus dos tíos y subió deprisa las escaleras. Entró en el baño, y cuando estuvo segura de que Beryl no había subido tras ella, se coló en el dormitorio principal y fue derecha al joyero que reposaba sobre la cómoda. Era un mamotreto con decenas de compartimentos llenos de baratijas de mal gusto, chillonas y brillantes. El broche estaba en un compartimento con tapa corredera que había en la parte de abajo, junto a un pendiente de aro desparejado y unas pinzas de depilar. Stephanie se lo metió en el bolsillo, cerró el joyero y salió de la habitación. Luego entró de nuevo en el baño, tiró de la cadena y bajó las escaleras de dos en dos.

–¡Muchas gracias! –exclamó alegremente. Cuando Beryl abrió la boca para seguir con la conversación de antes, Stephanie ya estaba abriendo la verja del jardín.

Stephanie se sentó en una de las rocas del extremo norte de la playa para hacer tiempo hasta que llegara Skulduggery. La radio había pronosticado lluvia, pero hasta el momento la mañana era soleada y en el cielo no se veía ninguna nube. En la roca contigua había una concha muy bonita, y Stephanie sintió de pronto un intenso deseo de poseerla.

La concha se movió. El aire no había hecho ondas alrededor de la mano de Stephanie, pero no le cabía duda de que la concha se había movido, y era imposible que la hubiera movido la brisa. El corazón de Stephanie se aceleró, pero no quiso lanzar las campanas al vuelo. Tal vez le hubiera salido de chiripa. Solo podía estar segura de que era capaz si volvía a hacerlo.

Stephanie se concentró en la concha y levantó la mano, pensando que el espacio que había entre la concha y ella era una serie de objetos conectados entre sí que podía empujar. Sus dedos se estiraron lentamente y entonces sí lo sintió, sintió cómo el aire se solidificaba y cedía ligeramente ante su palma. Empujó y la concha salió despedida.

–¡Toma ya! –exclamó, levantando los brazos. ¡Había hecho magia! Se echó a reír, alborozada ante la idea.

–Pareces contenta.

Stephanie se volvió con tanta rapidez que estuvo a punto de caer de la roca y vio que su padre se acercaba sonriente. Notando que se ponía colorada, sacó disimuladamente el teléfono del bolsillo en el que lo llevaba y lo levantó para que lo viera su padre.

–Es que he recibido un mensaje con buenas noticias.

–Ah, bueno –dijo su padre, sentándose junto a ella–. ¿Quieres contármelas?

–Casi mejor no –respondió Stephanie, mirando a su alrededor con disimulo y rezando por que no apareciera el coche amarillo de Skulduggery–. ¿Cómo es que no estás en el trabajo?

Su padre se encogió de hombros.

–Esta tarde tengo una reunión importante, y cuando me fui de casa por la mañana se me olvidó algo esencial. Así que me he escapado para recogerlo a la hora del almuerzo.

–¿Qué se te olvidó? ¿Los planos de algún edificio, o algo así?

–Algo así –respondió su padre asintiendo con la cabeza–. Bueno, la verdad es que no. Se me olvidó ponerme los calzoncillos.

Stephanie lo miró fijamente.

–¿Qué?

–Bueno, es que cuando me vestí estaba pensando en mis cosas. Ya me ha pasado más de una vez, ¿sabes? Normalmente me da igual, pero es que estos pantalones pican mucho, y...

–¡No me lo cuentes, papá! ¡Prefiero no saberlo!

–Sí, perdona. En fin, la cosa es que te he visto al pasar y he pensado que tal vez pudiéramos charlar un poquito. Cuando eras más pequeña te sentabas aquí a menudo y te quedabas mirando el mar, y yo siempre me preguntaba en qué estarías pensando...

–En un montón de cositas ingeniosas –respondió Stephanie automáticamente.

Su padre sonrió.

–Tu madre está preocupada por ti, ¿sabes? –dijo al cabo de un rato.

Stephanie se volvió hacia él, sorprendida.

–¿Sí? ¿Por qué?

–Bueno, últimamente no eres la de siempre –respondió su padre encogiéndose de hombros.

«Vaya, así que han notado la diferencia entre mi imagen y yo», pensó Stephanie.

–Estoy bien, papá. De verdad. Es solo... ya sabes, el principio de la adolescencia y esas cosas.

–Sí, claro, me doy cuenta. Tu madre me ha estado hablando de ello, de lo que os pasa a las chicas cuando os vais haciendo mayores... Pero aún así estamos un poco preocupados, hija. Desde que Gordon murió...

Stephanie procuró que no se notara su alarma. «De modo que no me lo dice solo por la imagen», pensó.

–Sé que os queríais mucho –continuó su padre–. Sé que os llevabais muy bien, y que cuando murió perdiste a un buen amigo.

–Sí, supongo que sí –repuso Stephanie en voz baja.

–Y tampoco queremos impedir que te hagas mayor; es algo inevitable. Te estás convirtiendo en una joven estupenda, y estamos muy orgullosos de ti.

Stephanie esbozó una torpe sonrisa, evitando mirar a los ojos de su padre. Sí, era verdad que la muerte de Gordon la había cambiado; pero el cambio era mucho más drástico de lo que sus padres se podían imaginar. Había emprendido una evolución que la había convertido en Valquiria Caín, una evolución que la llevaba inexorablemente hacia su destino, fuera este el que fuera. Su vida entera había cambiado, había cobrado propósito. Y también había empezado a correr unos riesgos que jamás se hubiera atrevido a imaginar.

–Pero también estamos preocupados por ti, hija.

–No tenéis por qué.

–No podemos evitarlo, Stephanie. Al fin y al cabo, somos tus padres... Cuando tengas cuarenta años y nosotros estemos en el asilo, seguiremos preocupándonos por ti. Es una responsabilidad que no acaba nunca.

–Uf, me pregunto por qué la gente tiene hijos.

Su padre soltó una suave risita.

–Sí, tienes razón. Pero al mismo tiempo, no hay nada más bonito que ver cómo crecéis. Aunque también es verdad que todos los padres desean que sus hijos dejen de crecer cuando llegan a una cierta edad. Pero eso es imposible...

«A no ser que haya algo de magia cerca...», se dijo Stephanie.

–Por cierto, hace un rato llamó Beryl por teléfono –siguió diciendo su padre–. Dijo que habías ido a verlos.

Stephanie asintió, deseando que Beryl no hubiera notado aún la desaparición del broche.

–Sí, de repente me dieron ganas de pasarme por allí para ver qué tal estaban. No sé, es como si la muerte de Gordon me hiciera valorar más a la familia que nos queda. Creo que deberíamos hacer un esfuerzo por relacionarnos más.

Su padre la miró con cara de asombro.

–Ya... Bueno, me alegro mucho de que seas capaz de decir estas cosas, Stephanie, me parece muy loable. Esto... ¿no pretenderás que vaya yo a visitarlos, verdad?

–No.

–¡Uf, menos mal!

A Stephanie no le gustaba mentirle. Años atrás había decidido ser lo más sincera que pudiera con sus padres; pero las cosas habían cambiado, y ahora Stephanie tenía secretos que no les podía confesar.

–¿Y qué mas dijo Beryl? –preguntó.

–Estaba convencida de haberte visto ayer con Skulduggery Pleasant.

–Sí, eso mismo me dijo a mí –dijo Stephanie con el tono más despreocupado que fue capaz de adoptar–. No me lo explico, la verdad.

–Dice que te estás juntando con gente rara.

–Tendrías que oírla, papá. Dice cosas horribles de él, y eso que no lo conoce de nada. Debe de pensar que me he metido en una secta, o algo así...

–¿Lo has hecho, Stephanie?

Stephanie miró a su padre, anonadada.

–¿Qué?

–Me temo que Beryl tiene buenas razones para pensarlo –dijo su padre con un suspiro.

–¡Pero eso es una locura!

–Bueno, es que hay una vena de locura en nuestra familia.

Stephanie se dio cuenta de que en los ojos de su padre había una expresión extraña, una especie de rechazo teñido de resignación.

–Recuerdo a mi abuelo, tu bisabuelo –siguió diciendo el padre de Stephanie–. Era un hombre maravilloso, y cuando éramos niños lo queríamos con locura. Fergus, Gordon y yo no nos cansábamos de escuchar las historias fantásticas que contaba. Sin embargo, mi padre no le hacía mucho caso. Le había oído contar todas aquellas historias cuando era niño, y al crecer se dio cuenta de que no eran más que tonterías; pero mi abuelo se negaba a dejar de creer en ellas. Mi abuelo creía... creía que nuestra familia era mágica.

Stephanie abrió los ojos de par en par.

–¿Qué?

–Decía que la magia se había transmitido de generación en generación, y que descendíamos de un gran mago llamado «El Último de los Antiguos».

Stephanie dejó de oír el rumor del mar, dejó de ver la playa y el resplandor del sol; en aquel momento, lo único que existía para ella eran las palabras que estaba escuchando. Su padre hizo una pausa y luego reanudó el relato:

–Parece que esas historias, esa fe, ha pervivido en nuestra familia durante siglos. No sé cómo ni cuándo comenzó, pero parece como si siempre hubiera estado con nosotros. Y de vez en cuando, algún miembro de la familia ha decidido creerse esas fábulas. Gordon fue uno de ellos; parece mentira que un hombre tan racional e inteligente como él pudiera creer en la existencia de magia, hechizos y gente que no envejecía jamás. Creo que creía a pies juntillas la mayor parte de las historias que escribió. Y eso hizo que se metiera en cosas... poco sanas, que se juntara con gente que le seguía la corriente y compartía su locura, gente peligrosa. Es una enfermedad, Steph. Mi abuelo la padecía y Gordon también, y me espanta pensar que puedes contagiarte.

–Yo no estoy loca.

–No digo que lo estés; pero ya sabes lo fácil que es dejarse llevar por las historias, convencerse de que lo que se desea creer es cierto. Cuando yo era más joven también creía en ello, y con más intensidad que el propio Gordon. Pero dejé de hacerlo: tomé la decisión de vivir en el mundo real, de no consentirme a mí mismo caer en aquello, en aquella maldición. Gordon me presentó a tu madre, me enamoré de ella y decidí dejarlo atrás.

–Entonces, ¿crees que Gordon pertenecía a una secta?

–Sí, a una especie de secta.

Stephanie recordó la expresión que había aparecido en la cara de su padre cuando había visto a Skulduggery en el despacho del señor Fedgewick. Era una expresión desconocida para Stephanie, una mezcla de sospecha, desconfianza y hostilidad que había desaparecido en una fracción de segundo. Ahora lo entendía.

–¿Y crees que yo me he metido en esa secta, papá?

El padre de Stephanie rió suavemente.

–No, la verdad es que no lo creo. Pero lo que nos dijo Beryl me preocupó. Estos últimos días he visto en tus ojos una mirada perdida que nunca había visto en ellos. No sé cómo explicarlo; cuando te miro ahora, veo que eres mi niña de siempre. Sin embargo, últimamente me ha dado la impresión de que… No sé, de que estás en otra parte.

Stephanie no se atrevió a responder.

–¿Por qué no hablas con alguien, Steph? Estaría bien que le contaras a alguien lo que te pasa. No digo que me lo cuentes a mí; yo no soy más que un charlatán despistado. Pero podrías hablar con tu madre, ¿no? Sabes que puedes confiar en ella, y también en mí. Siempre y cuando no nos ocultes cosas, sabes que puedes contar con nosotros para lo que sea.

–Sí, papá. Lo sé.

El padre de Stephanie se quedó mirándola a los ojos y por un momento pareció a punto de echarse a llorar, pero enseguida rodeó a su hija con un brazo y le dio un beso en la frente.

–Te quiero mucho, ¿sabes?

–Sí, lo sé.

–Buena chica. Y ahora tengo que irme al trabajo...

–Nos vemos luego.

El padre de Stephanie la miró con una sonrisa, se puso en pie y echó a andar.

Stephanie se quedó sentada en la roca. Si aquello era cierto, si la leyenda familiar era verdad, aquello era...era... La verdad es que no sabía ni lo que era, pero parecía algo importante, algo de peso. Pensando en aquello, se levantó y caminó hasta la carretera, y cuando Skulduggery llegó en su horrendo coche amarillo le contó todo lo que había dicho su padre.

El señor Bliss examinó el broche por ambos lados.

–¿Estás seguro de que esta es la llave?

Iba vestido de negro; Skulduggery llevaba un traje azul oscuro de raya diplomática que Abominable había rematado aquella misma mañana, una inmaculada camisa blanca y una corbata azul. Estaban los tres al pie de la torre Martello, una ruina centenaria que se levantaba en lo alto de los acantilados contiguos a Haggard. Muchos metros más abajo, el mar batía las escarpadas rocas.

–Segurísimo –dijo Skulduggery–. ¿No ves cómo la aguja del broche se dobla hacia atrás, formando una especie de asidero? Es la llave que andamos buscando.

Stephanie intentó no dejarse intimidar por la presencia de Bliss, pero no podía evitar apartar la vista cada vez que él la miraba. Al enterarse de que el señor Bliss iba a entrar con ellos en las cuevas no había protestado, pero tampoco había pegado saltos de alegría.

–Gracias por llamarme –dijo el señor Bliss devolviéndole el broche a Stephanie.

–La verdad es que necesitamos toda la ayuda que podamos conseguir –admitió Skulduggery–, aunque he de decir que me sorprendió que aceptaras.

–Serpine se ha hecho muy poderoso, más de lo que todo el mundo cree.

–Se diría que tienes miedo de él.

Bliss se quedó callado unos segundos.

–Ya no siento miedo –dijo al cabo–. Cuando se pierde la esperanza, el miedo desaparece también. Pero respeto su poder y lo que es capaz de hacer.

–Si consigue el Cetro antes que nosotros, vamos a sufrir en nuestras propias carnes lo que es capaz de hacer.

–Pues yo sigo sin entenderlo –intervino Stephanie–. Si consigue el Cetro, no habrá nadie que lo pueda detener. ¿Pero cómo va a usarlo para traer de vuelta a los Sin Rostro?

–No lo sé –respondió Skulduggery–. En teoría, solo hay dos personas en el mundo que conocen el ritual necesario. Si yo fuera Serpine, no sabría ni siquiera a quién amenazar.

El señor Bliss negó con la cabeza.

–No, Serpine no piensa amenazar a nadie. A juzgar por sus palabras, considera el Cetro de los Antiguos como un paso intermedio, una herramienta para conseguir lo que está buscando.

–¿Y qué está buscando?

El señor Bliss se quedó mirando el mar sin decir nada.

–No lo entiendo –dijo Skulduggery –. ¿Es que has estado hablando con él?

–Sí, esta mañana –contestó el señor Bliss con un tono extraño, como resignado. Stephanie entrecerró los ojos: algo iba mal, terriblemente mal. Dio un paso atrás, pero Skulduggery estaba demasiado embebido en la conversación para darse cuenta.

–¿Estuviste con él? –preguntó el detective acercándose a Bliss–. ¿Estuviste con él y no intentaste apresarlo?

–Los límites de su poder son desconocidos para mí, y nunca empiezo batallas que no estoy seguro de ganar. Era demasiado peligroso.

–¿Dónde está? ¡Los Mayores lo están buscando!

–No tienen por qué. Él irá a su encuentro en el momento adecuado.

–¿Para qué os visteis?

–Serpine tenía algo que decirme. Yo lo escuché.

–¿De qué estás hablando?

–Ya sabía lo de las cuevas. Lo único que le faltaba era conseguir la llave.

Skulduggery y Bliss se miraron de hito en hito. Stephanie se dio cuenta de que su amigo estaba justamente al borde del acantilado.

Bliss posó la mano en el pecho de Skulduggery y, antes de que Stephanie pudiera gritar siquiera, lo empujó. Skulduggery salió despedido hacia atrás y se perdió inmediatamente de vista. Entonces el señor Bliss se volvió hacia ella.

21
LAS CUEVAS

STEPHANIE echó a correr.

Miró hacia atrás sin detenerse, pero Bliss había desaparecido. Entonces una sombra pasó veloz sobre ella, y cuando Stephanie se volvió para seguir corriendo, se topó de bruces con Bliss. La mano del hombre hizo un movimiento repentino, como una serpiente en pleno ataque, y Stephanie se quedó sentada en el suelo sin el broche que sujetaba un segundo antes.

Miró hacia el acantilado, esperando que Skulduggery apareciera de un momento a otro para salvarla. Pero no apareció nadie. El señor Bliss introdujo el broche en el bolsillo de su americana.

–Se lo vas a dar, ¿verdad? –dijo Stephanie.

–Sí.

–¿Por qué?

–Es demasiado poderoso para enfrentarme a él.

–¡Pero no hay nadie más fuerte que tú! Si os unís todos para perseguirlo...

–Me gusta jugar sobre seguro, señorita Caín. Si fuéramos todos tras él, tal vez pudiéramos derrotarlo; pero también es posible que nos esquivara y nos devolviera el golpe cuando menos lo esperásemos. Sería una situación demasiado impredecible para mi gusto. La guerra es un asunto delicado, y debe tratarse con precisión.

Stephanie frunció el ceño: aquellas palabras, aquellos ojos de un palidísimo azul...

–También China nos traicionó –dijo al fin, cayendo en la cuenta–. Debe de ser cosa de familia.

–Los asuntos de mi hermana, y sus motivaciones, no tienen nada que ver con los míos.

–¿También se ha aliado con Serpine?

–No, que yo sepa –contestó Bliss–. Aunque puede que te esté mintiendo. Es lo malo que tienen estos asuntos de aliados y enemigos: uno nunca puede estar verdaderamente seguro de quién es quién hasta el momento final.

Bliss echó a andar hacia su coche y Stephanie contempló impotente cómo el broche se alejaba.

–¡Lo detendremos! –gritó.

–Haced lo que tengáis que hacer –dijo el señor Bliss sin mirar atrás. Luego se montó en el coche, arrancó y desapareció por la pista de tierra que llevaba hacia la ciudad. Stephanie se quedó mirando el coche hasta que no fue más que una nubecilla de polvo, y luego bajó corriendo el estrecho sendero que llevaba al pie del acantilado.

«Que no le haya pasado nada, por favor», repetía para sí. «Por favor, por favor, que no le haya pasado nada».

Cuando llegó al fin abajo, escrutó los afilados picos de las rocas temiendo ver de un momento a otro un montón de huesos destrozados. Pero no había rastro de Skulduggery en las rocas, así que Stephanie dirigió la mirada al mar. Lo hizo justo a tiempo para ver cómo emergía el cráneo de su amigo.

–¡Skulduggery! –gritó, sintiendo una oleada de alivio–. ¿Estás bien?

Skulduggery no contestó. Estaba surgiendo en vertical del agua, y no dijo nada hasta estar de pie sobre las olas.

–Sí, estoy bien –dijo entonces echando a andar hacia la orilla. Stephanie había visto tantas cosas extrañas a lo largo de los últimos días que ya apenas nada la sorprendía, pero la visión de Skulduggery caminando tranquilamente sobre el agua la sorprendió considerablemente. El detective iba balanceándose con las olas, pero por lo demás parecía conservar el equilibrio sin dificultad; cuando salió del mar y posó los pies en el camino, sobre su traje apareció una nube de vapor que salió volando y se disolvió en las olas. En sus ropas no quedó señal alguna del percance.

–Claro, por eso Serpine no mandó ningún hombre tras nosotros –dijo Skulduggery con amargura–. Nos dejó marchar para que encontráramos la llave, sabiendo que contaba con un infiltrado que nos la quitaría sin dificultad. Es... es un tramposo, eso es lo que es.

–¿Hay alguien en el mundo que no esté dispuesto a traicionarte a la menor ocasión? –preguntó Stephanie con sorna cuando empezaron a subir por el sendero.

–Cierra el pico, anda.

–Y por cierto, muchas gracias por contarme que Bliss y China son hermanos.

–De nada.

–Si lo hubiera sabido, podría haberte avisado de que no era de fiar.

–Debo admitir que la traición de China no me pilló por sorpresa, pero esto... Bliss nunca hace nada sin reflexionar cuidadosamente sobre sus consecuencias.

–Supongo que ha llegado a la conclusión de que Serpine lleva todas las de ganar.

–Sí, tal vez.

–Bueno, ¿qué hacemos? No podemos dejar que Serpine se haga con el Cetro. Si lo consigue, no habrá nadie que pueda detenerlo.

–¿Alguna propuesta?

–Propongo ir por mi traje de faena, sacar a mi reflejo del espejo, meternos en las cuevas tras Serpine y conseguir el Cetro antes de que él lo encuentre.

–Me parece un plan excelente. Hala, manos a la obra.

* * *

Cuando Skulduggery y Stephanie llegaron a la casa de Gordon se encontraron con un reluciente coche plateado aparcado frente a la fachada. La puerta de entrada estaba tirada en el recibidor una vez más. Skulduggery entró en primer lugar, pistola en mano; tras él iba Stephanie, toda vestida de negro. Inspeccionaron brevemente el piso de abajo y enseguida se dirigieron al sótano.

La llave estaba en la cerradura secreta y la puerta del pasadizo estaba abierta: era un agujero que se abría en el suelo revelando una empinada escalera de piedra. Skulduggery y Stephanie emprendieron la bajada, hundiéndose cada vez más en la penumbra. Durante unos minutos caminaron envueltos en tinieblas, hasta que llegaron al final de la escalera; allí se abría un estrecho túnel excavado en la roca, algo más iluminado. La luz provenía de docenas de agujeritos que llegaban hasta la superficie, diseñados especialmente para atrapar la luz del sol y llevarla hasta las profundidades.

El túnel desembocaba en una cueva con dos salidas.

–¿Por dónde vamos? –susurró Stephanie.

Skulduggery extendió un brazo y abrió la mano. Se quedó un momento absorto y luego asintió.

–Hay un grupo que va hacia el norte.

–¿Estás leyendo el aire? –preguntó Stephanie frunciendo el ceño.

–Sí, detecto los movimientos que lo desplazan.

–¿Y qué hacemos, ir tras ellos?

Skulduggery se quedó pensativo.

–No creo que sepan dónde está el Cetro –dijo al cabo de un momento–. En mi opinión, han elegido ese camino al azar.

–Entonces mejor vamos por el otro, ¿no? Así tal vez tengamos alguna posibilidad de encontrarlo antes que ellos.

–Si lográramos encontrarlo sin que se dieran cuenta de que estamos aquí, podríamos cerrar el túnel al salir y dejarlos atrapados mientras avisamos a los Mayores.

–¿Y entonces, qué hacemos aquí plantados como dos pasmarotes?

Sin más dilación, se internaron en el túnel de la izquierda caminando rápida y sigilosamente. Stephanie se dio cuenta enseguida de que el laberinto de cuevas era inmenso, pero Skulduggery le aseguró que podría encontrar el camino de vuelta sin dificultad. Aquí y allá, los puntitos de luz se convertían en grandes rayos que se reflejaban en las rocas y penetraban en la oscuridad circundante. El suelo y las paredes estaban salpicados de extrañas plantas y setas, pero Skulduggery le advirtió a Stephanie que procurara no acercarse demasiado a ellos. Hasta los hongos podían ser peligrosos en aquellas cuevas.

Llevaban caminando unos diez minutos cuando Stephanie distinguió algo que se movía frente a ellos. Agarró a Skulduggery del brazo, señalando hacia delante, y los dos retrocedieron hasta quedar ocultos por las sombras.

Ante ellos se erguía una criatura magníficamente terrible. Medía más de dos metros de alto; su ancho torso denotaba su fuerza, y sus largos brazos parecían casi deformes por los bultos de los músculos. Sus manos eran grandes como platos, y estaban rematadas por largas garras de aspecto siniestro. Su rostro era perruno, parecido al de un dóberman, y de la parte trasera de la cabeza le caía una larga crin que se unía a la enmarañada pelambre de sus hombros.

–¿Qué es eso? –musitó Stephanie.

–Eso, mi querida Valquiria, es lo que técnicamente se conoce como «un monstruo».

Stephanie miró a su amigo.

–No tienes ni idea de lo que es, ¿verdad?

–Sí, acabo de decírtelo: es un monstruo terrible. Y ahora cállate antes de que nos oiga y venga a comernos.

Los dos miraron en silencio cómo desaparecía por un corredor lateral.

–Propongo no ir por ahí –dijo Stephanie.

–Magnífica idea –repuso Skulduggery, echando a andar hacia delante a grandes zancadas.

El camino que tomaron estaba cortado por un derrumbe, de modo que retrocedieron y eligieron un largo túnel. Aquí y allá se movían pequeñas sombras que se escabullían a su paso, y en el techo sonaba un rumor como de leves aleteos; pero a Stephanie no le importaba, siempre y cuando aquellas criaturas no se abalanzaran sobre ellos. En cierto momento Skulduggery se agachó para coger algo del suelo. Era un polvoriento envoltorio de chocolatina.

–Mira, una pista –dijo.

Stephanie miró el envoltorio.

–¿Gordon?

–Vamos por buen camino.

Siguieron andando, escrutando el piso por si encontraban algún otro rastro de Gordon. Al cabo de otros cinco minutos, Skulduggery se detuvo y se dio la vuelta con la mano extendida.

–Nos siguen –susurró.

Era lo último que deseaba oír Stephanie. Aguzó la vista para examinar el túnel que se extendía a sus espaldas. Era largo y recto, y a pesar de la penumbra, podía verse con bastante claridad un lago trecho. Stephanie no distinguió nada extraño.

–¿Estás seguro? –preguntó en voz baja.

Skulduggery no contestó. Ahora tenía los dos brazos extendidos: con el izquierdo leía las ondas del aire, y con el derecho sujetaba la pistola.

–Deberíamos caminar hacia atrás por si acaso –susurró.

Se pusieron a andar de espaldas mientras Stephanie empezaba a oír un rumor a lo lejos, un leve eco que se iba haciendo más fuerte.

–Tal vez debiéramos ir un poco más deprisa –dijo Skulduggery.

Los dos aceleraron el paso. Stephanie no hacía más que mirar el suelo para asegurarse de que no había ningún obstáculo que pudiera hacerla tropezar, pero Skulduggery parecía ser capaz de caminar hacia atrás con tanta facilidad como hacia delante.

Pronto se hizo evidente que el ruido lo causaba alguna criatura que trotaba en pos de ellos, y Stephanie no tardó mucho en comprobar que el monstruo de rostro perruno galopaba hacia ellos a gran velocidad.

–Bueno –dijo Skulduggery–, creo que ahora deberíamos correr.

Los dos se dieron la vuelta y empezaron a correr tan deprisa como pudieron. Skulduggery giró el torso y disparó seis balas en rápida sucesión; todas ellas dieron en el blanco, pero la criatura no aminoró el paso. Sin dejar de correr, el detective volvió a cargar la pistola arrojando las vainas vacías e introduciendo nuevas balas en la recámara, y cuando acabó cerró la pistola con un movimiento de muñeca. El túnel empezó a ensancharse y la salida apareció ante ellos.

–Sigue corriendo –dijo Skulduggery.

–¿Qué vas a hacer?

–Ni idea –contestó el detective, echando una mirada por encima del hombro–. Alguna estupidez, me temo.

Skulduggery se detuvo en seco y Stephanie siguió corriendo hasta alcanzar el final del túnel, que desembocaba en una vasta caverna interrumpida por un abismo. Del techo caían largas enredaderas que pendían sobre el vacío.

Stephanie miró hacia atrás, justo a tiempo para ver el encontronazo de la bestia con Skulduggery. La pistola salió disparada cuando Skulduggery golpeó el suelo, y el monstruo aprovechó el momento para aferrarle un tobillo. Dando un paso atrás, la criatura trazó un amplio arco con el brazo y estrelló a Skulduggery contra la pared del túnel. El hombro del detective golpeó el suelo al caer; pero la criatura no había terminado, y Stephanie vio petrificada cómo volvía a estrellar a su amigo contra la pared opuesta. El monstruo rugió, dando un brusco tirón, y Skulduggery salió despedido hacia las profundidades del túnel mientras el monstruo miraba perplejo la pierna esquelética que sujetaba entre las garras.

La criatura dio un rugido de frustración, pero enseguida levantó el hocico como impulsado por un resorte: acababa de oler a Stephanie.

–¡Corre! –gritó Skulduggery desde el túnel, mientras la criatura dejaba caer su pierna y salía disparada hacia Stephanie. Ella dio la vuelta en redondo y echó a correr. Su única escapatoria parecía ser el abismo, así que se dio impulso y saltó.

Cuando empezaba a caer se agarró desesperadamente a la enredadera, tratando de encontrar un buen asidero. Sus dedos se cerraron en torno a una rama gruesa y resbaladiza y su caída se detuvo bruscamente, aunque la inercia provocó que iniciara un lento balanceo. Miró hacia abajo: el fondo del abismo se perdía en una oscuridad total de la que emanaba un aire viciado y frío. Cuando estaba a punto de llegar al borde Stephanie se retorció, esquivando por muy poco las garras del monstruo. Este rugió furioso y lanzó otro zarpazo, pero Stephanie ya había empezado a balancearse hacia atrás.

Miró hacia Skulduggery y vio cómo se arrastraba por el suelo del túnel, agarraba su pierna –que conservaba puestos el zapato y el calcetín– y se sentaba para introducirla en la pernera. La pierna pareció encajar en su sitio y Skulduggery hizo algunos movimientos de prueba para comprobar su firmeza. Cuando estuvo satisfecho, agarró la pistola, se levantó y se acercó por detrás a la criatura, que seguía gruñendo y lanzando zarpazos hacia Stephanie. Por suerte, ella había dejado de balancearse y estaba firmemente agarrada a la enredadera, sintiendo cómo los latidos de su corazón se iban tranquilizando poco a poco.

Miró al monstruo a los ojos intentando despistarlo para que no advirtiera la llegada de Skulduggery, pero en cierto momento el detective golpeó un guijarro con el pie y alertó a la criatura.

Skulduggery extendió la mano, pero no ocurrió nada. Stephanie recordó que, según el detective, en aquellas cuevas vivían seres que se alimentaban de magia. Parecía que acababan de toparse con uno de ellos.

–Maldición –dijo Skulduggery, y sin perder ni un segundo disparó un tiro a bocajarro y embistió al monstruo haciéndole retroceder un paso.

Un paso más, y la criatura caería al abismo.

El monstruo lanzó un tremendo manotazo que le dio a Skulduggery en la espalda, haciéndolo caer de rodillas. Pero el detective volvió a levantarse de inmediato y, poniéndose de puntillas, lanzó un puñetazo que apenas rozó la barbilla de su adversario. Luego se agachó para esquivar otro zarpazo, bailando como un boxeador y aprovechando para golpear de vez en cuando el pecho del monstruo con la culata de la pistola ante la indiferencia de este.

Stephanie frunció el ceño y examinó la enredadera de la que estaba colgada. Tenía la impresión de que se había movido. Volvió a mirar hacia arriba: Skulduggery acababa de agarrar la crin de la criatura con la mano izquierda y saltaba hacia arriba, golpeando la cara de la bestia con la culata de la pistola.

El monstruo rugió y dio un paso atrás, metiendo la pata trasera en el abismo. Se quedó en equilibrio sobre la otra pata por un instante, y Skulduggery aprovechó para saltar hacia atrás; aquel empuje fue definitivo, y la criatura salió despedida hacia atrás con un aullido de terror mientras Skulduggery caía dando tumbos junto al borde.

–Bien, bien –dijo Skulduggery, sacudiéndose el polvo del traje–. Un problema menos.

–Creo que me estoy moviendo –dijo Stephanie, notando ya sin duda que la enredadera estaba tirando de ella hacia arriba. Skulduggery se acercó al borde y se asomó un poco, intrigado. De pronto levantó la cabeza.

–Stephanie, eso no es una enredadera.

–¿Qué? –respondió ella, observando el tallo que tenía cogido–. ¿Y entonces, qué es?

–Stephanie, balancéate hacia mí –dijo Skulduggery en tono apremiante–. Venga, empieza a balancearte. ¡Date prisa!

Stephanie se dio impulso con las piernas y comenzó a columpiarse, cobrando cada vez más impulso, mientras la planta seguía tirando suavemente de ella hacia arriba.

–¡Ahora suéltate! –dijo Skulduggery, extendiendo los brazos para agarrarla.

Stephanie miró hacia abajo recordando el aullido del monstruo y preguntándose si habría llegado ya al fondo, y cuando el siguiente balanceo la aproximó al borde del abismo se soltó y empezó a caer hacia Skulduggery.

Sin embargo, en mitad del salto el tallo del que había estado agarrada dio un latigazo y se enroscó alrededor de su muñeca, reteniéndola con un brusco tirón que a punto estuvo de arrancarle el brazo. Skulduggery trató de alcanzarla pero no pudo, y Stephanie empezó a subir a toda velocidad.

–¡Ayúdame! –gritó.

Skulduggery soltó una maldición. Pero la enredadera se elevaba demasiado deprisa, llevándose consigo a Stephanie sin que él pudiera hacer más que mirar cómo desaparecía en las tinieblas.

22

EL CETRO DE LOS ANTIGUOS

LA enredadera tiró de Stephanie hasta llegar a una repisa rocosa y luego empezó a arrastrarla hacia dentro. Stephanie intentó desenredar el tentáculo que le rodeaba la muñeca, pero de inmediato surgieron de la penumbra varios tentáculos más que se le enroscaron con fuerza alrededor del brazo. Estiró la mano libre y agarró el borde de la cornisa, pero no consiguió nada: la enredadera tiraba con demasiada fuerza, y pronto la obligó a soltarse y siguió arrastrándola por el resbaladizo piso.

A los pocos segundos Stephanie vio algo extraño frente a ella. Era una masa gris de aspecto carnoso, una excrecencia que había crecido tranquila e inadvertidamente en aquel rincón oscuro. Los tentáculos llevaban a Stephanie hacia su centro, donde se abría impaciente una enorme boca llena de saliva viscosa y dientes afilados como navajas.

Stephanie tanteó con la mano libre y encontró una piedra que tenía el borde bastante afilado. La empuñó como si fuera una daga y la dejó caer con todas sus fueras, seccionando uno de los tentáculos. De pronto notó que tenía el brazo libre y echó a correr hacia el abismo, pero en mitad de una zancada los tentáculos restantes le golpearon las piernas y la derribaron. Stephanie se debatió, pero solo consiguió que la criatura la agarrara con más firmeza.

Había tentáculos por todas partes.

El cuerpo gelatinoso de aquella cosa, fuera lo que fuera, latía cada vez más fuerte a medida que Stephanie se acercaba a ella. No se veían ojos por ninguna parte; la cosa solo tenía tentáculos y boca. Lo cual quería decir que se guiaba por el tacto.

Stephanie hizo un esfuerzo por dejar de debatirse. Acallando su instinto de supervivencia, logró relajar todos sus músculos; aunque la cosa siguió arrastrándola a la misma velocidad, los tentáculos que la aferraban se aflojaron un poco. Los otros tentáculos se habían detenido antes de llegar a ella, pero estaban muy cerca. Si intentaba escapar, volverían a atraparla en un abrir y cerrar de ojos.

Entonces estiró el brazo y lanzó la piedra, que dio en un tentáculo y rebotó hacia un lado. Los tentáculos libres sintieron la presencia de otra víctima y se retrajeron hacia las sombras para tantear en su busca. Stephanie respiró hondo, acercó las manos a los tobillos y, cuando sintió que los tentáculos se habían relajado lo suficiente, los agarró y se desasió de un tirón.

Se levantó y echó a correr; pero en vez de hacerlo hacia atrás, como antes, se abalanzó hacia delante dirigiéndose de frente a la boca de la cosa. Cuando estaba a punto de llegar, dio un salto, plantó el pie algo más arriba del lugar en el que se abrían las voraces fauces de la criatura, resbalando casi en su carne húmeda y viscosa, y se impulsó hacia arriba, estirando los brazos para agarrarse a una cornisa rocosa que sobresalía por encima. Se aupó tan rápido como pudo, mientras la cosa retorcía los tentáculos buscando frenéticamente a su presa.

Sin detenerse para recobrar el aliento, Stephanie se puso en pie y echó a correr rápidamente por el oscuro pasillo que se abría frente a ella, preguntándose cómo rayos se las arreglaría para encontrar a Skulduggery. Por su mente se cruzó la idea de que tal vez se quedara encerrada en aquellas cuevas para siempre, pero sacudió la cabeza para desembarazarse de ella. «Además, no sería para siempre», pensó. «Aun cuando lograra escapar de las garras de los monstruos, acabaría por morir de sed al cabo de unos días».

Stephanie se quedó asombrada al darse cuenta de la barbaridad que acababa de pensar.

Sin embargo, intentó alejar todos sus miedos, dudas e ideas pesimistas –¿o más bien realistas?– y aminoró el paso mientras reflexionaba sobre el mejor modo de encontrar a Skulduggery. Entonces vio una luz frente a ella.

Stephanie se deslizó sin hacer ruido hasta llegar a una cornisa que recorría la parte superior de una pequeña caverna. Asomó la cabeza y vio que abajo había una docena de Hombres Huecos, y que la luz provenía del quinqué que sostenía uno de ellos. Bliss no parecía formar parte de la expedición; pero Serpine sí que había ido, y estaba de pie frente a una piedra con la parte superior aplanada como una mesa. Sobre la piedra reposaba un cofre de madera cerrado con un enorme candado. A Stephanie se le subió el corazón a la garganta: Serpine lo había encontrado.

Miró hacia abajo. El suelo de la caverna no estaba demasiado lejos, a un par de metros como mucho. No le quedaba otra opción: tenía que intentarlo.

Los Hombres Huecos estaban de espaldas a ella, y Stephanie pudo deslizarse por el borde de la cornisa y dejarse caer sin que nadie la viera. Se agazapó en el suelo de la caverna. La luz del quinqué no llegaba hasta donde estaba, y cuando uno de los

Hombres Huecos se dio la vuelta y examinó lo que había a sus espaldas, su vacua mirada pasó sobre ella sin advertir su presencia. Stephanie esperó a que volviera a apartar la vista para empezar a moverse.

La oscuridad que reinaba en los bordes de la cueva era tan absoluta, y sus ropas tan negras, que podría escabullirse hasta el lado mismo de sus enemigos sin que la vieran. Se movió con extremada lentitud, intentando no hacer ruido al respirar. Su corazón palpitaba tan fuerte que estaba segura de que Serpine podría oírlo si prestaba atención, pero, por suerte, estaba demasiado absorto en el cofre.

Sin dejar de moverse, vio cómo Serpine tocaba el candado con el rojo índice de su mano desollada. El metal se llenó de herrumbre y se abrió con un chasquido. Serpine se volvió a poner el guante con una sonrisa en el rostro, abrió el cofre y sacó el Cetro de los Antiguos.

De modo que existía, al fin y al cabo. El arma más poderosa de todas, el arma que habían usado los Antiguos para derrotar a sus dioses, existía. El paso de los años no había mermado su resplandeciente belleza, y por un momento pareció emitir un leve zumbido, como si estuviera entonándose con su nuevo dueño. El arma más poderosa del mundo, y estaba en manos de Serpine.

–Al fin –siseó él.

De pronto el aire de la caverna se inundó de un extraño cántico, y Stephanie se dio cuenta de que salía de la gema negra que había en la empuñadura del Cetro. Serpine se dio la vuelta en el mismo instante en que Skulduggery Pleasant se abalanzaba por la entrada de la caverna.

Skulduggery hizo un aspaviento que hizo saltar por los aires a los Hombres Huecos y embistió a Serpine sin detenerse. El Cetro salió despedido y cayó al suelo. Serpine lanzó un puñetazo, pero Skulduggery se agachó para esquivarlo y se acercó un poco más a él. Con un movimiento repentino, aferró el hombro de Serpine y le asestó un golpe de cadera que lo derribó.

Stephanie se escabulló entre las sombras, intentando localizar el Cetro. Los Hombres Huecos empezaban a levantarse y se dirigían lentamente hacia el centro de la caverna para presentar batalla.

Skulduggery chasqueó los dedos y lanzó una bola de fuego hacia Serpine, que estaba demasiado cerca para esquivarla; la bola le golpeó en pleno pecho, y las llamas lo envolvieron al instante. Los Hombres Huecos se detuvieron en seco mientras su amo daba vueltas sobre sí mismo, convertido en una antorcha humana; una de sus patadas dio de lleno en el Cetro, que salió despedido hacia la zona en penumbra...

... y se detuvo muy cerca de Stephanie.

La mano de Skulduggery se abrió bruscamente; Serpine salió despedido, chocó contra la pared opuesta y resbaló hasta quedar tirado en el suelo. Skulduggery apagó las llamas con un ademán despreocupado y Serpine se quedó tendido donde había caído, con las ropas humeantes y la piel carbonizada. Estaba lleno de terribles quemaduras.

–Se acabó –dijo Skulduggery–. Hoy te ha alcanzado tu pasado, Serpine. Ha llegado el día de tu muerte.

Y entonces, increíblemente, sonó una carcajada y Serpine se sentó.

–Esto duele, ¿sabes? –dijo.

Ante la mirada atónita de Stephanie, sus quemaduras se fueron desvaneciendo y el pelo comenzó a crecer sobre las ampollas del cráneo, hasta que en el cuerpo de Serpine no quedó ni una sola marca.

Serpine extendió la palma de la mano, creó una nube de vapor púrpura y se la arrojó a Skulduggery, derribándolo. Luego, el vapor se convirtió en un fino tentáculo que serpenteó entre las sombras, encontró el Cetro y lo atrapó cuando Stephanie estaba a punto de agarrarlo. Skulduggery se rehizo, pero ya era demasiado tarde: Serpine se había puesto en pie y lo miraba sonriente, con el Cetro en la mano.

–No sé qué hacer –dijo Serpine mientras Stephanie se colocaba sigilosamente a sus espaldas–. ¿Usar el Cetro para destruirte, para convertir tus míseros huesos en ceniza, o dejarte aquí encerrado para que te pudras? He de admitir que dejarte aquí puede ser más satisfactorio a largo plazo, ¿pero qué le voy a hacer? No puedo resistirme a una satisfacción instantánea. Soy así de superficial.

Stephanie arremetió contra él, golpeándolo con un hombro en la espalda justo cuando la gema del Cetro empezaba a relampaguear. El rayo negro serpenteó por el aire, pasando a escasos centímetros de Skulduggery y convirtiendo en polvo la pared de roca que había a sus espaldas. Serpine se dio la vuelta y agarró a Stephanie; ella lo golpeó con todas sus fuerzas, pero sólo consiguió arrancarle un gruñido, y justo entonces notó que Skulduggery volvía a entrar en acción por la ondulante ráfaga de aire que pasó frente a ella. Serpine salió despedido al otro lado de la caverna, pero no soltó el Cetro.

Skulduggery hizo un ademán hacia los Hombres Huecos, que salieron despedidos hacia atrás, y luego aferró con su mano enguantada la muñeca de Stephanie y la arrastró hacia la salida de la caverna. Iba tan deprisa que Stephanie solo tuvo que dejarse llevar.

El detective se orientó por los corredores sin la menor vacilación, y en unos minutos llegaron a la escalera de piedra y la subieron a toda prisa. Al fin llegaron al sótano; Skulduggery extendió la mano hacia la cerradura, la llave salió volando hacia su mano y el suelo se cerró con un estruendo sordo.

–¿Crees que la puerta logrará detenerlo? –preguntó Stephanie.

–Tiene el Cetro –contestó Skulduggery–. No hay nada que pueda detenerlo.

Como si la realidad quisiera probar sus palabras, el suelo comenzó a agrietarse bajo sus pies.

–¡Muévete! –gritó Skulduggery. Los dos subieron corriendo las escaleras, y al llegar arriba Stephanie miró hacia atrás justo a tiempo de ver cómo el suelo se convertía en una nube de polvo con un susurro fantasmal.

Echaron a correr por la casa con los Hombres Huecos pisándoles los talones, y cuando ya habían logrado salir y Stephanie estaba a tres pasos del coche amarillo, uno de los Hombres Huecos la agarró del hombro.

Stephanie se revolvió, le hincó los dedos en la cara y tiró hacia abajo. Por el agujero escapó una vaharada de aire pestilente y el Hombre Hueco se tambaleó, agarrándose la cabeza. Luego pareció deshincharse de golpe y quedó tirado en el suelo como un trapo, que los pies de sus hermanos aplastaron hasta dejarlo irreconocible.

Otro de ellos arremetió contra Stephanie, pero ella le plantó cara, le estampó un codo en el cuello y tiró hacia arriba haciendo palanca. Se quedó mirando cómo caía y entonces vio algo por el rabillo del ojo: era Tanith, que corría hacia ellos desenvainando la espada. Al llegar a la altura de los Hombres Huecos, empezó a lanzar mandobles que hacían resplandecer la hoja de su espada al sol de la tarde y deshacían a sus adversarios como si fueran confeti.

De la casa surgió un rayo negro que convirtió el coche amarillo en un puñado de polvo, y Serpine apareció en el umbral. De pronto algo ardiente pasó junto a la mejilla de Stephanie: Skulduggery estaba lanzando una andanada de bolas de fuego. Serpine apartó la primera con un aspaviento y retrocedió al interior de la casa para evitar las demás.

Stephanie solo fue consciente del ruido del otro coche cuando lo oyó detenerse a sus espaldas. La puerta del coche se abrió y Tanith envainó su espada, empujó a Stephanie al interior y montó tras ella. El coche volvió a ponerse en marcha.

Cuando Stephanie logró incorporarse, vio que Skulduggery lanzaba una última bola de fuego y se tiraba de cabeza hacia la ventanilla del coche, que estaba abierta. El detective aterrizó sobre Stephanie; el coche dio un bandazo, y Stephanie notó cómo un codo esquelético se estampaba contra su cabeza. Otro bandazo, y Skulduggery cayó hacia el otro lado. Por las ventanillas se veían pasar árboles a toda velocidad. Estaban fuera del alcance de Serpine.

Atravesaron la enorme verja que marcaba el límite de la finca de Gordon. Skulduggery se incorporó al fin.

–Bueno, la verdad es que esto nos ha venido pero que muy bien.

Del asiento del copiloto salió una voz conocida:

–Un día de estos me voy a cansar de sacarte las castañas del fuego, ¿sabes?

Stephanie miró hacia delante: en el asiento del conductor se sentaba el hombre de la pajarita, y a su lado China Sorrows sonreía serena y delicadamente.

–No sé qué harías sin mí, Skulduggery –dijo China–. En serio, no lo sé.

23
LA PERSPECTIVA DE UNA MUERTE HORRIBLE

LOS Mayores no estaban nada satisfechos.

Eachan Meritorius y Sagacius Tome conversaban en voz baja al otro lado de la Sala del Consejo. Meritorius estaba tranquilo, pero muy serio; en cuanto a Tome, estaba blanco como la tiza y parecía aterrado.

Stephanie se sentó junto a Skulduggery. Frente a ella estaba Tanith limpiando su espada. Stephanie vio que tenía algo en el pelo.

–Oye, Tanith –susurró. Tanith levantó la mirada–. Tienes algo en el pelo. Parece una hoja, o algo así –Stephanie se señaló la cabeza para indicarle dónde estaba.

–Ah, gracias –repuso Tanith llevándose una mano al lugar que había indicado Stephanie. Tanteó un poco hasta encontrar el objeto extraño, tiró para quitárselo y lo examinó con el ceño fruncido. Se lo acercó un poco más a la cara para observarlo más detenidamente, y de pronto lo dejó caer sobre la mesa con una mueca de asco–. ¡Puaj!

–¿Qué es?

–¡Un trozo de piel de Hombre Hueco!

Stephanie palideció.

–Uf, qué grima.

–¡Y lo tenía pegado al pelo! –gimió Tanith, enviando el trozo de piel al otro lado de la mesa de un manotazo.

Stephanie se apartó para que no la rozara y volvió a mandarlo al otro lado de la mesa, y Tanith se echó a reír, entrando en el juego. Justo entonces, la mano de Skulduggery se posó bruscamente sobre el trozo de piel y el detective las miró alternativamente a las dos.

–Parecéis dos niñas chicas –dijo en tono severo–. Nos enfrentamos a un peligro inimaginable y a vosotras sólo se os ocurre portaros como niñas chicas.

–Perdón –dijo Stephanie.

–Lo siento –dijo Tanith.

Morwenna Crow y China Sorrows entraron en la sala, seguidas instantes después por Abominable Bespoke.

–¿Han encontrado algo? –preguntó Skulduggery poniéndose en pie.

–Los Hendedores han registrado todos los escondrijos y guaridas de los que tenemos noticia, pero no han encontrado ni rastro de Serpine –respondió Morwenna.

–El rumor de que tiene el Cetro se va extendiendo –añadió China–. Se dice que está congregando de nuevo a sus antiguos aliados.

Meritorius y Tome se unieron al grupo.

–Con que vuelva uno solo, el equilibrio de poder quedará destruido –dijo Meritorius–. Nos superarán en fuerza.

–Tenemos que quitarle ese Cetro –dijo Tanith–, y darle a probar su propia medicina.

–No es posible –contestó China–. Aun cuando pudiéramos acercarnos lo suficiente sin que la gema negra le avisara, no podríamos usarlo. Ahora Serpine es su dueño, y nadie más puede utilizar el Cetro mientras él esté vivo.

–Bueno, pues entonces habrá que matarlo –dijo Tome.

Meritorius miró a Skulduggery, y este asintió e intervino en el debate:

–Por desgracia, matar a Serpine va a ser más difícil de lo que parece. De hecho, ahora mismo debería estar muerto. No herido ni agonizante, sino muerto. Sin embargo, logró curarse de algún modo.

Stephanie frunció el ceño.

–Entonces, ¿no puede morir?

–No hay nadie que no pueda morir –repuso Skulduggery volviéndose hacia ella–. Es el único consuelo que nos queda. Aún no he encontrado nada que no haya podido matar si me lo he propuesto, y no pienso dejar que Serpine sea la excepción a esa regla.

–Tenemos que atacarlo ahora mismo –dijo Morwenna–, antes de que pueda consolidar su poder.

–¿Cómo vamos a hacerlo, si ni siquiera sabemos dónde está? –exclamó Sagacius Tome en tono irritado.

–Bueno, tal vez sepamos dónde ha estado –dijo Skulduggery–. Ayer por la noche recibí una llamada de un caballero que me suministra información de cuando en cuando. Parece ser que hay un almacén en la calle Denholm, cerca del muelle, frente al cual se ha visto cierto coche plateado en los últimos tiempos. Hice un par de llamadas y me cercioré de que todos los edificios de esa calle están ocupados por empresas indudablemente respetables... salvo una nave, un almacén que está alquilado a un tal Howard L. Craft.

–¿Y qué quieres decir con eso? –preguntó Tome con el ceño fruncido.

–El nombre L. Craft suena muy parecido al apellido Lovecraft. Howard Philip Lovecraft era un escritor que creó una serie de cuentos conocidos como los *Mitos de Cthulhu*, historias sobre unos dioses oscuros que deseaban dominar la Tierra. Algunos historiadores sostienen que Lovecraft basó sus fabulaciones, al menos en parte, en las leyendas de los Sin Rostro.

Tome hizo una mueca de desdén.

–¿Esa es la única pista que tienes? ¿Un seudónimo que tal vez Serpine haya adoptado? ¡No tenemos tiempo para esas vaguedades! Tenemos que actuar basándonos en lo que sabemos.

–Bueno, ¿y qué sabemos exactamente? –preguntó Morwenna–. Sabemos que tiene un plan desquiciado para traer de vuelta a los Sin Rostro, pero ignoramos cómo se propone hacerlo.

–Bliss dijo que el Cetro no era más que una herramienta, un paso intermedio –intervino Stephanie.

–Esta es una conversación de adultos –dijo Tome exasperado–. Haz el favor de callarte, niña.

–¡No la llames niña! –exclamaron Tanith y China al unísono.

Poco acostumbrado a recibir regañinas de nadie que no fuera un Mayor, Tome farfulló algo ininteligible mientras su rostro se congestionaba. Stephanie ocultó la sonrisa que pugnaba por asomar a su rostro bajo una máscara de serena indiferencia y miró hacia Tanith, que le guiñó un ojo.

–Si el Cetro es un paso intermedio –dijo Skulduggery haciendo caso omiso de Tome–, supongo que lo usará para tratar de conseguir la descripción del ritual que necesita llevar a cabo.

–Bueno, pues entonces debemos impedírselo –dijo Meritorius–. Skulduggery, el Consejo de Mayores te pide disculpas por no haber contado contigo cuando encontramos muertos a los miembros del equipo de vigilancia. También queremos disculparnos por no haber escuchado tus advertencias.

–Da igual: estoy seguro de que Serpine habría tenido algún plan alternativo –respondió Skulduggery–. Eso es lo que hace que sea tan peligroso.

–Sí, tal vez. En cualquier caso, me temo que recae en ti y en la señorita Caín, así como en aquellos cuya ayuda recabes, el averiguar cuál será su próximo movimiento. Siento mucho cargarte con esta gran responsabilidad, pero me temo que los miembros del Consejo de Mayores vamos a estar muy ocupados preparándonos para la guerra abierta.

–Nos pondremos manos a la obra de inmediato –dijo Skulduggery haciendo una leve reverencia.

–Gracias.

Skulduggery se enrolló la bufanda alrededor de la cara, se caló el sombrero y miró las caras serias que lo rodeaban.

–¡Venga, animaos! –exclamó en tono alegre–. Total, todos vamos a tener una muerte horrible, así que es mejor no preocuparnos. ¿No os parece?

Stephanie le dio la razón con entusiasmo e inmediatamente pensó que, si aquello le parecía razonable, debía de estarse volviendo un poco loca. Sumida en estas cavilaciones siguió a Skulduggery, que salía de la sala.

El Bentley los esperaba a la salida del Santuario, resplandeciendo como si se alegrara de haber recuperado su antigua belleza. Stephanie entró y se hundió en el mullido asiento. El Bentley olía bien, olía a coche bonito. El coche amarillo, sin embargo, no olía nada bien. Tenía un olor más bien... amarillento.

–Me alegro de que lo hayan arreglado ya –le dijo a Skulduggery cuando el detective entró en el coche–. Los mecánicos han hecho maravillas, la verdad. Lo han dejado como nuevo en solo dos días.

Skulduggery asintió.

–Me ha costado una fortuna.

–La vale.

–Me alegro de que pienses eso. También me alegro de comer tan poco. Bueno, más bien nada.

Stephanie sonrió y se quedó observándolo: Skulduggery miraba al frente sin decir nada. Durante unos segundos, el silencio reinó en el coche.

–¿Qué pasa? –preguntó Stephanie al fin.

–¿Cómo?

–Estás pensando en algo.

–Siempre estoy pensando en algo. Pensar es mi mayor afición; se me da muy bien, ¿sabes?

–Pero se te acaba de ocurrir una idea.

–¿Cómo lo sabes?

–Porque inclinas la cabeza de un modo peculiar cada vez que se te ocurre alguna idea. A ver, desembucha.

–Acabo de caer en la cuenta de algo –dijo Skulduggery–. Cuando estábamos en la caverna, la gema avisó a Serpine de mi llegada; sin embargo, no le avisó de que tú andabas cerca.

Stephanie se encogió de hombros

–Tal vez no me considerara como una amenaza –dijo–. ¿Cómo iba a hacer daño yo a Serpine?

–Eso no tiene nada que ver, Stephanie. ¿Sabes? Creo que hemos encontrado un punto débil en el arma más poderosa del mundo.

–¿Cuál?

–¿Te acuerdas de lo que nos contó Oisin, aquel mago tan simpático de la Piedra Eco? Dijo que la gema negra cantaba a los dioses cada vez que se acercaba un enemigo, pero que calló cuando la robaron los Antiguos.

–¿Y dónde quieres ir a parar? ¿Crees que la gema me tomó por una Antigua?

–Bueno, si hacemos caso a tu padre, es muy posible que lo seas.

–Entonces, ¿estás empezando a creer que todas esas historias son algo más que cuentos legendarios?

–Bueno, trato de... trato de mantenerme abierto a todas las posibilidades. Lo que sigo sin entender, sin embargo, es por qué Gordon no me habló de la historia de tu familia. Éramos amigos desde hacía muchos años, y en más de una ocasión nos pasamos días enteros hablando sobre los Antiguos y los Sin Rostro. ¿Por qué no me diría nada?

–¿Implica algo más el ser descendiente de los Antiguos? ¿Qué... qué efectos tiene?

–¿Te refieres a qué significa?

–Sí.

–Significa que eres especial. Significa que estás predestinada a meterte en estas cosas, a vivir esta vida.

–¿Tú crees que lo estoy?

–Sin duda.

–Tal vez fuera por eso por lo que no quiso decirte nada. Gordon solo quería observar desde fuera y escribir sobre ello; no deseaba participar.

Skulduggery la miró con la cabeza ladeada.

–Eres demasiado sabia para lo joven que eres, Valquiria.

–Tú lo has dicho –respondió ella.

24

PROYECTOS DE ASESINATO

BLISS observó desde la Roca Zarpa cómo se aproximaba Serpine. La Roca Zarpa se asemejaba a una mano ciclópea que sobresalía de la cima de la montaña, con la palma hacia arriba y los dedos entrecerrados como si quisiera atrapar al sol, que brillaba en un cielo rojo como la sangre.

Serpine trepó a la palma de la mano con facilidad y Bliss se inclinó levemente ante él. En respuesta, Serpine se limitó a esbozar una sonrisa.

–¿Lo tienes? –preguntó Bliss.

–Por suerte para ti, sí.

–¿Para mí?

–Mi querido Bliss, si hubiera salido de esas cuevas sin el Cetro en mi poder, ¿qué sería ahora de ti? Estarías encerrado en las mazmorras del Santuario, impotente y esperando a ser juzgado. Pero en vez de eso estás aquí conmigo, en los albores de un mundo nuevo. Puedes estarme agradecido.

–Pareces olvidar que, si hubieras salido con las manos vacías, tú también estarías en una de esas mazmorras...

Serpine se quedó mirándolo. En tiempos había considerado a Bliss como su igual; pero eso había cambiado.

–... mi señor –remató Bliss su frase en tono respetuoso, agachando la cabeza.

Serpine volvió a sonreír y se dio la vuelta para escrutar el valle que asomaba entre los dedos como garfios de la roca.

–¿Es tan poderoso como afirman los historiadores? –preguntó Bliss.

–Lo que imaginaron los historiadores palidece comparado con la realidad. Ahora somos invencibles.

–¿Y los Mayores?

Serpine volvió la cabeza.

–Tengo un plan para ocuparme de ellos. Son absolutamente predecibles, y esa será la causa de su muerte. El propio Meritorius quedará reducido a un puñado de polvo. No habrá nada que nos pueda detener.

–Tal vez los Mayores sean predecibles –respondió Bliss–, pero no podemos decir lo mismo de Skulduggery Pleasant. Skulduggery es astuto, fuerte y extremadamente peligroso.

–No te preocupes por el detective. También tengo un plan para él.

–¿Sí?

–Skulduggery Pleasant siempre ha tenido un punto débil: se encariña con personas que son muy fáciles de matar. En el pasado fueron su mujer y su hijo. Ahora es esa chica que va con él, esa tal Valquiria Caín. Skulduggery solo es peligroso cuando piensa con claridad; y sabes tan bien como yo que la ira lo ciega.

–¿Entonces, qué vamos a hacer?

–Ya he hecho algo, Bliss. He enviado a alguien que hará que el detective se ciegue. En menos de una hora, Valquiria Caín estará muerta y Skulduggery Pleasant dejará de ser un problema para nosotros.

25

EL HENDEDOR BLANCO

STEPHANIE y Skulduggery entraron en Denholm Street cuando la luz del día empezaba a retirarse de Dublín, incapaz de resistir el empuje de la noche. El Bentley llegó a la altura del almacén y se detuvo; Abominable y Tanith ya esperaban frente a la puerta.

–¿Hay alguien dentro? –preguntó Skulduggery, comprobando si su pistola estaba cargada.

–No me parece –respondió Abominable–, aunque puede que estén disimulando. Si Bliss o Serpine están dentro, vamos a necesitar refuerzos.

–No están –dijo Skulduggery.

–¿Cómo puedes saberlo? –preguntó Stephanie.

–Serpine ha usado este lugar para hacer algo, algo tan complicado y extraño como para despertar suspicacias. Tenía que saber que la gente sospecharía y que al final el rumor llegaría a mis oídos, así que estoy seguro de que se fue en cuanto terminó.

–Entonces, ¿qué pintamos nosotros aquí?

–Solo es posible suponer lo que va a hacer tu adversario si sabes lo que ha hecho antes.

Se acercaron a la puerta de metal, y Tanith pegó la oreja a la chapa y se quedó escuchando. Al cabo de unos segundos posó la mano sobre la cerradura, pero esta vez no la rompió sino que la abrió con un chasquido.

–¿Cómo es que tú no sabes hacer eso, Skulduggery? –susurró Stephanie–. Es más rápido que forzar la cerradura, y más silencioso que echar la puerta abajo.

Skulduggery meneó la cabeza con gesto triste.

–¿Es que no te basta con un esqueleto viviente? ¿Qué hace falta para impresionar a los jóvenes de hoy en día?

Stephanie sonrió, y estaba a punto de contestar cuando Tanith abrió la puerta de un empujón. Los cuatro entraron en fila.

La puerta daba a una oficina, un cuchitril oscuro con una mesa y un tablero de corcho por todo mobiliario. Era evidente que en aquel lugar no se había llevado a cabo ninguna actividad legal desde hacía mucho tiempo. En la pared opuesta había otra puerta y una ventana que daban al almacén. Stephanie se acercó a la ventana y atisbó entre la mugre que la cubría.

–Parece vacío –dijo.

Skulduggery se acercó a un cuadro de luces, pulsó algunos interruptores y las luces del techo se encendieron con un parpadeo. Entraron en el almacén: las vigas del techo estaban llenas de palomas que piaban, arrullaban y revoloteaban de un lado a otro, asustadas por el repentino resplandor. Caminaron hasta el centro para examinar lo que parecía una mesa de operaciones llena de instrumentos quirúrgicos. Stephanie miró a Skulduggery.

–¿Qué te parece? –le preguntó.

Skulduggery titubeó antes de contestar.

–Empecemos por lo más obvio: muchos de estos aparatos parecen indicar que aquí se ha llevado a cabo una especie de transfusión.

Tanith levantó una probeta para examinar su contenido a la luz de los fluorescentes.

–No tengo ni idea de medicina, pero juraría que aquí no se ha realizado ninguna investigación médica –dijo.

–¿Magia, pues? –preguntó Abominable.

–¿Se puede inyectar la magia? –preguntó Stephanie, perpleja.

–Bueno, se pueden inyectar fluidos con propiedades mágicas –contestó Skulduggery cogiendo la probeta–. Antes de que existieran todos estos aparatos tan sofisticados, el proceso era mucho más rudimentario, pero los resultados eran los mismos.

–¿Y cuáles eran los resultados?

–El paciente salía de la operación convertido en alguien distinto… o en algo distinto. Pero lo que tenemos que averiguar ahora es qué se proponía Serpine con esta operación concreta. ¿Qué modificaciones habrá tratado de obtener?

–¿Y quién sería su paciente?

–Pacientes, en realidad.

–¿Cómo?

–Hay dos juegos de agujas, dos bolsas de transfusión… Todo está duplicado, como si Serpine hubiera llevado a cabo dos operaciones distintas. Vamos a coger una muestra para llevarla al Santuario, y allí la analizaremos e intentaremos averiguar para qué sirve. Pero antes de eso, deberíamos echar un vistazo por aquí.

–¿Qué tenemos que buscar? –preguntó Stephanie.

–Pistas.

Stephanie vio la cara de escepticismo de Tanith y tuvo que contenerse para no soltar una risita.

Skulduggery y Abominable empezaron a caminar lentamente por la nave, escrutando los aparatos quirúrgicos, la mesa de operaciones y la zona circundante. Stephanie y Tanith se quedaron juntas, mirando al suelo y sin saber bien adónde ir.

–¿Qué aspecto tienen las pistas? –susurró Tanith.

Stephanie volvió a contener la risa.

–No sé. Yo estoy buscando una huella o algo parecido.

–¿Has encontrado alguna?

–No. Aunque tal vez sea porque aún no me he movido de aquí.

–Tal vez debiéramos caminar un poco y hacer como si supiéramos lo que estamos haciendo.

–Me parece buena idea.

Las dos comenzaron a caminar lentamente sin dejar de mirar al suelo.

–¿Qué tal te va con la magia? –preguntó Tanith sin dejar de susurrar.

–Conseguí mover una concha.

–¡Felicidades!

Stephanie se encogió de hombros con modestia.

–Solo fue una concha.

–Es lo mismo. ¡Bien hecho, Stephanie!

–Gracias. ¿Cuántos años tenías cuando lograste hacer magia por primera vez?

–Ni me acuerdo. Mis padres eran magos, mi hermano mayor siempre andaba a vueltas con algún hechizo. Me crié haciendo magia.

–No sabía que tuvieras un hermano.

–Sí, es muy simpático. Me lleva unos cuantos años. Y tú, ¿tienes hermanos?

–No, soy hija única.

Tanith se encogió de hombros.

–Siempre he querido tener una hermana pequeña. Mi hermano es estupendo y lo quiero un montón, pero siempre he pensado que me gustaría tener una hermana pequeña con la que hablar, a la que contar mis secretos.

–A mí tampoco me importaría tener una hermana.

–¿Y crees que es posible?

–Bueno, no creo que mis padres se molesten. Al fin y al cabo, ya tienen una hija perfecta; no creo que puedan aspirar a nada más.

A Tanith se le escapó una carcajada que disimuló con una tos.

–¿Habéis encontrado algo? –dijo Skulduggery.

Tanith se dio la vuelta con expresión seria.

–No, lo siento. Pensé que había visto algo, pero al final resultó ser más... más suelo.

Stephanie se agarró los hombros para que no se notara la risa floja que le sacudía la espalda.

–Ah, vale –dijo Skulduggery–. Bueno, seguid mirando.

Tanith asintió, se dio la vuelta y le dio un codazo a Stephanie para que se estuviera quieta. Stephanie se tapó la boca con la mano y miró hacia otro lado para no ver la cara de risa reprimida que tenía Tanith.

–Eres una borrega –musitó Tanith.

Aquello fue demasiado para Stephanie, que no pudo contenerse más y se dobló sobre sí misma soltando unas carcajadas que resonaron por todo el almacén. Tanith se apartó y la señaló con el dedo.

–¡Mira, Skulduggery, Valquiria no se está portando como una profesional! –dijo.

Pero tampoco ella pudo reprimir las carcajadas y acabó de rodillas, muerta de la risa. Skulduggery y Abominable las observaron, perplejos.

–¿Qué les pasa? –preguntó Abominable.
–No sabría decirte –respondió Skulduggery.
Los dos miraron una vez más a Stephanie y Tanith.
–Mujeres –dijeron luego a coro, meneando la cabeza.
Stephanie se secó las lágrimas y se dio la vuelta para mirar a Skulduggery, y en ese momento algo cayó del techo y aterrizó junto al detective sin ningún ruido. Stephanie se quedó helada.
–¡Detrás de ti! –gritó.
Skulduggery se dio la vuelta en redondo empuñando la pistola, mientras todos observaban petrificados al hombre que había junto a él. Llevaba un uniforme idéntico al de los Hendedores, pero de un blanco resplandeciente.
–Retírate –dijo Abominable mientras Stephanie y Tanith corrían hacia ellos–. Trabajamos para el Consejo de Mayores. Retírate.
El Hendedor Blanco no se movió.
–¿Qué quieres? –dijo Skulduggery.
Pasó un segundo interminable, y luego el Hendedor Blanco levantó un brazo y apuntó directamente a Stephanie.
–Ya nos has dicho bastante –exclamó Skulduggery vaciando el cargador de su pistola sobre él. Cuatro disparos le dieron en el pecho y dos en la cabeza; el Hendedor Blanco se estremeció con cada impacto, pero las balas no lograron penetrar en su uniforme, y las dos de la cabeza rebotaron en el casco dejando dos arañazos oscuros sobre el fondo blanco.
–Maldita sea –masculló Skulduggery.
Stephanie retrocedió mientras Skulduggery, Tanith y Abominable estrechaban el cerco en torno a su nuevo adversario. El casco del Hendedor ocultaba totalmente su mirada, pero Stephanie tenía la seguridad de que la estaba mirando directamente a los ojos.

La primera en atacar fue Tanith, que amagó una patada baja y subió la pierna de repente. El Hendedor no se dejó engañar y rechazó el golpe sin dificultad, mientras Abominable se acercaba a él por detrás. Entonces el Hendedor respondió a Tanith con otra patada que le dio en pleno vientre, e inmediatamente se agachó para esquivar un puñetazo de Abominable. Este, furioso, le lanzó una lluvia de golpes; el Hendedor aguantó impertérrito y golpeó a Abominable con el canto de la mano en un lado del cuello. Abominable se tambaleó y fue sustituido por Skulduggery, que apuntó al Hendedor con la mano abierta haciendo ondear el aire.

Sin embargo, lejos de salir despedido por la ráfaga, el Hendedor atravesó las ondas de aire sin inmutarse. «Es el uniforme» pensó Stephanie. Sin arredrarse lo más mínimo, Skulduggery lanzó un puñetazo, pero el Hendedor le agarró el brazo y aprovechó el impulso para hacerle una llave.

Skulduggery logró aterrizar de pie y lanzó una rápida patada a la rodilla del Hendedor que lo derribó; luego lo agarró del brazo y le devolvió la llave.

Sin embargo, cuando el Hendedor estaba en el aire, apoyó en el suelo la mano libre y dio una rápida voltereta lateral que lo hizo salir del alcance de Skulduggery. Por un momento los tres compañeros de Stephanie se quedaron inmóviles, estudiando cuidadosamente a su oponente.

Tanith metió la mano bajo su gabán y desenvainó la espada. Abominable se quitó la chaqueta, y Skulduggery guardó su pistola para tener las manos libres.

–No tienes por qué hacer esto –dijo Skulduggery–. Dinos dónde está Serpine, cuéntanos sus planes. Podemos ayudarte. No vas a tocarle ni un pelo a Valquiria Caín, pero estamos dispuestos a ayudarte.

Por toda respuesta, el Hendedor se echó la mano a la espalda y desenfundó su guadaña.

Skulduggery gruñó, contrariado.

El Hendedor atacó antes de que ninguno pudiera reaccionar, usando la guadaña como una pértiga para elevarse y pegar dos patadas simultáneas a Skulduggery y Abominable. Los dos salieron despedidos hacia atrás, y Tanith ocupó su puesto blandiendo la espada. El Hendedor retrocedió e hizo girar la guadaña para detener los golpes.

A cada choque de las dos armas saltaban chispas, y la ferocidad del ataque de Tanith era tal que el Hendedor no advirtió la presencia de Abominable hasta que no fue demasiado tarde. Los fuertes brazos de Abominable lo rodearon, aprisionándolo y haciéndole tirar la guadaña.

Tanith se acercó para rematarlo; pero entonces la pierna del Hendedor se elevó tan rápidamente que, por un momento, se asemejó a una borrosa media luna, y el tacón de su bota se estrelló contra la muñeca de Tanith. Ella siseó de dolor, dejó caer la espada y se agarró la muñeca con la otra mano.

El Hendedor bajó el talón y lo hincó en la espinilla de Abominable, echando al mismo tiempo la cabeza hacia atrás para aplastarle la nariz con el casco. Luego lanzó los brazos hacia arriba, librándose del abrazo que lo aprisionaba, y se abalanzó hacia delante apoyando los brazos en el suelo y golpeando la cara de Abominable con ambas botas al girar.

Abominable cayó de espaldas; el Hendedor se sostuvo sobre las manos por un instante y se puso en pie al ver que Skulduggery volvía a la carga.

El detective hizo surgir dos bolas de fuego en las palmas de sus manos y se las lanzó al Hendedor. Las llamas no prendieron en su blanco uniforme, pero la fuerza del golpe hizo que se tambaleara y le impidió defenderse de Skulduggery, que le lanzó un rápido puñetazo y un gancho de derecha en rápida sucesión. Al detective no pareció afectarle demasiado golpear directamente el casco, y Stephanie notó con satisfacción que el Hendedor se tambaleaba ante sus puñetazos.

Sin embargo, tardó poco en recobrarse y pronto estuvieron los dos inmersos en una vorágine de patadas, puñetazos, codazos y rodillazos. La sucesión de paradas, llaves y contrallaves los obligaba a dar vueltas continuamente el uno en torno al otro, en una compleja y brutal coreografía.

–¡Stephanie, sal de aquí! –gritó Skulduggery en medio de la refriega.

–¡No pienso dejarte aquí solo!

–¡Tienes que hacerlo! ¡No sé si podré con él!

Tanith recogió su espada del suelo y agarró a Stephanie del brazo.

–Tenemos que irnos –dijo firmemente, y Stephanie asintió.

Salieron corriendo por donde habían entrado, y al entrar en la oficina Stephanie miró hacia atrás y vio cómo el Hendedor hacía un giro y derribaba a Skulduggery de una patada. Sin detenerse ni un instante, el Hendedor metió el pie bajo el astil de su guadaña, la levantó y la empuñó en un solo y grácil movimiento, y se lanzó tras ella.

Stephanie saltó al oscuro callejón. En cuanto estuvo fuera, Tanith cerró la puerta de golpe, posó la mano sobre ella y masculló algo que a Stephanie le sonó como «resiste». Sobre la superficie de metal se extendió una película bruñida.

–Esto lo detendrá por el momento –explicó Tanith.

Las dos corrieron hacia el Bentley mientras el Hendedor aporreaba la puerta del almacén sin lograr romperla ni abrirla. Al cabo de un momento, los golpes cesaron.

Cuando llegaron al coche, Tanith miró a Stephanie.

–¿Tienes tú la llave? –dijo.

En ese momento estalló una ventana en lo alto de la fachada, casi junto al techo, y el Hendedor aterrizó acuclillado en mitad del callejón, envuelto en una lluvia de cristales. Sin inmutarse, se puso en pie, descruzó los brazos y levantó la cabeza.

Tanith se interpuso entre el Hendedor y Stephanie, blandiendo la espada con la mano izquierda y manteniendo el brazo derecho pegado al cuerpo para protegerlo. El Hendedor comenzó a trazar lentos círculos con su guadaña.

Entonces Skulduggery y Abominable saltaron por la ventana rota, y mientras el Hendedor se daba la vuelta alarmado por el ruido, Abominable embistió contra él y los dos cayeron enredados al suelo.

–¡Poned el coche en marcha! –berreó Abominable.

Skulduggery pulsó el mando a distancia; el coche emitió un pitido, los seguros se abrieron y los tres entraron en él de un salto. El motor cobró vida con un rugido.

–¡Vámonos, Abominable! –gritó Skulduggery.

Abominable propinó un puñetazo al Hendedor y se puso en pie, pero su adversario le dio una patada en el tobillo que le hizo tropezar. La hoja de la guadaña brilló: el Hendedor la había impulsado con un giro de muñeca, estrellando el astil contra la mandíbula de Abominable y haciéndole caer de rodillas.

–¡Abominable! –chilló Stephanie.

Skulduggery abrió la puerta del coche e hizo ademán de salir, pero Abominable levantó la mirada y le indicó con un gesto que no lo hiciera.

–¡No voy a dejarte aquí! –gritó Skulduggery.

El Hendedor se acercó a Abominable con la guadaña preparada para asestarle un golpe mortal.

–Tenéis que hacerlo –dijo Abominable suavemente.

Luego agachó la cabeza, cerró los ojos y apretó los puños. Cuando el Hendedor comenzó a mover la guadaña, a Stephanie le pareció que el suelo atrapaba las rodillas de Abominable y comenzaba a extenderse, convirtiendo en hormigón sus piernas, su torso, sus brazos y su cabeza hasta que su cuerpo entero pareció petrificarse. Todo el proceso duró lo que tardó la guadaña en abatirse sobre él; y así, cuando el Hendedor intentó decapitarle, solo logró desprender una esquirla del cuello. Stephanie se dio cuenta instintivamente de lo que había hecho Abominable: había usado el último poder elemental, el de la tierra, aquel poder que Skulduggery había descrito como puramente defensivo, el que solo había que usar como último recurso.

El Hendedor Blanco se quedó mirando fijamente a Stephanie mientras Skulduggery metía la marcha y arrancaba a toda velocidad. Y así se fueron, dejando allí al Hendedor… y a Abominable.

26

LA ÚLTIMA BATALLA DE...

EACHAN Meritorius esperaba pacientemente junto a la Catedral de Dublín observando cómo la gente iba de un lado a otro, atareada en sus asuntos. En ocasiones se sentía culpable por ocultar a las masas la existencia de la magia, y se convencía de que la gente normal aceptaría sin reservas su pasmosa belleza si se le daba la oportunidad de hacerlo. Pero luego volvía a sus cabales, y se daba cuenta de que la humanidad ya tenía bastantes cosas de las que preocuparse para añadir a ellas la existencia de una subcultura que muchos podrían considerar como una amenaza. Como miembro del Consejo de los Mayores, su trabajo consistía en proteger al mundo convencional de las verdades que aún no estaba preparado para conocer.

Al cabo de un rato apareció Morwenna Crow, con sus oscuros ropajes ondulando sobre la hierba. Seguía tan pulcra y elegante como el día en que Meritorius la había conocido.

–No es propio de Skulduggery Pleasant llegar tan tarde –dijo Morwenna.

–Sagacius dijo que parecía apurado cuando habló con él –repuso Meritorius–. Tal vez haya tenido algún problema.

Morwenna se asomó por la esquina de la catedral para mirar la bulliciosa calle que se extendía al otro lado de la barandilla. La luz ambarina de las farolas formó un halo en torno a su rostro, dándole un aspecto casi angelical.

–No me gusta concertar citas al aire libre –dijo–. Aquí estamos demasiado expuestos; creo que Skulduggery debería ser más cuidadoso.

–Si Skulduggery eligió este lugar, ha debido de ser por algo –repuso Meritorius suavemente–. Me fío de su criterio. Es lo mínimo que puedo hacer, después de lo que ha pasado.

Los dos se dieron la vuelta para saludar a Sagacius Tome, que había empezado a materializarse a su lado.

–Sagacius –dijo Morwenna–, ¿te dijo Skulduggery por qué quería citarnos precisamente aquí?

El rostro cada vez más sólido de Sagacius tenía una expresión nerviosa.

–No, Morwenna –dijo cuando se hubo materializado por completo–. Solo me pidió que me asegurara de que los dos estabais junto a la catedral a la hora convenida.

–Espero que no sea para ninguna tontería –dijo ella–. Últimamente no tenemos tiempo que perder: Serpine puede atacar en cualquier momento y lugar.

Meritorius observó extrañado cómo Sagacius esbozaba una sonrisa triste.

–No sabes la razón que tienes –dijo Sagacius–. Y, por cierto, me gustaría aprovechar esta oportunidad para deciros que vuestra amistad me ha deparado momentos muy gratos.

–Aún no estamos muertos, Sagacius –dijo Morwenna echándose a reír.

Sagacius la miró fijamente mientras su sonrisa se transformaba en una mueca.

–En realidad, Morwenna, sí que lo estáis.

En aquel momento apareció un corro de Hombres Huecos y Sagacius se desvaneció en el aire. Meritorius ni siquiera había tenido tiempo de asimilar su traición cuando vio aparecer a Serpine empuñando el Cetro; fue el puro instinto lo que le hizo conjurar un escudo protector que cristalizó el aire en torno a Morwenna y a él, pero cuando la gema brilló, su rayo negro atravesó el escudo como si no estuviera allí, y luego solo hubo...

... la nada.

* * *

El administrador se abrió paso a empellones entre la multitud que esperaba frente al Teatro Olimpia, despertando un coro de gritos iracundos. Se tambaleó, pero logró recobrar el equilibrio sin detenerse y siguió corriendo. De vez en cuando lanzaba una rápida mirada por encima del hombro.

No parecía haber nadie siguiéndolo. Tenía la impresión de que nadie lo había visto, pero no estaba seguro. Cuando Nefarian Serpine apareció, él estaba junto al coche. Había visto cómo Meritorius se convertía en una nube de polvo y ceniza, y cómo el rayo negro fulminaba a Morwenna Crow cuando ella se abalanzaba sobre sus enemigos.

Al verlo, el administrador se agazapó lleno de terror. Tome los había traicionado, los había traicionado a todos. Se apartó del coche y echó a correr.

Tenía que volver al Santuario. Debía avisar a los demás.

27

SIN DESCANSO

STEPHANIE se acercó al mostrador y pagó la gasolina que estaba echando Skulduggery al Bentley con el dinero que acababa de darle el detective. Mientras esperaba a que le devolvieran el cambio, se quedó mirando las hileras de chocolatinas y trató de recordar cuándo había sido la última vez que había comido chocolate. Siempre le apetecía comer chocolate cuando las cosas iban mal, pero últimamente el chocolate no era suficiente.

Todo iba mal: Tanith estaba herida, Abominable se había convertido en estatua, y tenían un enemigo más: el Hendedor Blanco. Stephanie estaba empezando a preguntarse por qué se molestaban en seguir luchando, aunque nunca se lo confesaría a Skulduggery. Su amigo parecía pensar que compartía con él aquella actitud de no rendirse ni abandonar jamás, pero estaba equivocado. La única razón por la que no le confesaba su desaliento era que le gustaba la imagen que Skulduggery tenía de ella, y no quería decepcionarlo. Sin embargo, la Valquiria Caín que Skulduggery creía conocer era muchísimo más fuerte de lo que Stephanie Edgley llegaría a ser jamás.

Stephanie salió y vio que Skulduggery volvía a colocar la manguera de la gasolina en el surtidor. Tanith había ido al servicio para curarse la muñeca con un poco de piedra mágica como la que le había dado a Stephanie.

Ahora que estaba a solas con Skulduggery, Stephanie no supo qué decir. Skulduggery aseguró el tapón del depósito y se quedó inmóvil. Con su sombrero calado hasta las cejas y su bufanda en torno al rostro, cualquiera hubiera podido tomarlo por un maniquí.

–Lo siento –dijo al fin Stephanie. Skulduggery se volvió hacia ella–. Si no hubiera sido por mí, Abominable estaría... estaría aquí ahora mismo. Tuvo que usar el poder de la tierra por mi culpa. ¿Cuánto tiempo estará convertido en piedra, más o menos? –preguntó, tratando de controlar el temblor de su voz.

Skulduggery se quedó pensativo unos segundos.

–La verdad es que no tengo ni idea, Valquiria. Es el poder más impredecible que tenemos. Lo mismo puede estar petrificado un día que un mes o un siglo. No hay forma de saberlo.

–Lo he estropeado todo.

–Eso no es cierto.

–El Hendedor iba a por mí. Abominable tuvo que...

–Abominable no tuvo que hacer nada –la interrumpió Skulduggery–. Eligió hacerlo porque quiso. Y tampoco fue culpa tuya; Serpine ordenó a su asesino que te matara para hacerme daño a mí. Es lo que hace siempre.

–Le mandó que fuera a por mí porque sabía que yo sería incapaz de defenderme. Sabe que tú me cuidas, sabe que soy tu punto débil.

Skulduggery ladeó un poco la cabeza.

–¿Que yo te cuido? ¿Es eso lo que piensas, que estoy haciendo de niñera?

–¡Es que es la verdad! No sé hacer magia, no sé luchar, no puedo lanzar bolas de fuego ni correr por las paredes y el techo. ¿En qué puedo ayudarte? ¡Soy débil!

Skulduggery meneó la cabeza.

–No, no lo eres. Tal vez no sepas magia ni técnicas de combate, pero no eres débil. Serpine te subestima; todos lo hacen, de hecho. Eres mucho más fuerte de lo que piensan, incluso más de lo que piensas tú misma.

–Me gustaría que tuvieras razón.

–Yo siempre tengo razón, querida.

Stephanie oyó el pitido de un teléfono móvil, y al mirar a su alrededor vio que Tanith había salido del servicio y se dirigía hacia los surtidores. Llevaba la muñeca vendada, y Stephanie pensó que las propiedades mágicas de su piedra curativa ya estarían empezando a surtir efecto. Tanith caminaba con el teléfono pegado a la oreja, y a Stephanie no le gustó la expresión que iba tomando su cara a medida que escuchaba a su interlocutor. Al fin colgó sin despedirse.

–Skulduggery –dijo suavemente–, ¿no tienes el móvil encendido?

–No, se le ha acabado la batería.

–El administrador del Santuario lleva un rato intentando hablar contigo.

–¿Ha pasado algo? –preguntó Stephanie.

–Los Mayores –dijo Tanith con voz átona–.Sagacius Tome los ha traicionado y ahora están muertos.

Stephanie se tapó la boca con la mano para sofocar un grito.

–Tome ha estado todo el tiempo compinchado con Serpine –continuó Tanith–. Es un traidor, igual que Bliss. Hay traidores por todas partes. Skulduggery, ¿qué vamos a hacer?

Stephanie se quedó mirando a su amigo, deseando con todas sus fuerzas que propusiera un nuevo plan, alguna ingeniosa táctica que les permitiera salir victoriosos y les asegurara un final feliz. Pero Skulduggery se quedó callado.

–¿Me has oído? –exclamó Tanith, con la voz animada por una furia repentina–. ¿Estás escuchándome? ¿Es que no te importa lo que pase? Ahora que lo pienso, tal vez no. Tal vez estés deseando morir otra vez para reunirte con tu mujer y tu hijo, ¡pero óyeme bien! Nosotras no queremos morir, ¿te enteras? Ni Valquiria ni yo tenemos la menor intención de morirnos ahora.

Skulduggery siguió impertérrito, mudo e inmóvil como un maniquí.

–¿Acaso crees que tenemos alguna posibilidad de vencer a Serpine? –preguntó Tanith–. ¿Aliado como está con Tome y Bliss, y con ese Hendedor? ¿Crees que tenemos la más mínima posibilidad de hacerles frente?

–Entonces, ¿qué propones que hagamos? –dijo al fin Skulduggery, con voz firme y calmada–. ¿Retirarnos y dejar que Serpine se haga aún más fuerte? ¿Dejarle que siga reclutando nuevos aliados tranquilamente, dejarle que abra la puerta para que los Sin Rostro vuelvan a entrar en el mundo?

–¡Pero es que está ganando! ¿Aún no te has dado cuenta? ¡Serpine está ganando esta guerra!

–De ningún modo.

–¿Qué?

–Es absurdo decir que alguien «está ganando» o «está perdiendo» una guerra. Las guerras solo se ganan o se pierden cuando acaban; lo único que existe realmente es la victoria o la derrota. Existen los términos absolutos, y lo que hay entre ellos está siempre por determinar. Serpine solo habrá vencido cuando no quede nadie para hacerle frente. Hasta entonces, lo que tenemos entre manos es una batalla abierta. Las guerras son como las mareas, ¿sabes? Tan pronto empujan en una dirección como en la otra.

–Todo eso no son más que locuras...

Skulduggery se volvió hacia Tanith tan repentinamente que, por un momento, Stephanie pensó que le iba a dar una bofetada.

–Acabo de ver cómo un amigo muy querido se convertía en estatua, Tanith. Meritorius y Morwenna Crow, dos de las pocas personas a las que respetaba en este mundo, han sido asesinadas. Así que tengo que darte la razón cuando dices que nuestros aliados están cayendo como moscas; pero nadie ha dicho que esto fuera a ser fácil. Siempre supimos que íbamos a tener bajas. ¿Y sabes qué es lo que hay que hacer cuando eso ocurre? Pasar sobre ellas y seguir adelante, porque no tenemos otra opción. Escúchame bien: voy a detener a Serpine de una vez por todas. Todo el que quiera ayudarme será bienvenido. Y los que no quieran pueden marcharse tranquilamente, porque el resultado va a ser el mismo: voy a derrotar a Serpine, y no hay más que hablar.

Skulduggery entró en el Bentley y arrancó. Tras un momento de titubeo, Stephanie abrió la puerta del copiloto y se montó. Mientras se abrochaba el cinturón observó de reojo a Skulduggery, pero él tenía la mirada clavada en el parabrisas. Al cabo de unos tres segundos el detective metió la primera, y cuando el coche estaba empezando a moverse Tanith se coló en el asiento de atrás.

–No hay por qué tomárselo todo tan a la tremenda –murmuró, y Stephanie hizo un esfuerzo por sonreír. Skulduggery salió a la carretera y empezó a acelerar.

–¿Dónde vamos? –preguntó Stephanie.

–¿Es que no me has oído? –respondió Skulduggery con su tono socarrón de costumbre–. Vamos a derrotar a Serpine, acabo de hacer un discurso al respecto. Ha sido un discurso muy bueno, para que lo sepas.

Tanith se inclinó hacia él.

–¿Y sabes dónde puede estar?

–Desde luego. Me vino a la cabeza hace un momento, mientras llenaba el depósito.

–¿Qué te vino a la cabeza?

–El Cetro. ¿Para qué quiere el Cetro Serpine?

Stephanie entrecerró los ojos para pensar mejor.

–Porque es el arma más poderosa del mundo.

–¿Pero qué crees que pretende hacer con él?

–Pues... conseguir el ritual que le hace falta para traer de vuelta a los Sin Rostro, ¿no? Con el Cetro puede amenazar a quienes lo conozcan para obligarles a que se lo revelen.

–No.

–¿No crees que lo vaya a usar para averiguar cómo es el ritual?

–El Cetro tiene un poder demasiado brutal, poco manejable. ¿Qué pasaría si Serpine amenazara con la muerte a la única persona del mundo que conoce el ritual, y esa persona prefiriera morir a revelárselo? ¿Qué podría hacer Serpine entonces? No, no puede ser. Serpine solo quería el Cetro para matar a los Mayores; sabía que no tenía poder suficiente para hacerlo por sí solo.

–¿Y crees que matar a los Mayores le ayudará a conseguir el ritual?

–No estamos hablando únicamente del ritual. ¿Qué pasa si matas a los Mayores?

–Parece el comienzo de un chiste.

–Valquiria, haz el favor...

–No sé.

–Sí que lo sabes, solo tienes que pensar un poco. ¿Qué podría obtener Serpine matando a los Mayores?

–¿Desanimar a sus enemigos? ¿Hacer que cunda el pánico? ¿Despejar un poco el aparcamiento del Santuario...?

Skulduggery la miró fijamente y en la mente de Stephanie se hizo una claridad repentina.

–Ay, madre... –musitó.

–Pretende hacerse con el Libro de los Nombres –dijo Skulduggery–. Necesitaba el Cetro para matar a Meritorius y a Morwenna Crow, y deshacer de ese modo el hechizo que lo protegía. Con él en su poder, no le hará falta amenazar a nadie para que hagan lo que dice: lo único que tendrá que hacer es pedírselo. Durante todo este tiempo, su verdadero objetivo ha sido el Libro.

28
LA MATANZA

CUANDO llegaron al Museo de Cera, las calles de Dublín estaban tan silenciosas que la ciudad entera parecía contener el aliento. Las estrellas se ocultaban tras un manto de nubes, y cuando los tres compañeros salieron del Bentley y se aproximaron a la puerta trasera del edificio, empezó a caer una copiosa lluvia. Más allá de la verja del museo se veía una calle por la que pasaban coches salpicando agua lodosa y algún que otro transeúnte con la cabeza gacha. Skulduggery se dirigió rápida y cautelosamente hacia la puerta del museo, que estaba abierta, y Stephanie y Tanith siguieron sus pasos.

Stephanie esperaba encontrarse con el fragor de una batalla, y la sorprendió lo silencioso que estaba el museo. Empezaron a recorrer las salas en dirección a la puerta oculta, pero a medio camino Skulduggery aminoró el paso hasta detenerse.

–¿Qué pasa? –susurró Stephanie.

Skulduggery volvió la cabeza lentamente y escrutó la oscuridad.

–No es que quiera alarmaros, pero me temo que no estamos solos.

En ese preciso instante, los Hombres Huecos salieron de entre las sombras y arremetieron contra ellos sin apenas un sonido. Estaban rodeados de aquellos seres sin mente propia, sin corazón propio, sin alma.

Tanith se internó entre sus filas lanzando mandobles precisos y destructivos, arrebatando una no-vida a cada golpe. Skulduggery chasqueó los dedos e instantáneamente unos cuantos Hombres Huecos rompieron en llamas y empezaron a dar ciegas vueltas sobre sí mismos, obligando a Stephanie a retirarse. El fuego traspasó la piel de aquellos seres, inflamando el gas hediondo que les daba vida, y los Hombres Huecos se derrumbaron en una última llamarada.

Uno de los que habían logrado escapar de las llamas se abalanzó sobre Stephanie y ella lo recibió con un puñetazo en plena cara, notando como sus nudillos se hundían en la piel inflada. Él contestó con otro puñetazo, pero Stephanie se agachó para esquivarlo y luego arremetió contra él como había visto hacer a Skulduggery tantas veces. Le dio un golpe de cadera, se giró a medias y el atacante cayó derribado. No fue ni grácil ni bonito, pero funcionó. El Hombre Hueco pugnó por levantarse, pero Stephanie lo agarró de una muñeca, tiró de ella presionándole el pecho con un pie y desprendió el brazo del torso con un desgarrón.

Mientras el Hombre Hueco se deshinchaba a sus pies, Stephanie cayó en la cuenta de que todo volvía a estar silencioso. Miró a Skulduggery y a Tanith, que parecían llevar un rato observándola.

–No ha estado mal –dijo Tanith levantando una ceja.

–Era el último que quedaba –afirmó Skulduggery–. Y ahora, vamos por el plato fuerte.

La puerta secreta del Santuario estaba abierta de par en par, como una herida en la pared. En el umbral yacía un Hendedor muerto. Stephanie titubeó un momento, y luego pasó sobre el cuerpo y empezó a bajar las escaleras tras sus amigos.

La mayor matanza parecía haberse producido en el vestíbulo del Santuario. El suelo estaba alfombrado de muertos: ningún herido, nadie agonizante, solo cadáveres. Algunos parecían haber sido despedazados, otros no tenían ninguna marca, y había lugares en los que lo único que se veía eran montoncitos de polvo esparcidos por el suelo: era el rastro inconfundible del Cetro. Stephanie trató de pasar sin rozar ningún cuerpo con los pies, pero había tantos amontonados que era imposible no tocarlos.

En cierto momento pasó junto al administrador. Estaba acurrucado en el suelo, con los dedos engarfiados por los últimos estertores de la muerte. Su rostro tenía la expresión de quien sufre un dolor insoportable: había caído víctima de la mano roja de Serpine.

Skulduggery se acercó a la entrada del corredor que se abría a la izquierda y se asomó para asegurarse de que estaba vacío. Tanith lo adelantó con la espalda pegada a la pared, y cuando estuvo segura de que no había nadie en el siguiente tramo, le hizo un gesto con la cabeza y Skulduggery se adelantó a su vez. Así siguieron avanzando, internándose en las entrañas del Santuario.

«Parece que se ha acabado eso de meternos de cabeza en los peligros», pensó Stephanie. Era el único indicio de que Tanith y Skulduggery habían empezado a tener miedo.

Stephanie avanzó tras ellos. Con las manos empapadas de sudor y la boca seca, le daba la impresión de que las piernas iban a fallarle en cualquier momento. No podía evitar pensar en sus padres. Si moría aquella noche en el interior del Santuario,

¿se darían cuenta? Seguramente, su reflejo seguiría manteniendo su vacua pantomima hasta que sus padres empezaran a comprender poco a poco que aquella cáscara, aquella máscara que llevaban un tiempo tomando por su hija, ni siquiera podía sentir afecto de verdad. Se darían cuenta de que no hacía más que disimular, mantener las apariencias, pero no llegarían a saber que aquello no era ella, que solo era una máscara. Y pasarían el resto de sus vidas creyendo que su propia hija no los quería.

No, Stephanie no quería hacerles pasar por aquello. Si seguía avanzando moriría, no le cabía la menor duda. Lo más razonable sería darse la vuelta en aquel mismo momento y echar a correr. Ella no pintaba nada allí, aquel no era su mundo. Ya lo había dicho Abominable cuando lo había conocido: Gordon había perdido la vida por aquella locura. ¿No bastaba con eso? ¿Tenía que morir ella también?

Stephanie no lo oyó. No oyó sus pasos, ni siquiera cuando ya estaba tan cerca que podría haberle acariciado la melena con solo estirar la mano. No lo vio por el rabillo del ojo, ni siquiera distinguió su sombra o un reflejo en las pulidas paredes, porque si no quería ser visto, no había forma de verlo. Pero cuando se acercó a ella pudo sentir su presencia, sintió cómo el aire se desplazaba y le acariciaba levemente el dorso de las manos, y ni siquiera tuvo que volver la cabeza para saber que estaba allí.

Se tiró en plancha al suelo, y Skulduggery y Tanith miraron hacia atrás cuando Stephanie se levantó de un salto a su lado.

El Hendedor Blanco los miraba fijamente, silencioso como un fantasma y letal como la peste.

Tanith se dio la vuelta justo a tiempo de ver a Valquiria levantarse de un salto y al Hendedor Blanco inmóvil tras ella.

–Valquiria –dijo en tono bajo y firme–, ponte detrás de mí.

Valquiria avanzó caminando hacia atrás y el Hendedor Blanco no hizo ademán de detenerla.

–Yo lo entretendré –dijo Tanith sin apartar los ojos de su adversario–. Id vosotros por Serpine.

Desenvainó la espada y oyó cómo se alejaban los pasos apresurados de Skulduggery y Stephanie. El Hendedor Blanco se llevó la mano a la espalda y empuñó su guadaña.

Tanith dio un paso hacia él.

–Yo te ordené que distrajeras a los Hombres Huecos del castillo de Serpine, ¿verdad? Eres uno de los Hendedores que Meritorius nos asignó.

El Hendedor no contestó, ni se movió siquiera.

–Quiero decirte que siento mucho lo que te ocurrió. Pero era algo necesario. Y también te quiero decir que siento mucho lo que va a ocurrirte ahora. Sin embargo, también esto es necesario.

El Hendedor comenzó a hacer lentos molinetes con la guadaña y Tanith levantó una ceja.

–Venga, acércate si te atreves –dijo.

El Hendedor arremetió contra Tanith enarbolando su guadaña, pero ella paró el golpe y saltó lanzando un rápido mandoble. Él retrocedió, giró sobre sí mismo y su arma pasó sobre la cabeza de Tanith con un silbido. Tanith golpeó con su espada la hoja y el astil de la guadaña, y la hoja de la guadaña golpeó la espada y la vaina lacada que Tanith seguía aferrando con la mano izquierda.

Tanith se agachó en un intento de pillarlo desprevenido: cuanto más se acercara al Hendedor, más dificultades tendría él para manejar la guadaña.

El Hendedor fue parando sus golpes, veloz como el rayo; pero estaba a la defensiva, y Tanith sabía que alguno de sus ataques acabaría por alcanzarlo. De pronto, la espada de Tanith se hincó en el costado de su adversario; él desprendió una mano del astil de su arma y apartó de un veloz empellón a Tanith, que salió despedida hacia atrás. Ahora el Hendedor estaba fuera del alcance de su espada; pero Tanith vio cómo la sangre comenzaba a empapar su blanco uniforme y le sonrió. Entonces, la sangre se oscureció de pronto y la mancha pasó en un instante del rojo al negro.

La sonrisa de Tanith se desvaneció justo en el momento en que la sangre del Hendedor dejaba de fluir.

Tanith retrocedió, notando una puerta a sus espaldas, y la abrió de golpe mientras el Hendedor avanzaba hacia ella.

La sala en la que entró estaba llena de jaulas, y en cada una de ellas había un hombre o una mujer. Tanith se dio cuenta al instante de dónde se encontraba: eran las mazmorras del Santuario. Las personas que había en aquellas jaulas eran la hez de los magos, criminales tan siniestros y trastornados que los Mayores habían decidido retenerlos allí, en el mismo Santuario. Las jaulas neutralizaban sus poderes y al mismo tiempo satisfacían sus necesidades corporales, manteniéndolos alimentados y saludables. Así, no hacía falta que los Hendedores entraran para llevarles comida ni agua, y la única compañía que tenían los prisioneros eran sus compañeros de las jaulas contiguas. Y dado que sus vecinos solían ser tan maniáticos y egocéntricos como ellos mismos, estar en las mazmorras del Santuario era como encontrarse en el mismísimo infierno.

El Hendedor bajó las escaleras mientras Tanith le hacía frente; cada vez que las hojas de sus armas se encontraban salía una nube de chispas.

Los prisioneros lo observaban todo, confundidos en un primer momento: los Hendedores eran sus carceleros y por tanto sus enemigos, pero aquel Hendedor iba vestido de blanco, y además aquellos criminales detectaban algo en él que lo identificaba con ellos. Enseguida empezaron todos a vitorearle y a gritar de alborozo mientras Tanith reculaba ante sus embates, rodeada de enemigos.

Al parar uno de los golpes, la muñeca magullada de Tanith cedió. El Hendedor aprovechó el momento y le alcanzó el vientre con la punta de la hoja, haciéndole un largo desgarrón del que empezó a manar sangre. Tanith hizo una mueca de dolor y retrocedió ante su vertiginosa arremetida, consiguiendo a duras penas contener sus golpes.

Los prisioneros reían y silbaban, sacando los brazos entre los barrotes para tirarle del pelo y arañarla. Uno de ellos la agarró del borde del gabán; pero Tanith se dio la vuelta rápidamente y se desprendió de la prenda, tirando la espada y la vaina al aire mientras sacaba los brazos de las mangas y atrapándolos de nuevo antes de que su adversario la alcanzara.

El Hendedor lanzó un nuevo golpe que Tanith paró con la vaina, aprovechando para tirar un mandoble con la espada; pero su adversario reaccionó, desvió el golpe con un giro de muñeca y continuó el movimiento hasta alcanzar a Tanith.

Ella retrocedió, y al hacerlo tropezó y se cayó. Pero en cuanto tocó el suelo, se agazapó y dio una voltereta hacia atrás, y casi instantáneamente la hoja de la guadaña se hincó en el punto del suelo en el que estaba un momento antes.

Los prisioneros aullaron de risa mientras Tanith se daba la vuelta y echaba a correr, seguida muy de cerca por el Hendedor. Cuando llegó a la pared, siguió corriendo sin detenerse y pronto estuvo cabeza abajo, intercambiando mandobles con su enemigo. Él tuvo que recular, abrumado por el esfuerzo de defenderse de una adversaria que le atacaba desde arriba.

El Hendedor lanzó un golpe que Tanith desvió, aprovechando para golpearle la mano izquierda con la vaina. El Hendedor soltó el astil de su guadaña por un momento; Tanith se dejó caer, dándose la vuelta antes de llegar al suelo, y le arrebató la guadaña al Hendedor antes de que este pudiera recobrarse. Luego le lanzó una rápida patada que lo hizo tambalearse y lo atravesó con su espada.

Los prisioneros enmudecieron mientras el Hendedor daba un paso atrás.

Tanith dio impulso a la guadaña y enterró su hoja en el pecho del Hendedor. Él cayó al suelo de rodillas, empapando el suelo con su negra sangre.

Tanith lo miró y pudo sentir cómo la observaba a través de la visera del casco, hasta que todo su cuerpo pareció aflojarse y su cabeza cayó vencida hacia delante.

Los prisioneros murmuraron, decepcionados por el final de la pelea. Tanith agarró la empuñadura de su espada y tiró para sacarla del cuerpo del Hendedor, recogió del suelo la vaina y echó a correr hacia las escaleras.

En aquel momento se oyó un gran estrépito proveniente de algún lugar del Santuario –el Depósito, seguramente–, lo que hizo que se apurara todavía más. Pero cuando llegó al último escalón se detuvo en seco: uno de los prisioneros acababa de soltar una carcajada.

Se dio la vuelta y vio horrorizada que el Hendedor Blanco estaba de pie, sacándose la guadaña del pecho. «Es imparable», pensó. «Es imposible detenerlo, igual que a Serpine». Giró y echó a correr hacia la puerta, que estaba a un par de metros, pero cuando salía de la estancia sintió un golpe repentino que la dejó sin aliento.

Tanith se detuvo perpleja y le ordenó a su cuerpo que se moviera, pero su cuerpo se negó a obedecer. Entonces miró hacia abajo y vio que de su pecho sobresalía la punta de la guadaña.

Se dio la vuelta, maldiciéndose a sí misma, y vio que el Hendedor subía la escalera. «Un lanzador de primera», pensó, echándose casi a reír. No sentía el brazo derecho, y su espada cayó al suelo. El Hendedor ya estaba a su lado, agarrando el astil de la guadaña. Trazó un círculo en torno a ella obligándola a girar, mirándola como si quisiera examinar su dolor, recordar cómo era.

Luego retorció el astil y Tanith cayó de rodillas. Cuando el Hendedor sacó la guadaña de su cuerpo, Tanith resolló y miró hacia atrás: su sangre escarlata se mezclaba en la hoja con la negra sangre de su enemigo. Su consciencia empezaba a apagarse, y supo que no iba a poder defenderse mucho más.

El Hendedor levantó la guadaña. Tanith lo miró, preparada para morir, pero de pronto se dio cuenta de que su adversario estaba al otro lado del umbral, en el pasillo. Con sus últimas fuerzas, se abalanzó hacia delante y cerró la puerta; luego apretó la palma contra ella y susurró «resiste». Una película bruñida se extendió sobre la puerta justo cuando el Hendedor comenzaba a aporrearla.

Tanith se apoyó contra la puerta. Había fracasado. Había retardado el avance del Hendedor, pero no había logrado detenerlo, y ahora Serpine podía disponer de nuevo de su esbirro.

Hizo un último esfuerzo por mantenerse en pie; pero había llegado al límite de su resistencia, y fue resbalando lentamente hasta caer al suelo. Los prisioneros la observaron alborozados desde sus jaulas, y cuando la sangre de Tanith empezó a empapar su blusa comenzaron a susurrar.

29

MUERTE EN LAS PROFUNDIDADES DE DUBLÍN

EL Hendedor Blanco los miraba fijamente, silencioso como un fantasma y letal como la peste.

–Valquiria –dijo Tanith–, ponte detrás de mí.

Stephanie retrocedió hasta llegar al lado de Skulduggery.

–Yo lo entretendré –dijo Tanith–. Id vosotros por Serpine.

Tanith desenvainó la espada y el Hendedor empuñó la guadaña.

Stephanie notó un toque en el brazo: era Skulduggery, que le indicaba que debían marcharse. Echó a correr tras él.

–Tendrás que intentar hacerte con el Cetro –susurró Skulduggery mientras trotaban por el corredor–. Tú puedes acercarte sin que cante, yo no. No es que sea un gran plan, pero a veces los planes simples son los mejores.

La puerta del Depósito apareció frente a ellos. Aminoraron el paso, y entonces Skulduggery agarró a Stephanie de los brazos y le dio la vuelta para mirarla a la cara.

–Escúchame, Valquiria. Si esto sale mal, si no logramos sorprenderlo, quiero que te vayas. Me ocurra lo que me ocurra, quiero que salgas corriendo de ahí, ¿me entiendes?

Stephanie tragó saliva.

–Sí.

Skulduggery titubeó un momento y luego siguió hablando.

–Serpine utilizó a mi mujer y a mi hijo para atacarme a mí, y para hacerlo los tuvo que matar. Asesinó a mi familia e hizo que aquella muerte recayera sobre mis espaldas. Valquiria, si hoy mueres, tu muerte será tuya y solo tuya. Afróntala como mejor te parezca.

Stephanie asintió.

–Y ahora, Valquiria Caín, te diré que ha sido un auténtico placer conocerte.

–Lo mismo digo –respondió ella, levantando la vista para mirarlo. «Si tuviera labios, estaría sonriéndome», pensó.

Los dos se escabulleron hasta la enorme puerta, que estaba abierta de par en par. Stephanie distinguió a Serpine en el centro de la estancia, de espaldas a ellos. Llevaba el Cetro en una mano, y se dirigía lentamente hacia el Libro de los Nombres. A su lado estaba Sagacius Tome, también de espaldas a la puerta.

–No veo a Bliss –musitó Stephanie, y Skulduggery movió la cabeza indicando que tampoco él lo veía.

Stephanie tomó aliento, entró en el Depósito y comenzó a caminar sigilosamente hacia la izquierda. Al llegar tras una pesada vitrina llena de artefactos, se detuvo y echó una ojeada. Serpine había dejado de andar, y por un momento Stephanie temió que hubiera detectado su presencia. Pero sus temores eran infundados, porque Serpine sacudió la cabeza y retrocedió hasta donde estaba Sagacius Tome.

–Sigue siendo demasiado fuerte –dijo.

–Pues ya no va a debilitarse más –repuso Sagacius Tome–. Pensé que con Meritorius y Morwenna muertos, la barrera desaparecería. Pero yo no puedo retirar mi propia contribución al hechizo; para ello, tendría que celebrar una ceremonia en la que ellos también participaran.

Serpine levantó una ceja.

–Entonces, tal vez no hubiéramos debido matarlos –dijo.

–¡No fui yo quien los mató! –se defendió Tome–. ¡Fuiste tú quien lo hizo!

Stephanie se agachó mientras Serpine soltaba una carcajada.

–Tal vez fuera yo quien los convirtió en polvo, Sagacius, pero tú les tendiste la trampa. Los embaucaste, los traicionaste.

Sagacius se encaró con Serpine y lo señaló con gesto indignado.

–¡No fui yo quien provocó su muerte! Fue su propia debilidad lo que los llevó a la perdición, sus propias carencias. Tenían en sus manos un poder inmenso, pero se contentaban con quedarse sentados tranquilamente sin usarlo.

–Nunca se me había ocurrido pensar que fueras tan ambicioso...

–No, nadie lo pensaba. Todos decían que yo era una nulidad. No era el más sabio, ni el más fuerte; no era nada. Eso pensaba todo el mundo. Lo sé, siempre lo he sabido. Pero la gente lleva siglos subestimándome, y ya es hora de que todos se inclinen ante mi poder.

Stephanie se puso a gatas y empezó a reptar. A su alrededor reinaba la penumbra, y Serpine y Sagacius estaban demasiado entretenidos para mirar en su dirección; pero si se quedaba en pie y a ellos se les ocurría volverse era posible que la vieran, y a Stephanie no le apetecía correr riesgos innecesarios.

–Van a pagar por ello –dijo Tome–. Sí, todos los que dudaron de mi poder van a pagármelas. Su sangre correrá por las calles.

–Qué dramático –dijo Serpine levantando la mano. Stephanie vio cómo el Libro se elevaba y quedaba suspendido sobre el pedestal por un momento. Luego Serpine soltó un gruñido de impaciencia y volvió a dejarlo caer.

–¡Ya te he dicho que no va a funcionar! –exclamó Tome–. No podrás cogerlo por más que lo intentes. Da igual lo cerca que tengas el Libro, porque no se trata de una barrera física sino mental. ¿No lo ves?

Ahora Stephanie estaba tan cerca que casi no se atrevía a respirar. Se había ocultado tras una columna que había junto a ellos, y la voz de Serpine sonaba tan cercana que le daba la impresión de que le estaba hablando al oído.

–Entonces, lo que me estás queriendo decir es que la presencia del último de los Mayores, que eres tú, es suficiente para mantener una barrera tan fuerte que me impide acceder al Libro. ¿No es eso?

–Sí, eso es. ¡Pero no es culpa mía! ¡Yo he hecho lo que he podido!

–Por supuesto, por supuesto. Pero aún queda una cosita más que puedes hacer para ayudarme a resolver este pequeño problema.

–¿De qué hablas? –preguntó Tome, en un tono repentinamente amedrentado–. ¿Qué haces, Serpine? Apunta a otro lado con el Cetro. Te estoy diciendo que apuntes a otro lado...

Un resplandor oscuro cruzó el aire y de pronto se hizo el silencio.

Al cabo de unos instantes, Stephanie oyó un ruido de pasos y se asomó para echar un vistazo. Serpine caminaba lentamente de espaldas a ella, totalmente concentrado en el Libro. Stephanie no iba a tener una oportunidad mejor que aquella.

Salió sigilosamente de detrás de la columna, haciendo caso omiso del montoncito de polvo que había a sus pies. Si trataba de acercarse más, Serpine la descubriría sin remedio; la oiría o la sentiría de algún modo, Stephanie estaba segura. Pero estaba tan cerca, y él sujetaba el Cetro con tanto descuido...

Stephanie entrecerró los ojos y dio un paso. Serpine la oyó y se dio la vuelta, pero a Stephanie no le importó. Estaba totalmente concentrada en el Cetro, que empezaba a brillar amenazador. Cerró el puño derecho, abrió los dedos de repente empujando el aire que había ante su palma y el aire se movió en ondas concéntricas. La ráfaga llegó hasta la mano de Serpine y le arrebató el Cetro, que salió despedido y chocó con la pared opuesta.

Serpine soltó un siseo de furia, pero en aquel momento el Cetro comenzó a cantar: Skulduggery había entrado en juego. Stephanie vio cómo saltaba y, en mitad del salto, salía disparado hacia delante por una ráfaga repentina. En un abrir y cerrar de ojos, el detective llegó hasta Serpine y chocó contra él haciéndole perder el equilibrio.

Los dos contendientes chocaron con el pedestal, que se tambaleó haciendo caer el Libro. Skulduggery fue el primero en levantarse; agarró a Serpine de la pechera, lo tiró contra una columna y le soltó un puñetazo en plena cara.

Serpine trató de contraatacar, pero Skulduggery lo agarró de la muñeca, avanzó para colocarse bajo su brazo y luego se dio la vuelta tirando con todas sus fuerzas. Serpine aulló de dolor, mientras un sonoro crujido resonaba en la estancia.

Serpine extendió la otra mano intentando crear una nube de vapor púrpura, pero Skulduggery le apartó el brazo y le golpeó un lado del cuello con el canto de la mano. Serpine resolló y se desplomó, mientras Skulduggery se hacía a un lado para evitar que lo arrastrara en su caída.

–Siempre has sido un pésimo luchador –dijo–. Claro, no te hacía falta, ¿verdad? Tenías lacayos que lo hacían por ti. ¿Dónde están tus lacayos ahora, Nefarian?

–Ya no los necesito –mascullló Serpine–. No necesito a nadie. Te voy a destruir yo mismo, voy a convertir tus huesos en polvo.

Skulduggery inclinó la cabeza.

–A no ser que tengas un ejército de repuesto escondido bajo esa levita tan mona que llevas, lo dudo mucho.

Serpine se levantó como pudo y se abalanzó contra Skulduggery, pero este lo recibió con una patada y un puñetazo en el hombro que le hicieron caer nuevamente de rodillas.

Stephanie buscó el Cetro con la mirada: tenía que hacerse con él antes de que Serpine lograra recobrarse. Estaba incorporándose cuando se dio cuenta de que el Libro de los Nombres reposaba abierto a su lado. Se quedó mirándolo, y en ese momento, las columnas de nombres empezaron a modificarse ante sus ojos. Stephanie distinguió su propio nombre, pero cuando iba a mirarlo más de cerca, oyó que Skulduggery gruñía.

Serpine seguía de rodillas, pero ahora sus labios se movían. Estaba mirando la pared que había tras Skulduggery, de la que surgían decenas de manos que agarraban al detective y lo arrastraban hacia atrás. Serpine se puso en pie, envuelto en un coro de crujidos y chasquidos sordos: era el ruido que hacían sus huesos al recomponerse.

–¿Dónde están ahora tus ingeniosas pullitas, detective?

Skulduggery se debatió, intentando librarse de la docena de manos que lo aferraban.

–Tienes las orejas de soplillo –logró decir antes de que las manos lo hicieran desaparecer en el interior del muro.

Serpine miró a su alrededor, vio a Stephanie y se dio cuenta de lo cerca que estaba del Cetro.

Extendió la mano rápidamente y un fino hilo púrpura salió disparado hacia el Cetro y se enroscó en él. Luego Serpine tiró hacia atrás, y el Cetro empezaba a elevarse cuando Stephanie saltó y logró agarrarlo.

Los pies se le despegaron del suelo; pero tenía el Cetro bien cogido, y al cabo de un momento el hilo púrpura se rompió y Stephanie volvió a caer. Entonces oyó un gran estrépito, levantó la vista y vio que una vitrina se dirigía hacia ella a toda velocidad. Trató de esquivarla, pero ya era tarde y la vitrina le dio de lleno.

Stephanie soltó un grito, dejó caer el Cetro y se agarró una pierna: la tenía rota. Cerró los ojos para contener las lágrimas de dolor, y cuando volvió a abrirlos vio que Bliss entraba en la sala.

–¿Dónde estabas? –preguntó Serpine furioso.

–Tuve problemas. Sin embargo, pareces habértelas arreglado bastante bien sin mí.

Serpine lo miró con los ojos entornados.

–Por supuesto. Pero aún queda una enemiga de la que hay que ocuparse.

Bliss miró a Stephanie.

–¿Vas a matarla?

–¿Yo? No. Eres tú quien la va a matar.

–¿Cómo?

–Si quieres obtener tu parte de lo cosechado esta noche, tendrás que ensuciarte un poco las manos.

–¿Me estás pidiendo que mate a una niña desarmada? –preguntó Bliss en tono incrédulo.

–Considéralo como una prueba de tu compromiso hacia nuestros amos y señores. No tendrás ningún inconveniente, ¿verdad?

Bliss lo miró con frialdad.

–¿Tienes algún arma que pueda usar, o pretendes que la mate a palos?

Serpine se metió la mano bajo la levita, sacó una daga y se la tiró a Bliss, quien la agarró al vuelo y la sopesó por un instante. A Stephanie se le secó la boca.

Bliss la miró sin decir nada, soltó un suspiro y echó el brazo atrás para lanzar la daga. Stephanie hizo una mueca y volvió la cabeza...

... y entonces oyó cómo Serpine se reía.

Stephanie miró hacia delante: la daga no la había tocado, ni siquiera le había pasado cerca. En vez de ello, estaba en las manos de Serpine, que la había atrapado justo antes de que se hincara en su ojo izquierdo.

–Ya lo sabía yo –dijo Serpine.

Bliss se abalanzó sobre él, pero Serpine se quitó el guante de la mano derecha, la levantó y Bliss se derrumbó con un alarido. Serpine lo escuchó gritar durante unos segundos y bajó la mano. Bliss resolló.

–Estoy seguro de que me quieres matar –dijo Serpine acercándose a él–. Estoy seguro de que querrías descuartizarme con tus propias manos, y estoy seguro de que tu fuerza legendaria te permitiría hacerlo sin fatigarte demasiado. Pero contéstame a esto, Bliss: ¿de qué sirve una fuerza legendaria si no te puedes acercar lo suficiente para usarla?

Bliss intentó ponerse en pie, pero sus rodillas cedieron y volvió a caer al suelo.

–Estoy intrigado –continuó Serpine–. ¿Por qué tanto teatro? ¿Por qué te has tomado tantas molestias, para qué has querido llegar a este punto? ¿Por qué no te limitaste a luchar junto a tu querido detective?

Bliss sacudió la cabeza a duras penas.

–No estaba seguro de que pudiéramos detenerte –dijo–. Te conozco muy bien, Serpine... siempre tienes ases en la manga. Eres demasiado peligroso, demasiado impredecible. Necesitaba que te hicieras con el Cetro.

Serpine sonrió.

–¿Para qué?

Bliss respondió a su sonrisa con otra, aunque bastante más pálida y desencajada.

–Porque cuando tuvieras el Cetro en tu poder, tus acciones serían predecibles.

–Ah, ¿de modo que predijiste mi invulnerabilidad? Así me gusta.

–No hay nadie invulnerable –susurró Bliss.

–Bueno, desde luego tú no lo eres –respondió Serpine encogiéndose de hombros.

Levantó la mano derecha y volvió a apuntar a Bliss, y Stephanie vio con horror cómo este se retorcía presa de un dolor intolerable. Sus alaridos fueron subiendo gradualmente de intensidad, y cuando parecía que ya no iba a aguantar más, Serpine dejó de apuntarle, le obligó a incorporarse y mientras lo sostenía para que no cayera, acumuló vapor púrpura en los puños. Bliss salió despedido hacia atrás, chocó contra unas estanterías que había al otro extremo de la sala, cayó al suelo y se quedó inmóvil.

Serpine se acercó de nuevo a Stephanie.

–Disculpa la interrupción –dijo, agarrándola de las solapas del gabán y levantándola en vilo. La pierna rota de Stephanie oscilaba en el aire, produciéndole un dolor tan abrumador que no dejaba sitio para ninguna otra sensación–. ¿Cómo lo has hecho? ¿Cómo has logrado acercarte tanto al Cetro sin que me avisara? ¿Posees alguna magia desconocida para mí?

Stephanie no dijo nada.

–Señorita Caín, por mucho que trates de ocultarlo puedo ver el miedo en tus ojos. No quieres morir aún, ¿verdad? No, claro que no quieres. Tienes toda la vida por delante. Si no te hubieras metido en mis asuntos, si no te hubiera dado por husmear en la muerte de tu tío, no te estaría ocurriendo esto. Tu tío era un hombre muy obstinado, ¿sabes? Si me hubiera entregado la llave cuando se la pedí, tú no te encontrarías hoy en esta peligrosa situación. Pero no lo hizo y eso retrasó mucho mis planes, me causó muchas molestias e inconvenientes. Por culpa de tu tío ha muerto mucha gente.

La cara de Stephanie se contrajo en una expresión de odio.

–¡No te atrevas a culpar a mi tío de los asesinatos que has cometido tú!

–Yo no quería que todo esto ocurriera; no quería ningún conflicto. Lo único que quería era eliminar a los Mayores para conseguir el Libro. ¿Te das cuenta de lo sencillo que hubiera podido ser todo? Y en vez de eso, me veo obligado a vadear un río de cadáveres. Todas esas muertes caen sobre las espaldas de tu tío.

El odio que sentía Stephanie se concentró en su interior hasta convertirse en una especie de nódulo frío.

–Pero fíjate bien, Valquiria: tú no tienes por qué morir como ellos. Puedes superar todo esto, puedes vivir. Veo algo especial en ti, ¿sabes? Creo que podría gustarte el mundo nuevo que se avecina.

–Me da que no –dijo Stephanie en voz baja.

Serpine sonrió afablemente y acercó su cara aún más a la de Stephanie.

–Puedes sobrevivir... si me dices cómo pudiste acercarte tanto al Cetro sin que me avisara.

A falta de armas con las que atacarlo, Stephanie le lanzó un escupitajo. Serpine suspiró y la arrojó contra una columna; Stephanie se estrelló contra ella y cayó de espaldas al suelo.

Las imágenes empezaron a desvanecerse ante sus ojos, y le pareció como si el dolor que sentía estuviera muy lejos. Cuando Serpine volvió a hablar, a Stephanie le dio la impresión de que lo hacía a través de un muro.

–No importa. Estoy a punto de convertir a todos los habitantes de la Tierra en mis esclavos, y entonces ya no habrá secretos para mí. Ninguna magia estará oculta a mis ojos. Y cuando retornen los Sin Rostro, recompondrán el mundo y lo convertirán en un lugar de magnificente oscuridad.

Serpine pasó junto a ella, pero Stephanie solo pudo distinguir una vaga sombra que atravesaba su campo visual. Tenía que reaccionar, tenía que salir de aquella especie de trance. El dolor... sí, tenía que concentrarse en el dolor de su pierna rota. Ahora no era más que una sensación lejana, pero tenía que dejar que la inundara.

Stephanie se concentró en su pierna, sintiendo conscientemente los latidos y pinchazos. Cuanto más notaba el dolor más se despejaba su mente, hasta que el sufrimiento volvió a inundarla como una cascada incontenible. Stephanie tuvo que morderse el labio para no gritar.

Levantó la vista: Serpine se acercaba al Libro. Stephanie estiró el brazo para agarrar el borde de una vitrina y se incorporó, apoyándose en la pierna sana. Miró a su alrededor en busca de algo que usar como arma; solo vio un frasco lleno de un líquido verde, así que lo cogió y lo lanzó con todas sus fuerzas. El frasco golpeó a Serpine en la espalda y se hizo pedazos, mientras el líquido se convertía en vapor y se disipaba en el aire. Serpine se dio la vuelta, furioso.

–Mi querida señorita Caín, me temo que tu insistencia va a acabar por traerte problemas –dijo, levantando su roja mano derecha.

En ese momento, el Cetro reanudó su canto detrás de Stephanie. Skulduggery apareció atravesando el techo y cayó al suelo de espaldas

–Ah, parece que estoy de vuelta –dijo, sin ver aún a su adversario.

–Sí, eso parece –contestó Serpine, propinándole un puntapié en el costado que hizo gruñir a Skulduggery de dolor.

El detective apoyó las manos en el suelo para levantarse, pero Serpine se las apartó de una patada, le agarró la calavera y le pegó un rodillazo en la sien. Skulduggery volvió a caer boca arriba.

Serpine miró a Stephanie y luego clavó la mirada en algo que había a sus espaldas. Ella se dio la vuelta, vio el Cetro e hizo ademán de cogerlo, pero un tentáculo púrpura se enroscó en su cintura y tiró de ella hacia atrás haciéndola aterrizar sobre su pierna rota. Stephanie soltó un chillido, sintiendo que el dolor la atravesaba como un cuchillo.

Serpine atrapó el Cetro con el tentáculo púrpura, se lo llevó a la mano izquierda y se dio la vuelta. La gema comenzó a emitir su negro resplandor hacia Skulduggery, y el detective se lanzó al suelo mientras un enorme trozo de pared se desintegraba tras él.

Aún rodando, sacó la pistola y disparó un tiro que le dio a Serpine en el pecho.

–Veo que sigues usando tu juguetito –dijo Serpine en tono jocoso–. Qué pintoresco.

Skulduggery se había puesto en pie y trazaba lentos círculos a su alrededor, mientras Serpine sostenía el Cetro junto a su costado.

–No te saldrás con la tuya –dijo Skulduggery–. Al final siempre hemos logrado vencerte.

–Ah, mi viejo enemigo, esta vez es diferente. Las cosas han cambiado. ¿Quién va a plantarme cara ahora? No queda nadie, ¿no lo ves? ¿Te acuerdas de cuando eras un hombre? Un hombre de verdad, no este adefesio que tengo ante mí. ¿Te acuerdas de cómo eran las cosas entonces? Tenías un ejército que te respaldaba, contabas con hombres deseosos de luchar y morir por vuestra causa. Nosotros queríamos traer de vuelta a los Sin Rostro para adorarlos como los dioses que eran, y vosotros pretendíais cerrarles las puertas para que esta plaga que es la humanidad, esta apoteosis de lo vulgar, pudiera vivir y multiplicarse. Bien, pues ya ha tenido su oportunidad: los humanos han vivido y se han multiplicado, y ahora les ha llegado la hora de desaparecer.

El dedo de Skulduggery volvió a apretar el gatillo y del pecho de Serpine brotó un chorro de sangre negra, pero la herida se cerró de inmediato. Serpine se echó a reír.

–Me has causado tantos problemas a lo largo de los años, detective, que casi me da pena terminar contigo.

Skulduggery inclinó la cabeza.

–¿No te estarás rindiendo, verdad? –le preguntó a Serpine.

–Creo que incluso voy a echarte de menos. Si te sirve de algo, puedes pensar que la muerte es lo mejor que te puede pasar en este momento. No creo que te guste mucho el mundo una vez que mis amos y señores se ocupen de él.

–¿Y cómo piensas matarme? –dijo Skulduggery dejando caer la pistola y levantando los brazos–. ¿Con tu juguete, o con uno de los nuevos trucos que has aprendido?

Serpine sonrió.

–Sí, he enriquecido mi repertorio; me alegro de que te hayas dado cuenta.

–Y también has estado jugando a hacer necromancia de nuevo, ¿verdad?

–Desde luego. ¿Te gusta el Hendedor que tengo de mascota? Toda familia respetable debería poseer uno.

–Es un tipo duro de pelar –repuso Skulduggery–. He intentado matarlo de todas las maneras que conozco, pero él sigue y sigue como si nada.

–Sí, hay un antiguo proverbio necromántico muy adecuado para la ocasión –dijo Serpine soltando una carcajada–. Dice así: «no se puede matar lo que ya está muerto».

–¿Es un zombi? –preguntó Skulduggery ladeando la cabeza.

–No, en absoluto; no se me ocurriría asociarme con uno de esos pobres desgraciados. Mi Hendedor puede repararse a sí mismo, restablecerse, curarse. Es un proceso difícil de dominar, pero yo mismo soy la prueba de mi éxito.

–¡Claro! –exclamó Skulduggery en un tono repentinamente distinto–. Para eso eran los aparatos médicos del almacén. Hiciste una prueba con el Hendedor para ver si funcionaba, ¿verdad? Y luego te lo aplicaste a ti mismo.

–Ya era hora de que lograras deducir algo por ti mismo, gran detective.

–Podrás llamarlo como quieras, Nefarian, pero tu Hendedor no es más que un zombi y tú también.

Serpine sacudió la cabeza.

–¿Así que tus últimas palabras van a ser esos patéticos insultos? Me esperaba más de ti, Skulduggery. Algo más profundo, un poema, quizás –dijo, levantando el Cetro–. En fin, detective: el mundo será un poco menos extraño sin ti. Solo quería que lo supieras.

Stephanie dio un grito mientras Skulduggery se abalanzaba hacia delante y Serpine se echaba a reír; el Cetro relampagueó y su rayo negro se dirigió directamente contra Skulduggery, pero para entonces él había logrado hacerse con el Libro de los Nombres y lo sostenía ante sí a modo de escudo. El rayo golpeó directamente el Libro, convirtiéndolo en una nube de polvo.

–¡NO! –aulló Serpine–. ¡NOOO!

Stephanie miró asombrada cómo los restos de aquel libro que ni los mismos Mayores habían sido capaces de destruir se deslizaban por entre los dedos de su amigo. Skulduggery aprovechó para avanzar entre la nube y arremeter contra Serpine; el Cetro cayó al suelo y se alejó rodando, mientras Serpine agarraba el cuello de Skulduggery.

–¡Lo has arruinado todo! –siseó–. ¡Todo, patético adefesio!

Skulduggery le dio un puñetazo en la cara que obligó a Serpine a soltarle el cuello, y luego volvió a la carga con un golpe que hizo balancearse la cabeza del mago. Serpine contraatacó con un golpe de vapor púrpura que hizo salir despedido a Skulduggery.

El detective aterrizó de costado, rodó sobre sí mismo para incorporarse y logró ponerse de rodillas justo en el momento en que el tentáculo púrpura de Serpine se enroscaba en torno al Cetro. Cuando Serpine lo tenía casi al alcance de la mano, Skulduggery creó una ráfaga de aire que rompió el tentáculo e hizo desviarse al Cetro.

El detective hizo aparecer una bola de fuego y se la lanzó a Serpine, quien logró desviarla a duras penas. La bola chocó contra la pared causando una pequeña explosión; Serpine siseó de nuevo y trató de alejarse, pero una nueva ráfaga de aire lo golpeó de inmediato y lo arrojó contra la pared, donde quedó suspendido. Skulduggery lo miraba desde el otro lado de la estancia con el brazo extendido y la mano abierta.

–Te voy a destruir –gruñó Serpine, con sus verdes ojos resplandecientes por el odio–. ¡Ya te destruí una vez, y voy a hacerlo de nuevo!

Serpine se debatió, intentando levantar el brazo derecho. Skulduggery lo aprisionó con más fuerza contra la pared; estaba llegando al límite de su resistencia, pero su enemigo seguía aguantando. Al fin Serpine logró mover la mano derecha y apuntó a Skulduggery con sus rojos dedos.

–Muere –masculló.

Skulduggery inclinó la cabeza un poco, pero por lo demás siguió impertérrito. La cara de Serpine se contrajo en una expresión colérica.

–¡Muere! –gritó.

El detective ni se inmutó.

–Bueno, parece que al fin has encontrado algo que esa mano tuya no puede matar –dijo tranquilamente.

Entonces algo se movió en el umbral y Serpine soltó una risotada salpicada de espumarajos: el Hendedor Blanco acababa de entrar en el Depósito.

–De modo que eres inmune a mi poder, ¿eh? Da igual: esa guadaña te atravesará los huesos. Cuando el Hendedor acabe contigo quedarás convertido en pedacitos, detective. ¡Hendedor, ataca!

Pero el Hendedor no se movió, y la confianza de Serpine comenzó a desvanecerse.

–¡Que lo mates, te digo!

El Hendedor esperó inmóvil unos segundos más, y luego se dio la vuelta y se marchó.

Serpine soltó un aullido de frustración.

–Has perdido, Nefarian –dijo Skulduggery–. Hasta tus esbirros te abandonan; ellos también reconocen tu derrota. Nefarian Serpine, te detengo por asesinato, intento de asesinato y conspiración, y también... a ver, déjame que piense... sí, también por ensuciar el Santuario.

Serpine escupió en dirección a Skulduggery.

–Jamás podrás vencerme, detective. Siempre podré encontrar alguna forma de hacerte sufrir.

Y entonces los verdes ojos de Serpine se posaron en Stephanie, que seguía tirada en el suelo.

–No lo hagas –dijo Skulduggery. Pero Serpine ya estaba extendiendo la mano–. ¡No, Serpine!

Stephanie gritó mientras su cuerpo vibraba, azotado por el dolor más intenso que había sentido en su vida. Serpine retorció los dedos y el dolor se intensificó, convirtiendo el grito de Stephanie en un alarido que se fue apagando poco a poco. Stephanie se acurrucó, sintiendo que algo frío salía de su vientre y se extendía por su cuerpo; agradecía aquel entumecimiento que anulaba el dolor, que se extendía por sus miembros, que se le enroscaba alrededor del corazón y se filtraba en su mente. Ahora ya no sentía casi nada, solo percibía imágenes vagas de Serpine y Skulduggery y una voz distante que debía ser la de Skulduggery diciendo su nombre, pero que también se desvanecía rápidamente. Ya no sentía dolor, no oía ningún sonido.

Parpadeó levemente: Serpine sonriente. Skulduggery extendiendo la mano que tenía libre. Y algo que se movía por el aire muy lentamente.

El Cetro, era el Cetro; y ahora estaba en la mano enguantada de Skulduggery, y sus dedos se cerraban en torno a él. Y Skulduggery levantaba el brazo y apuntaba con el Cetro a Serpine, y la gema negra empezaba a brillar. Era un brillo oscuro, una pequeña y bella tiniebla, y entonces el aire se agrietó.

La frialdad se había adueñado de ella, todo su ser estaba entumecido, y los últimos fragmentos de lo que había sido Stephanie empezaban a disiparse poco a poco. No le importaba, no le importaba nada. Qué más daba.

La cara sonriente de Serpine. Sus ojos, su sonrisa llena de dientes. Su piel surcada por arrugas de salvaje placer. Pero ahora esa piel estaba cambiando, se secaba, se agrietaba, y la sonrisa se desvanecía, y los ojos de color verde esmeralda perdían su brillo y se nublaban, y entonces Serpine se convirtió en una nube de polvo que cayó lentamente al suelo.

En los oídos de Stephanie sonó un zumbido. Notó un cosquilleo en las puntas de los dedos y una oleada de calor le inundó el corazón haciendo que volviera a latir, y entonces sus pulmones se llenaron de aire y Stephanie resolló.

Skulduggery corrió hacia ella y se arrodilló a su lado.

–¿Estás bien? –preguntó.

Stephanie no pudo contestar, porque temblaba incontrolablemente. Se movió un poco, retorciendo la pierna rota sin querer, y soltó un gemido de dolor. Pero no le importó: aquel era un dolor soportable, un dolor natural.

–Vamos –susurró Skulduggery, agarrándola delicadamente del brazo–. Tienes que salir de aquí.

Stephanie se incorporó apoyándose en Skulduggery y él la sacó casi en volandas de la sala. Avanzaron por el corredor, y al pasar junto a las mazmorras la puerta se abrió y Tanith cayó hacia delante con un gemido. Stephanie observó a su amiga, impresionada por el mar de sangre que anegaba sus ropas.

–Tanith...

Ella levantó la cabeza.

–Menos mal que estáis vivos –murmuró.

Skulduggery se agachó para agarrarla con el brazo libre, la ayudó a ponerse en pie y acarreó a las dos hasta el vestíbulo. Subieron las escaleras como pudieron y recorrieron los oscuros pasillos del Museo de Cera; cuando llegaron a la puerta, la lluvia había cesado y la luz de las farolas se reflejaba en el suelo húmedo.

China Sorrows estaba frente a la puerta, apoyada en su coche. Los tres avanzaron penosamente hacia ella, y cuando ya estaban tan cerca que Stephanie podía distinguir sus delicados pendientes, China empezó a hablar.

–Me temo que no estáis en vuestro mejor momento.

–No nos hubiera venido mal que nos echaras una mano –dijo Skulduggery deteniéndose.

Ella se encogió delicadamente de hombros.

–Sabía que podíais arreglároslas sin mí. Tenía fe en vosotros. ¿Y Serpine?

–Hecho polvo –respondió Skulduggery–. Tenía demasiados planes; era inevitable que acabaran por anularse entre sí. Siempre fue su punto débil.

–¿Cómo lo habéis conseguido?

–Quería ser inmortal, así que escogió una muerte a su medida: se convirtió en un muerto viviente.

China sonrió.

–Claro. Y como el Cetro solo puede ser usado por otra persona si su anterior dueño está muerto, o, en este caso, si es un muerto viviente...

–... lo usé para matarlo del todo –completó Skulduggery, levantando el Cetro para que China lo viera–. Pero le ha pasado algo raro: ya no funciona.

China lo tomó entre sus manos y lo examinó cuidadosamente.

–Obtenía su poder del odio de Serpine –dijo al cabo de un momento–. Al usarlo contra él mismo, has producido una especie de cortocircuito. Felicidades, Skulduggery, has conseguido neutralizar el arma más poderosa del mundo. Ahora solo es un adorno.

–Un adorno que me gustaría recuperar, si no te importa –respondió Skulduggery extendiendo la mano.

China sonrió, volviendo un poco la cabeza para mirarlo de reojo.

–Te lo compro.

–¿Para qué lo quieres? Ya no funciona.

–Razones sentimentales –contestó China–. Además, ya me conoces: soy una coleccionista nata.

Skulduggery suspiró.

–Bueno, quédate con él –dijo.

La exquisita sonrisa de China apareció en su rostro una vez más.

–Gracias, Skulduggery. Por cierto, ¿qué ha pasado con el Libro?

–También está hecho polvo.

–Así que has logrado destruir algo indestructible, ¿no es eso? Eres incorregible, Skulduggery. No haces más que destrozar cosas.

–China, estoy cansado y me duelen los huesos...

–Vale, te dejaré en paz.

–Bliss aún está en el Santuario –dijo Stephanie–. Creo que estuvo todo el tiempo tratando de detener a Serpine a su manera. No sé si estará vivo o muerto...

China se encogió de hombros y entró en su coche.

–Mi hermano tiene una gran capacidad de aguante. Yo he intentado matarlo tres veces, pero es imposible acabar con él –dijo asomándose a la ventanilla–. Ah, por cierto, os felicito a los tres: acabáis de salvar el mundo.

Ofreciéndoles su deliciosa sonrisa una vez más, China arrancó. Los tres observaron cómo se alejaba su coche, y luego se quedaron un rato mirando cómo el cielo comenzaba a iluminarse y los primeros rayos de sol se filtraban en la oscuridad.

–No es por nada –dijo Tanith con un hilo de voz–, pero yo sigo teniendo un agujero tremebundo en la espalda.

–¡Huy, lo siento! –exclamó Skulduggery, y las acarreó hasta el Bentley.

30
UN FINAL Y UN PRINCIPIO

En algún lugar de Haggard ladraba un perro. En otro había un conductor tocando la bocina, y en otro diferente un grupo de gente reía. Era viernes por la noche, y por la ventana de Stephanie se colaban retazos de canciones que salían de los bares de la calle Mayor y volaban a lomos de la brisa nocturna.

Stephanie estaba sentada en una silla giratoria, con el pie apoyado en la cama. Tras los acontecimientos del Santuario, Skulduggery la había llevado a casa de un amigo suyo, un viejo cascarrabias que le había recompuesto el hueso roto en menos de una hora. La pierna aún le dolía y no podía apoyarla, pero la hinchazón casi había desaparecido, y en unos días la tendría como nueva.

No le importaba guardar el reposo que el amigo de Skulduggery le había prescrito. Después de la semana que acababa de pasar, aquella semana en la que había visto prodigios, magia, muerte y destrucción, le hacía falta un descanso.

Skulduggery Pleasant estaba sentado en el alféizar, poniéndola al corriente de los últimos acontecimientos. El Hendedor

Blanco había desaparecido, y nadie sabía por qué había desobedecido la última orden de su señor. Skulduggery sospechaba que el Hendedor obedecía órdenes de otra persona, pero no tenía ni idea de quién podía ser. Los aliados de Serpine habían presentado batalla, pero al enterarse de que su señor había muerto se habían dispersado y ahora estaban ocultos. El gran plan de Serpine había fracasado; pero aun así había logrado eliminar a muchos Hendedores, y los que quedaban a duras penas lograban cubrir todas las necesidades.

–¿Qué tal está Tanith? –preguntó Stephanie–. ¿Se pondrá bien?

–Tiene suerte de estar viva. La herida era grave, pero Tanith es fuerte y se sobrepondrá. Cuando te sientas mejor te llevaré a verla.

–¿Y Abominable?. ¿Ha habido algún cambio?

–Me temo que no. Lo vigilan constantemente, pero nadie sabe cuánto tiempo pasará convertido en piedra. Afortunadamente para él, el tiempo se le pasará en un suspiro. Los demás tendremos que armarnos de paciencia. Aunque siempre podemos mirarlo por el lado bueno: la sala de esculturas del Santuario cuenta con una nueva obra.

–Ah, no sabía que el Santuario tuviera una sala de esculturas.

–Bueno, es que nunca la ha tenido. Pero ahora que han conseguido una estatua, tal vez se decidan a crearla.

–¿Y qué va a pasar con el Consejo de los Mayores?

–Meritorius era un buen hombre, y el Gran Mago más poderoso que hemos tenido en mucho tiempo. Los Consejos de los demás países europeos están preocupados, porque no saben quién podrá llenar el vacío que ha dejado. Los magos de Estados Unidos nos han ofrecido apoyo, y los japoneses han mandado una delegación para que nos ayude a restablecer el orden, pero...

–Suena como si estuviera cundiendo el pánico.

–Bueno, no es extraño. Nuestros sistemas de poder, nuestras formas de gobierno, son delicadas. Si cae un país es fácil que arrastre a otros consigo. Necesitamos un líder fuerte.

–¿Y por qué no te propones tú mismo?

Skulduggery se echó a reír.

–Porque hay mucha gente a la que no le gusto, porque casi nadie se fía de mí y porque ya tengo un trabajo. Soy detective, ¿no te acuerdas?

Stephanie se encogió de hombros casi imperceptiblemente.

–Vagamente...

Por la ventana se coló otra canción. Stephanie pensó en el mundo en el que había vivido hasta entonces, y en lo diferente y parecido que era al mismo tiempo del mundo en el que acababa de entrar. En los dos había alegría y felicidad, y en los dos había tristeza y horror. El bien y el mal, y toda la infinidad de matices intermedios, se daban por igual en el mundo mágico y en el cotidiano. Y ahora los dos formaban parte de su vida, y Stephanie sabía que jamás podría renunciar a ninguno de ellos.

–Y tú, ¿cómo estás? –preguntó Skulduggery con voz repentinamente dulce.

–¿Yo? Bien.

–¿De verdad? ¿No has tenido pesadillas?

–Bueno, una o dos –admitió Stephanie.

–Siempre estarán ahí para recordarte lo que no hiciste bien. Los malos sueños pueden ser de gran ayuda, si se les presta atención.

–Intentaré recordarlo la próxima vez que me quede dormida.

–Estupendo –repuso Skulduggery–. En cualquier caso, haz el favor de curarte pronto. Tenemos misterios que resolver y aventuras que emprender, y necesito la ayuda de mi socia y discípula.

–¿Discípula?

Skulduggery se encogió de hombros.

–De aquí en adelante las cosas se van a poner bastante difíciles, y me vendrá bien tener a alguien que pueda luchar a mi lado. Tú tienes algo, Valquiria. No sé exactamente lo que es, pero te miro y...

–¿Y te recuerdo a ti mismo cuando tenías mi edad?

–¿Eh? Ah, no, qué va. Lo que quería decir es que hay algo en ti que resulta verdaderamente cargante, y nunca haces lo que se te dice, y a veces incluso dudo de tu inteligencia. Pero aun así voy a aceptarte como discípula, porque me gusta tener siempre a alguien que me pise los talones como un perrillo faldero. No sé, hace que me sienta satisfecho conmigo mismo.

Stephanie suspiró.

–Eres un tarado, ¿sabes?

–Lo que pasa es que te da envidia mi toque genial.

–¿No puedes dejar de pensar en ti mismo ni siquiera por un momento?

–Me encantaría, pero no es posible...

–Para ser un tipo sin órganos internos, tienes un ego verdaderamente notable.

–Para ser una chica que no puede estar de pie ni dos segundos sin caerse de culo, tienes una actitud verdaderamente crítica.

–Lo de mi pierna tiene arreglo.

–Sí, y yo con mi ego me las arreglo de maravilla. Somos tal para cual.

–Anda, márchate –dijo Stephanie echándose a reír–. Mi madre vendrá a ver qué tal estoy de un momento a otro.

–Sí, pero antes de irme...

–¿Qué?

–¿No me vas a enseñar los progresos que has hecho? Te mueres de ganas de lucirte desde que aparecí por la ventana.

Stephanie lo miró enarcando una ceja, pero Skulduggery tenía razón y lo sabía. La segunda ventaja de tenerse que pasar unos días encerrada en su casa era que tendría tiempo de sobra para desarrollar sus poderes; de hecho, ya había logrado grandes avances.

Stephanie chasqueó los dedos e hizo aparecer una pequeña llama en la palma de la mano. Observó durante un momento cómo oscilaba y titilaba y luego miró a Skulduggery, sonriente.

–Magia –dijo él.